El hambre del pelícano

Blanca Cabañas

El hambre del pelícano

SUMA
de letras

Papel certificado por el Forest Stewardship Council®

MIXTO
Papel | Apoyando la silvicultura responsable
FSC® C117695

Penguin Random House Grupo Editorial

Primera edición: mayo de 2024

Printed in Spain – Impreso en España

ISBN: 978-84-19835-81-9
Depósito legal: B-6.014-2024

Compuesto en Mirakel Studio, S. L. U.

Impreso en Black Print CPI Ibérica
Sant Andreu de la Barca (Barcelona)

SL35819

Ponerle el punto final a una segunda novela es aún más complejo que escribir una primera. He cuidado hasta el más mínimo detalle para que el viaje merezca la pena. Os lo debía. Por las ganas y la paciencia. Por arriesgaros con Perro que no ladra *sin conocer mi estilo, mi voz. A mis lectores. Esta historia es para vosotros*

Primera parte

Uno persiste en acercarse a las cosas que potencian la vida
y evita aquellas que favorecen la muerte.
Francisco Mora

O no...

Prólogo

Voy a morir. Y lo único que sé, llegados a este punto, es que la vida vale la pena vivirla.

Siento el abdomen como un corsé a punto de explotar. Contengo el aire. La agitación no me deja casi respirar. Ya no noto el sudor que resbala por las sienes, marcando eses en mi rostro. Ahora soy yo la que cae guiada por la inercia de la gravedad. Algo se aviva dentro de mí debido al sobresalto. Es la adrenalina, esa que se agarra a la vida y no acepta el desenlace. La aflicción me invade, me desgarra. Busco consuelo en un grito, pero lo que soy capaz de emitir es más bien un suspiro. Aprieto mis ojos temerosos y me concentro en la última visión que se me ha regalado antes de precipitarme.

Vuelvo a tener poder de sujeción. Estoy en el borde del acantilado. No es muy alto, lo suficiente. Calculo que la caída durará aproximadamente un segundo interminable. Dirijo la vista al frente. El claro de luna ilumina la tiniebla. Observo el mar sin límites ni orillas. El agua luce limpia, mansa. No se oye nada, salvo la lluvia mecida por el viento y el sonido de las olas al bailar en una coreografía natural. Siento el hechizo, presa de esa quietud, de esta contemplación. Me invade un sentimiento absorbente, indescriptible. De bienestar, donde no hay sitio para el sufrimiento. De abandono, de redención.

Como en una partida de ajedrez, mis movimientos se han visto condicionados por el plan del contrario. Y sé que he perdido.

La visión se desvanece y el eterno segundo se consume. Mis pensamientos dejan de agolparse. Estoy lista para el remate final. Crujo como un insecto contra la roca. Exhalo la última brizna de aire entre mis labios y me dejo ir.

Es la conciencia la que hace saber a todo ser humano que está vivo. O la he perdido, o ya estoy muerta.

El anciano

El viento de levante, que no había cesado en días, se hizo más intenso a aquella hora de la tarde. El ruido de las persianas cimbreando en las grietas de las paredes se mezclaba con el crujido de los olivos. La vegetación parecía quejarse por la adversidad del tiempo y la ropa tendida no soportaría mucho más semejante castigo. Adolfo llevaba toda la tarde con la mirada perdida en algún punto de la cristalera del salón. Con los dedos ardiendo rodeaba la segunda taza de té que tomaba a pequeños sorbos con la esperanza de que el corazón bajara su cadencia. Como cada tarde, era testigo de un atardecer precioso. El cielo se deshacía en tonos anaranjados hasta perderse tras algún edificio. Semejante espectáculo merecía su admiración diaria.

El sonido estridente del móvil lo despertó del trance. Tomó conciencia de dónde se encontraba. Casa. Jueves. Miró la pantalla, no sin cierto fastidio, y pulsó el botón para apagar la alarma. Se desplazó con dificultad, sorteando bolsas de basura que había empezado a acumular no hacía mucho. Una vez en la cocina, se tomó un momento para mirar por la ventana.

Luego, dirigió su atención hacia el pastillero y frunció el ceño. Juraría que el día anterior se había tomado la pastilla de la tarde, pero no era así. Allí estaba. Barajó si tomarse dos de golpe o posponerla para la semana siguiente y, tras un leve desconcierto, optó por la primera opción. Cogió las pastillas con los dedos índice y pulgar y fue entonces cuando reparó en las uñas. Negras como el carbón. Se figuró que un microscopio descubriría allí más vida que en él mismo. Se tragó los comprimidos con la ayuda de un sorbo de agua que bebió directamente del grifo.

Anduvo por el pasillo ayudado por las paredes. Las piernas le pesaban cada vez más. El dolor se iniciaba en el dedo gordo del pie y terminaba en su cadera. No había un solo día sin padecimiento. La edad no perdona, como tampoco lo hacen las decisiones de la vida. Las suyas lo habían llevado a custodiar una fortaleza: su propia casa. Hacía semanas que no dormía. Puede que meses. A decir verdad, el tiempo se había vuelto confuso. Era incapaz de conciliar un sueño profundo. Cada poco se desvelaba y volvía a estar vigilante un par de horas. Hasta la siguiente sacudida. Esa que lo mantenía alerta, inseguro, expectante. En su cara se dibujaba el miedo; en sus ojos, la tristeza. Arrastró las zapatillas hasta la cama. Tenía el estómago revuelto. Algo le había sentado mal. Demasiadas albóndigas en lata. Se pasó la mano por el abdomen y se prometió adelantar la compra programada a domicilio, así como variar la dieta. Tumbado, miró la mesita de noche. Sobre ella, una de esas encuadernaciones que casi había memorizado. Bueno, de haber tenido cabeza para ello. Se obligó a leer algunas páginas hasta que el sueño le visitase.

Había anochecido cuando Adolfo se despertó de golpe. La lámpara estaba encendida y sobre su pecho aún reposaban los folios que había leído. Algún ruido lo había sobresaltado privándolo de un descanso placentero. Se quedó quieto, muy atento, y esperó que se repitiera. Cuando estaba a punto de ceder al peso de sus ojos, volvió a oírlo. Ese sonido característico de unos zapatos deslizándose por el pavimento. Se obligó a levantarse. Alcanzó el bastón del rincón, que usaba más de lo que le gustaba reconocer. Caminó muy despacio, agazapado tras la oscuridad de su hogar. El bufido del viento acompañaba sus pasos. Observó que una de las esquinas de la alfombra, que presidía el recibidor, estaba doblada y casi, al unísono, algo se hizo añicos muy cerca. Irguió el cuerpo como un perro al acecho, con la adrenalina trepándole por las pantorrillas. Levantó el bastón a modo de arma y apuntó hacia delante, sabedor de que, si había alguien allí y lo estaba viendo, eso lo acobardaría. Dudó en si soltar un «¿quién anda ahí?», pero entonces se perdería el factor sorpresa. Aguantó el aire en los pulmones y de una zancada se coló en el salón. Con un movimiento rápido accionó el interruptor y una luz cálida bañó la estancia. Recorrió el salón con los ojos, sin moverse del sitio.

Frente al sofá, el viejo jarrón, que compró en Tánger cuando fue joven, estaba hecho trizas. La cristalera abierta, de par en par, y la cortina ondeante a causa de las fuertes sacudidas del viento. Había olvidado cerrarla. Maldito viejo decrépito y olvidadizo. Sacudió el bastón, enfadado consigo mismo. Si no moría de un infarto, él mismo se lo provocaría. Se acercó para cerrarla de forma hermética y con gesto distraído echó un vistazo fuera. Junto a la piscina, una silueta negra lo vigilaba sin reparo. Abrió de nuevo el ventanal, provocando que, con ello, se le escurriera el bastón de las manos. Se tomó un momento para recuperarlo. Le crujieron las rodillas y, en una sentadilla dolorosa, logró auparse de nuevo. Cuando miró otra vez, ya no había nadie. No retiró la mirada de allí, pues estaba seguro de que regresaría. La piel se había estirado bajo su pijama de seda, como la de un nadador profesional a punto de saltar de un trampolín. No entendía cómo funcionaba el instinto de supervivencia. Lo imaginó como una complicada cadena de trabajo que provocaba sudor, tensaba los músculos y susurraba mensajes al cerebro, haciendo que cada pequeño detalle encajase en un puzle imaginario. Esa convicción lo estaba devorando por dentro. La certeza de que aquello que lo asaltaba volvería cada noche hasta matarlo de un susto. Uno de verdad, capaz de paralizarle el corazón y arrebatarle la vida de un plumazo. Cerró la cristalera a conciencia, volvió sobre sus pasos y se metió en la cama, recostando a su lado el bastón. Durante horas intentó dormir, pero fue en vano.

Lo perseguía algo, una sombra, un ente sobrenatural. Y esa sensación, la de que unos ojos punzantes lo miraban cuando él cerraba los suyos, era una verdadera tortura. Adolfo no estaba orgulloso de su pasado. No era una buena persona. Si hubiera sabido lo que la vida le deparaba, la innumerable cadena de consecuencias que se desatarían de una sola decisión, hubiera tomado otro camino. Estaba pagando un precio. Se merecía el peor de los castigos. En su cabeza se fraguaba una guerra: la de la locura contra la sensatez. Su lado más racional le decía que aquello era imposible, pues nadie estaba preparado para una situación así. No había un manual sobre cómo actuar ante lo inexplicable. Al igual que no podía azotar el levante en una habitación cerrada, no podía estar visitándolo un espíritu. En esa búsqueda de autocompadecimiento, sentir miedo era una distracción mediante la cual ahogaba la culpa. Para vivir cuerdo había que experimentar cierta locura. Tenía que ser eso; se había dejado la ventana abierta, el viento había sacudido el jarrón y la suma de horas sin dormir lo hacían ver cosas que en realidad no estaban ahí. Sin embargo, esa otra vocecita, la del delirio, le murmuraba desvaríos sin tregua. Tanto que aquello que negó hasta la saciedad y que había leído en algún libro ya no le parecía tan desmesurado.

Que alguien esté muerto nos confirma que evidentemente no está vivo, pero no podemos asegurar que en efecto haya dejado de existir entre nosotros.

1
Alfredo
Sábado, 14 de febrero

El restaurante estaba casi a rebosar. Era lo que se preveía. Toda esa publicidad para parejitas el fin de semana de San Valentín había surtido efecto. La lluvia intermitente que había nublado la tarde noche no había aminorado las ganas de beber y pasarlo bien de los clientes. Algunos de ellos habían traído consigo el olor del tabaco que habían fumado en la terraza. Eso, sumado a la humedad en los abrigos y a la poca ventilación del salón, hacía que el aire que se respiraba estuviera cargado. Sin embargo, a nadie parecía importarle. Sonaba de fondo alguna canción de los ochenta, el rumor de las voces ajenas a su propio alboroto y el chinchín de las copas, que tras los brindis regresaban a las mesas con suculentas bandejas de pescaíto frito.

Los Pescadores era uno de los restaurantes estrella para comer marisco y pescado fresco. Situado en un lugar privilegiado del paseo marítimo de Chiclana, gozaba de unas vistas inmejorables y de clientela fiel. Había forjado su buena reputación con los años, convirtiéndose en el destino gastronómico de gaditanos y visitantes. No era raro discernir entre la muchedumbre reuniones de negocios, celebraciones de grandes acuerdos o, en los casos más pintorescos, comidas de empresa.

Aquella noche era diferente. Alfredo solo tenía que echar un vistazo al salón desde detrás de la barra para ver cuál era el perfil de la clientela. Una pareja se agarraba las manos por encima de la mesa. Se regalaban carantoñas. Sus dos hijos sonreían. A unos metros, en otra mesa, una chica estiraba la punta del zapato de tacón para rozar la pierna de su acompañante. Al fondo, un grupo de amigos subía el volumen de sus voces con cada copa de vino blanco que ingerían. Los platos ya habían sido recogidos. Ahora era el turno de los postres y el alcohol.

Alfredo siguió secando las copas balón posando la vista aquí y allá mientras su mente divagaba. Era sábado y, pese a ello, no le disgustaba estar allí. De haber podido trabajar cuarenta horas semanales, con gusto lo hubiera hecho, pero solo contaban con él los fines de semana. El sueldo no era mucho, lo suficiente para ayudar en casa y pagar un par de plataformas de *streaming*. Eso le permitía, al menos, ser conocedor del top diez de series y películas del momento y, así, entablar conversaciones en hilos de Twitter sobre los estrenos más esperados con otros «frikis de la tele», tal y como decía su madre. Esa mujer a la que nunca le llegaba la edad de jubilación y que siempre estaba vigilándolo con el rabillo del ojo, pues sabía que se sentía solo. Su existencia estaba tan vacía de emociones que recibir una notificación en el móvil de alguien que apoyaba su visión de la última de Marvel bastaba para convertirse en lo más satisfactorio del día. De los años de instituto solo conservaba un amigo, Fabio. Habían jugado de críos en la plazoleta de la barriada, compartido las primeras quedadas con chicas y se habían fumado los primeros pitillos juntos. Si pensaba en aquella época, se recordaba delgaducho y con pelusilla facial en el bigote. Sin embargo, Fabio siempre tuvo un cuerpo fibroso que, desde hacía unos años, lucía bajo el uniforme verde de la Guardia Civil. Lo miraba con admiración, con orgullo. Mientras él sentía haberse estancado, Fabio había cumplido todos sus objetivos: tenía un trabajo estable, se había casado y criaba un bebé de pocos meses. Y Alfredo, que tan poco tenía que hacer en su día a día, había sabido adaptarse a su recortado horario de padre primerizo. Quizá por eso, había escalado posiciones hasta convertirse en un incondicional para su amigo y viceversa. Por todo ello, que fuera sábado daba lo mismo. No solía tener planes. De no haber estado sujetando aquel trapo mugroso entre las manos, desde luego no lo hubieran encontrado en una discoteca, sino maldiciendo frente al ordenador y empleando algunos euros en mejorar sus habilidades de *gamer*. De hecho, estaba pensando en comprarse algún videojuego nuevo cuando, de golpe, detuvo la aburrida introspección.

¿El motivo?

Ella.

Una desconocida misteriosa estaba entrando al restaurante. A aquel salón. A su vida. Dispuesta a dinamitar el orden y el sosiego de una vez. Y lo sintió en el pecho. Un miedo especial, el más primigenio de todos. Ese que le hacía darse cuenta de que era vulnerable, que podía perder las riendas. De pronto, fue consciente de que todo lo vivido lo había conducido a ese encuentro.

La observó hipnotizado. Andaba comedida; con pasos decididos y rápidos atajó entre las mesas el camino más directo hasta donde él se encontraba. Echó una discreta mirada al salón y, luego, la clavó en Alfredo. Este último aprovechó los cinco pasos que le faltaban a la mujer hasta llegar a la barra para tragar saliva. El pelo negro y ondulado le caía por los hombros de manera descuidada. Tenía los ojos verdes y apagados. Bajo su ropa de abrigo distinguió el escote de un vestido rojo sencillo. Había algo en ella que le asustaba y lo atraía a partes iguales. Era bella, sin artificios ni pretensiones, pero una belleza triste. Alfredo no supo el porqué. Quizá fue la caída de los párpados o la rectitud de los labios que, firmes e inmóviles, habían acaparado toda su atención.

Ella carraspeó. Él, alarmado, subió la vista hasta sus ojos.

—Estoy fuera sentada. He pedido una copa, pero tu compañero ha debido de olvidarse. ¿Me la sirves tú? —dijo.

Hablaba muy bajo, con voz rasgada y neutra, sin atisbo de emoción.

—Sí, claro. ¿Qué desea?

—Tutéame —lo cortó.

—Claro. ¿Qué deseas? —rectificó.

—Hoy necesito algo fuerte. ¿Qué me ofreces?

Alfredo intentó disimular su impresión echando un vistazo rápido a las botellas que tenía a su espalda.

—¿Whisky?

Ella afirmó con la cabeza. Mientras el chorrillo caía en el vaso la volvió a mirar. Estaba distraída, observaba al resto de clientes. Se retiró el pelo de la oreja haciendo que le ocultara gran parte de la cara. Aun así, Alfredo apreció sus rasgos. Tenía una nariz diminuta y de perfil parecía algo desviada, como si hubiera recibido un golpe. Igual era boxeadora. Le acercó el vaso y estuvo a punto de continuar con su ajetreada tarea de secar copas cuando ella se bebió de un trago el whisky.

—Otra —dijo.

Alfredo sin decir ni media le volvió a llenar el vaso. En esta ocasión, ella dio un pequeño sorbo y saboreó el alcohol, tragó lento y pareció disfrutar del ardor en la garganta.

—¿Vienes sola? —preguntó.

Al segundo se arrepintió, pues había una parte de él que temía la espontaneidad de aquella extraña. Esperó un «a ti qué te importa», pero no lo recibió. En su lugar, una sonrisa se perfiló en su rostro.

—Vengo sola. Y parece que soy la única. —Volvió a mirar a su alrededor—. ¿Por algo en especial?

—Es San Valentín.

—Ah, claro. Lo había olvidado.

Alfredo fingió estar ocupado y abrió el lavavajillas. El vapor empañó sus gafas por completo y no vio nada durante unos segundos. Cuando volvió a mirarla, ella ladeó la cabeza de forma simpática.

—¿Eres de por aquí? —preguntó él para llenar el silencio incómodo mientras frotaba los cristales de las gafas sujetando la montura.

—No exactamente. —Dio otro sorbo—. Vengo por trabajo.

Alfredo sabía que era un riesgo, pero no pudo evitar la pregunta.

—¿A qué te dedicas?

Ella bajó la mirada. Vaya, había dado en el clavo. No estaba cómoda hablando de sí misma. Nada cómoda. Se removió en la banqueta y apuró el último resto de whisky. Esta vez tuvo que apretar los dientes para soportar el calor que bajaba hasta el estómago.

—Me busco la vida.

El camarero asintió. Hermética, encriptaba su discurso. Él, en cambio, era transparente. Y con una clara disposición a ayudar a los demás. Quizá por eso no pudo sustraerse al misterio, a la larga gabardina y al pelo alborotado pero sensual de su interlocutora. Intentó amansar las aguas y relajar a la chica enigmática tomando la palabra.

—Yo vivo en la ciudad de al lado, San Fernando. ¿La conoces? Voy a opositar para Guardia Civil, pero cuando esté preparado. Mi madre dice que no lo estoy. —Ella arqueó una ceja reprobatoria. Él intentó reconducir la conversación—. ¿Qué sabrá ella? Mientras tanto, me gano un dinerillo aquí.

No contestó. Movió el hielo con el dedo índice y lo lamió. Alfredo tuvo la fantasía fugaz de rozarlo con la lengua y aprisionarlo entre sus dientes. A sus veinticinco años nunca había besado a una chica, al menos, no usando la lengua, pero ser un inexperto no le impedía tener deseos. Quizá por ello tardó varios segundos en advertir que tenía la boca entreabierta. La cerró en el acto y siguió hablando. Siempre lo hacía cuando estaba nervioso.

—Es agradable, ¿verdad? El sitio, digo. Tienes el paseo marítimo ahí mismo y unas vistas espectaculares. Hoy la noche no es especialmente oscura, el viento ha barrido las nubes. Si miras con atención, puedes ver el castillo de Sancti Petri desde aquí. Se ve mejor desde esta orilla, aunque en realidad pertenece a San Fernando, no sé si lo sabes.

—Pues para San Fernando, el castillo, y para Chiclana, las vistas —soltó ella.

Tardó varios segundos en corresponderle con una sonrisa y dio gracias por tener que ausentarse de la conversación para servir una copa a un cliente que se había acercado a la barra. Cuando volvió, ella misma se había echado otro whisky. «A esta no la tumba ni Dios», pensó.

—Entonces, para Chiclana las vistas. ¿Piensas visitar algo? —dijo para reanudar la charla.

—Solo he venido por trabajo.

Bajó los antebrazos de la barra y escondió las manos de la vista de Alfredo, que estuvo casi seguro de que había visto sangre en uno de sus dedos. Luego, buscó las palabras adecuadas para formular una pregunta.

—¿Puedes venderme la botella? Quizá celebre algo.

Alfredo frunció el entrecejo.

—Lo siento, no puedo.

—Ya, claro —añadió restándole importancia.

Volvió a girar la vista al salón como si buscara a alguien. Quizá un acompañante, una pareja con quien encontrarse. De pronto, saltó de la banqueta y se subió el cuello de la gabardina.

—¿El servicio?

—Cruza el pasillo y gira a la izquierda. —Indicó el camino con el dedo.

La siguió con la mirada. Se desplazaba casi de puntillas, como si el suelo pudiera abrirse en un abismo bajo sus pies. Alfredo le rellenó el vaso. Cuando regresó, leyó un «gracias» en sus labios y siguió el movimiento de su mano hasta el pelo. Con un gesto inadvertido se recolocó un mechón tras la oreja. Creyó ver una línea roja en el cuello. Ella, que pareció darse cuenta, se cerró el último botón de la gabardina en un ademán delicado.

—¿Esperas a alguien? —le preguntó Alfredo.

Una de sus miradas gatuna lo fulminó un instante. Separó los labios, soltando un suspiro profundo para ordenar las ideas. Iba a decir algo, dispuesta a disuadir su indescifrable y oscura aura. Alfredo sostuvo la mirada cinco largos segundos hasta que un grupo de hombres con ganas de juerga hizo entrada en el gran salón. Eran clientes habituales, de esos que siempre eligen la misma mesa. Uno de ellos llamó la atención del camarero alzando la mano, haciendo que este despertara del hechizo infundado de aquellos ojos verdes afilados.

—Ahora mismo voy —les dijo elevando un tono la voz al tiempo que disimulaba un conato de fastidio por tener que pausar de nuevo la charla—. Enseguida vuelvo —le advirtió a la chica misteriosa.

—Yo me voy ya. Ha sido un placer…

Dejó la frase inconclusa para que él la completara.

—Alfredo —dijo mientras ella dejaba un billete arrugado de veinte euros sobre la barra—. ¿Y tú eres…?

La pregunta la sorprendió, como si fuera la más extraña de todas. Dudó unos segundos y dijo:

—Sofía. Me llamo Sofía.

Dibujó otra de sus enigmáticas sonrisas, dulcificando la expresión. A continuación, caminó sin remilgos hacia la salida del gran salón. Tenía urgencia por marcharse. Las ondas de la melena negra bailaban al capricho de la firmeza y elegancia de sus pasos. Alfredo no pestañeó, incapaz de perderse un segundo de aquel espectáculo. Una ninfa fría, de influjo hipnótico y rojeces en la piel, le daba la espalda, privándolo de aquellos ojos severos y eléctricos que segundos antes lo habían acuchillado con la mayor de las soberbias. Alfredo acumuló palabras en su boca. Estuvo a punto de alzar la voz, de preguntar. Sintió el pellizco, esa turbulencia en el vientre cuando algo no va bien, cuando alguien no está bien. Quiso saber, asegurarse, aplacar su preocupación, formular la duda que lo corroía.

¿Estaba la ninfa bien?

Pero para entonces ella, Sofía, había rebasado la puerta, dejando para siempre un halo de su embrujo en el ambiente.

En el restaurante.

En la vida de Alfredo.

2

Alfredo

Domingo, 15 de febrero

Alfredo despertó sin asomo de angustia por la tragedia que estaba a punto de caerle encima. Su madre se había ido a trabajar. Estaba dando la segunda cucharada al tazón de cereales cuando sonó el móvil. Le extrañó que fuese Fabio, pues su amigo formaba parte de ese colectivo que odiaba las llamadas, priorizando siempre un wasap. Y allí estaba, llamando un domingo a las doce de la mañana. ¿No era esa la hora de una toma de pecho, del eructo posterior o del baño? Lo cierto es que no tenía ni idea de bebés. Respondió a la llamada, extrañado:

—¿Sí?

—¿Cómo que «sí»? ¿Es que no miras el móvil? —le recriminó Fabio con brusquedad.

—¿Qué pasa? Estaba dormido hace dos minutos.

—¿No curras hoy?

Alfredo soltó la cuchara en el tazón. La pregunta lo desconcertó.

—No entro hasta las ocho de la tarde.

—¿No te has enterado de lo que ha pasado?

—¿Qué ha pasado?

Hubo un pequeño silencio.

—Te llamo en calidad de amigo, pero cuando aparezcas por aquí lo haré como cabo de la Policía Judicial —dijo por fin.

—¿De qué estás hablando? Me estás asustando, Fabio.

Alfredo oyó cómo su amigo cogía aire antes de hablar.

—Han encontrado a una chica muerta en los acantilados de Sancti Petri. No tenemos nada que nos indique la identidad de la víctima, por eso nos hemos visto obligados a difundir su retrato robot a algunos ciudadanos de la zona. Una testigo la ha reconocido y asegura que la vio corriendo por la calle Asunción hacia La Balconera. La cámara de seguridad del supermercado que hace esquina con dicha calle la ha filmado pasando momentos antes por la puerta en esa dirección. Lo que significa que la chica venía del paseo marítimo de la playa de la Barrosa. —Fabio calló esperando una reacción. Alfredo no dijo nada. Conocía esa urbanización, conocía ese supermercado. ¡Por el amor de Dios! Todos los días que trabajaba tiraba la basura en los contenedores de la calle Asunción—. ¿Sigues ahí?

Alfredo se aclaró la voz antes de contestar.

—Sí, sí.

—Es común que los sistemas de vigilancia de los establecimientos registren entradas y salidas que solo se visionan en directo, pero como todo en esta vida, y para nuestra suerte, estos sistemas se han vuelto más sofisticados. Ya no solo filman entradas y salidas, sino que quedan grabadas. Total, que hemos accedido a los registros y ese parece ser el recorrido de la víctima. Y ya sabes cuál es el primer restaurante del paseo marítimo…

—Los Pescadores —completó Alfredo de forma inconsciente.

—Exacto. Tus compañeros camareros nos lo han confirmado. La chica estuvo allí. Es lo único que sacamos en claro. La

Policía Judicial se ha trasladado al puesto principal de la Guardia Civil de Chiclana y está citando a todos los empleados que os topasteis con ella. Uno dice que la chica habló contigo, que tú la atendiste en la barra, que hablasteis entre las diez y cuarto y las once menos veinte aproximadamente. La cámara del supermercado que la grabó al llegar marcaba las diez y al marcharse las once menos cuarto. De momento, eso no nos dice nada, salvo que eres la persona de la que se tiene constancia que más tiempo pasó con ella antes de su muerte. —De haber estado de pie, Alfredo se habría caído—. ¿La volviste a ver después de eso?

—No... —balbuceó.

—¿Estás seguro?

—¡Claro que estoy seguro! —elevó la voz sin querer.

—Bien. Lávate la cara, ponte algo decente y vente al cuartel enseguida. Ha sido una mañana larga... Le dije al teniente que te conocía y que yo mismo me pondría en contacto contigo. Te están esperando para tomarte declaración.

—¿Declaración?

Se le formó un nudo en el estómago. De repente, los cereales le daban unas náuseas espantosas.

—Tranquilo, es el procedimiento habitual. Te harán unas preguntas de rigor y podrás irte a casa. Si hubo algún altercado, si algo te llamó la atención...

—¿Necesito un abogado? —articuló a trompicones.

—No, hombre, pero tu información y la del resto de los trabajadores es fundamental para esclarecer las últimas horas de la víctima. Simplemente, se te solicita que acudas como ciudadano con ánimo colaborador.

Alfredo se agarró las rodillas con la mano libre. El temblor de las piernas había hecho que se moviera la mesa de la cocina.

—Fabio...

—¿Sí?

—¿Dices que está muerta?

Verbalizarlo en voz alta le quebró la voz. La realidad le cayó entonces como un bloque de hielo enorme a punto de hacerlo papilla. Necesitaba confirmación.

—Sí, tiene la cabeza abierta —soltó su amigo a bocajarro.

Apenas fue consciente de las palabras que dijo para despedirse de Fabio, lo único que reverberaba en su cabeza era aquella frase lapidaria: «Tiene la cabeza abierta». Casi al unísono sintió la necesidad urgente de ir al baño y, sin tener opción, un cerco templado le mojó el pantalón del pijama. Se había meado encima.

Apenas una hora más tarde conducía el coche camino del puesto principal de la Guardia Civil de Chiclana. Consciente de la importancia de una primera impresión, había elegido uno de los pocos pantalones chinos que guardaba en el armario por si quedaba con alguna chica —hecho insólito y poco probable en su vida— y una camisa que al segundo estuvo empapada de sudor. Oía los latidos del corazón resonando en sus oídos y una voz interior que no le auguraba nada bueno.

Las nubes lloraban, quizá por Sofía, aquella chica de ojos tristes, o puede que por él mismo y su descomunal mala suerte al haber coincidido la pasada noche con la elegida por la muerte. El cielo encapotado debía saber algo. No había ni rastro de luz, como tampoco había ya esperanza para ella. Sintió un remolino en el estómago al revivir el momento. El surco del cuello, la sangre en el dedo, la mirada sin vida en el gran salón, aunque todavía no hubiese tropezado con la parca. Y Alfredo estuvo ahí, antes de su punto y final, y fue testigo de que algo no iba bien. ¿Y qué hizo? Nada. Secar vasos. Golpeó con el puño el volante e intentó controlar la respiración. Llamó un par de veces a su madre, que no le cogió el móvil. Cuando aparcó, tuvo ganas de fumar, pero no tenía cigarrillos. Había dejado el hábito hacía ya tres años.

Entró en el cuartel aparentando toda la seguridad que pudo fingir. Lo acompañaron hasta la segunda planta y lo hicieron esperar en una habitación pobre y anodina. Miró por la ventana en un último intento por reordenar sus ideas. El móvil vibraba en su bolsillo cuando un hombre altísimo entró en la sala. Se levantó y se dieron un apretón de manos. Tuvo que mirar hacia arriba. ¿Cuánto medía ese señor? Alfredo pensó que desde esa altura tendría una visión del nacimiento de su pelo que él nunca vería. ¿Se habría puesto demasiada cera? Su cabeza fluía en un sinfín de pensamientos sin sentido que huían temerosos de afrontar la situación.

—Buenos días, soy el teniente Castillo de la Unidad Orgánica de la Policía Judicial de la Guardia Civil. ¿Alfredo Sierra? —La voz sonó grave y el tono poderoso, de los que disfrutan de la autoridad y saben que la tienen.

—Sí. Alfredo Sierra, camarero de Los Pescadores.

Le hizo gracia que, en contraposición con la presentación del teniente, la suya fuera más escueta y simple. Este lo invitó a sentarse e hizo lo que le indicó. Sabedor del escrutinio al que estaba siendo sometido, entrelazó los dedos y miró al teniente. No se dejaría amedrentar.

—Perdón por haberle hecho venir de manera tan precipitada. Estas cosas son así.

—No se preocupe —dijo forzando una sonrisa de circunstancias.

Alfredo no supo a qué cosas se refería. La gente muere y rompe la rutina del resto, ¿era eso? Castillo cuadró un par de papeles sobre el escritorio y fijó la mirada en él.

—Sepa usted que solo estamos recabando información. No está obligado a contestar y puede irse cuando lo desee, pero todo lo que diga puede sernos de mucha ayuda.

Asintió.

—Estamos tratando de recomponer los últimos momentos de la víctima, así como entender el papel del restaurante en todo esto, si es que tiene algo que ver. La víctima llega a las diez y se marcha a las once menos cuarto de la noche. En esa franja estuvo con ella unos veinte o veinticinco minutos. Sus compañeros nos han comentado que fue usted quien le sirvió. Eso lo convierte, quizá, en una de las últimas personas que la vio con vida. Empecemos si le parece. —Alfredo hizo un gesto afirmativo. Castillo activó la grabadora—. Diga su nombre completo y la fecha, por favor.

—Alfredo Sierra Ibáñez. Domingo, 15 de febrero.

—Señor Sierra, ¿conoce el nombre de la víctima?

—Sofía.

—¿Sofía algo más? —Alfredo negó con la cabeza—. Cuénteme, señor Sierra. ¿Cómo fue su encuentro con la susodicha? Intente recordar.

Alfredo se aclaró la garganta.

—Al parecer se había sentado en la terraza, pero el compañero que la atendió no le había servido nada, así que entró y se sentó en la barra, que es la zona donde yo trabajo. Vino sola. Se bebió unos whiskies y se fue.

El teniente apuntó algo en una libreta ajada.

—¿Llevaba bolso, cartera, móvil?

Negó con la cabeza.

—No que yo viera. Pagó con un billete de veinte que se sacó de la gabardina.

—¿Hablaron?

—Un poco. Dijo que venía por trabajo, aunque no concretó a qué se dedicaba.

—Ya veo... ¿Cómo estaba? ¿Cuál fue su actitud?

Alfredo pensó antes de responder.

—Diría que la vi apagada.

—Apagada... —Castillo tocó un par de veces el clip del bolígrafo que sujetaba en una clara señal de impaciencia—. ¿Por qué dice usted que la vio «apagada»? —subrayó el término con retintín.

—No lo sé. Es una impresión que me dio. —Se encogió de hombros—. No estoy seguro, pero creo que vi una marca rosada por aquí —se señaló el cuello—, como una cicatriz. —Castillo le instó con la cabeza a que continuara—. Y sangre en el dedo.

—¿Cree o está seguro?

—Diría que sí. —Se irguió en la silla al tiempo que el teniente anotaba otra vez algo—. Ella me contó que a lo mejor tenía motivos para celebrar algo. Creo que iba a encontrarse con alguien. Miraba mucho a su alrededor.

—¿Y no cree usted que temiera estar siendo vigilada? ¿O que tal vez la estuviesen siguiendo?

Alfredo arrugó la frente para pensar. No se le había ocurrido aquella posibilidad.

—No lo sé, teniente.

Castillo garabateó algo antes de intervenir.

—¿Dónde vivía? ¿Se lo dijo?

—No. Solo me comentó que estaba aquí por trabajo, ya se lo he dicho. —Se rascó la sien para ganar tiempo—. No era muy accesible. Y de todas formas no hablamos mucho. Todo lo que sé son suposiciones.

Castillo le mantuvo la mirada varios segundos. Alfredo estuvo a punto de ceder y bajar la cabeza.

—¿Tiene idea de hacia dónde se dirigió tras dejar el restaurante?

¿Era una pregunta trampa? Fabio le había comentado que su rastro se perdía en la calle Asunción. «Contesta rápido, te estás demorando».

—Ni idea. Solo dejé mi puesto para tirar la basura.

Castillo volvió a escribir algo en la libreta y con gesto intelectual se tomó un tiempo para revisarla. Alfredo lo estudió mientras tanto. ¿Qué estaba apuntando? Imaginó que el serio y robusto teniente en realidad estaba dibujando un monigote montado a caballo. Intentó reprimir la sonrisa. A menudo se perdía en este tipo de cavilaciones o se abstraía de las conversaciones. «Céntrate».

—¿Diría que se había pasado con el alcohol?

—Bebió bastante en muy poco tiempo... —reflexionó.

—¿Pudo perder facultades?

Alfredo lo miró sorprendido. El teniente estaba tanteando distintas líneas de investigación.

—Si yo hubiese bebido lo que ella, seguro que las habría perdido —admitió.

Castillo suspiró.

—Está bien, señor Sierra. Si recuerda algo más, no dude en ponerse en contacto con nosotros o acuda al cuartel.

Cruzó el edificio controlando el tembleque de las piernas. De camino a la salida se encontró con su amigo Fabio, el cabo Torres, que lo acompañó hasta la puerta.

—Menuda historia, ¿eh? —le saludó—. ¿Estás bien?

Alfredo se secó el sudor de la frente con el revés de la mano.

—Eso creo. Tu superior da miedo. He dicho todo lo que recuerdo y he considerado relevante. Apenas cruzamos cuatro palabras —bajó la voz y dibujó una mueca aprensiva—, y aun así no puedo evitar sentirme fatal. Puede que haya sido la última persona que hablase con esa chica.

—No sabías lo que le iba a pasar, Alfredo —intentó calmarlo.

Este negó con la cabeza.

—Debí haberlo notado.

—Pero no eres vidente...

—Tuve un mal presagio —lo cortó con aire luctuoso, consciente del efecto que podían tener estas palabras.

Fabio miró a su amigo, preocupado. En otras circunstancias hubiera celebrado que Alfredo intercambiara palabras con una mujer. Se detuvieron en la acera unos segundos en los que no se dijeron nada.

—No te tortures —dijo el cabo por fin—. Vamos hablando, tengo mucho trabajo.

Alfredo volvió a notar la vibración del móvil en el bolsillo trasero, pero no lo cogió.

—A ver si quedamos, Fabio.

—Cuídate, tienes mala cara.

Desanduvo sus pasos hasta el coche y solo contestó al teléfono cuando se subió en él.

—¿Qué pasa, hijo? ¿A qué vienen tantas llamadas?

Notó la preocupación en su voz, esa que vive dentro de una madre. Siempre alerta, siempre protectora. Otro hijo se hubiese sentido cuidado y querido, pero él no. Torció la boca en un gesto incómodo. Se pasó la mano por el pelo inconscientemente y su madre subió el tono ante la ausencia de respuesta.

—Alfredo, ¿estás ahí? Maldito cacharro.

Este arrancó el coche.

—Mamá, estoy aquí.

—Ah, cielos, habré vuelto a silenciar la llamada con la oreja. Dime, ¿qué pasa?

Alfredo apretó el gesto.

—Te llamaba por si te apetece que pidamos sushi.

3

Sofía

Domingo, 1 de febrero

Catorce días antes

El optimismo y los planes de futuro eran cuestiones que poner en tela de juicio desde el prisma en que «la chica de las fotografías» miraba la vida. Decepcionada por su mala suerte, frustrada por el aquí y el ahora que la sociedad le había hecho creer en redes sociales. Para su sorpresa, el triunfo no estaba a la vuelta de la esquina. La habían engañado. El éxito no se consigue pulsando una tecla. Es la perseverancia y el esfuerzo incansable que no se reflejan en internet los que llevan hacia donde uno quiere estar. Se había desinflado, como el último globo de un cumpleaños que al día siguiente de la fiesta se ve desubicado y fuera de contexto en un salón ordenado. Pensaba que las cosas serían más fáciles, que bastaba con tener ganas para lograr algo. Había perdido aquello que la hizo salir de casa. La confianza que le permitió dar un portazo y hacerse fuerte frente a unos padres autoritarios que la vieron marcharse para perseguir un sueño. Las fotos. Ese había sido siempre el camino. El tiempo transcurría de forma diferente cuando se ponía detrás de una cámara. Aceleraba, como ocurre con las cosas que realmente nos gustan. Tenía un don. Capturaba trocitos de belleza con la luz y el enfoque perfectos. Disponía de la creatividad para conseguir el plano imposible y de la paciencia para esperar el momento justo que ansía ser fotografiado. Pero no era suficiente. Las leyes sí lo eran. Las distintas ramas del derecho. La abogacía. Ese era el futuro que sus padres querían para ella. «Mucho más estable y respetado», decían. Ya estaban viviendo sus vidas, ¿por qué tenían que arrebatarle la suya y plasmar sus frustraciones y sueños rotos en ella? No quería ser abogada. La niña de papá y de mamá, el bicho raro del instituto, la solitaria chica de ojos grandes y curiosos que veían más allá de lo que uno a simple vista es capaz de percibir, no podía ignorar lo único que le daba sentido, que le apasionaba, que la invitaba a vivir.

Se sintió capaz de todo al cruzar el umbral y supo que sus padres ya no la alcanzarían. Ellos no se dieron cuenta de que tenían frente a sus narices las pruebas inequívocas, que imponer un camino que seguir sería determinante en la ruptura de la familia. Sofía siempre había sido reservada, introvertida, diferente. Silenciosa. Su ruido iba por dentro, nadie se había parado a escucharla. Incomprendida, reunió algo de dinero, hizo la maleta y se fue con Tony. El chico de Instagram. Él sí había sabido verla. En las innumerables horas que Sofía pasaba en redes sociales, se fijaba en perfiles innovadores: personas que diseñaban su propia marca, que abrían un negocio, que mostraban su arte y le ponían precio... Tony era de estos últimos, siendo su principal habilidad la de buscarse la vida. Hacía de todo, desde arreglar electrodomésticos, promocionar subastas deportivas de dudosa fiabilidad hasta subir fotos de todos los lugares de la provincia que visitaba. Algunas fotografías valían la pena. Y encima, no podía negarlo, Tony era bastante guapo. Le comentó una foto, una subida hacía ya mucho, para dejar claro desde el principio que tenía bastante interés y había cotilleado el perfil completo. Eso dio pie a una conversación que se extendió durante cinco meses. La escuchaba y no se reía de su ilusión por vivir de lo que le gustaba. Incluso hablaron de abrir un estudio juntos. A decir verdad, solo con él se sentía ella. Por eso, entre gritos, reproches e insultos de sus padres salió de casa sintiéndose libre. «No me volveréis a ver». «Ya lo creo que sí. Regresarás con el rabo entre las piernas. No pienses que iremos a buscarte». Y no fueron. Llevaba ya tres meses fuera de casa. Sin saber de ellos. Y ellos sin saber de ella, salvo por un par de llamadas. Su madre la había telefoneado en dos ocasiones. La primera para decir: «Vuelve a por tus cosas y devuélvenos la llave de casa». La segunda para pedir disculpas y preguntar qué tal estaba. El chiste de la hipocresía. ¿Puede la vanidad separar más que la distancia y el tiempo? La vida no hacía más que plantearle preguntas. Las respuestas las daban los hechos. Estaba sola. En casa o fuera de ella, siempre había sido así, hasta la llegada de él, claro.

Tony había volcado sus conocimientos en ella. El dinero no cae del cielo, hay que hacer algo para conseguirlo y siempre hay alguien dispuesto a pagar por aquello que ofreces. Era su lema de vida. Le enseñó que en internet ella podía ser quien quisiera y dedicarse a lo que fuera. Potenciar su fuerte, sacarle partido. Ser más inteligente que aquel que pagaba. Y, así, una nueva profesión se dibujó en el horizonte. Ella no vestía de negro ni usaba gafas de sol. Esa era la imagen que las películas, los dibujos animados y las series habían instaurado en su cabeza de lo que aquel oficio suponía. No era detective privada. No tenía la TIP —la acreditación otorgada por el Ministerio del Interior—, pero disponía de una cámara de alta definición de cincuenta fotogramas por segundo. En términos de videocámaras, una bestia. Eso, sumado a la agudeza visual, el ingenio y la destreza para captar momentos en fotografías que al resto se le esfumaban, la convertía en una muy buena opción, y mucho más asequible que un detective real, para matrimonios exasperados. «¿Es un delito?», le había preguntado a Tony. «Probablemente, pero, si ambas partes están de acuerdo, ¿qué hay de malo?», respondió. Siempre cobraba en metálico y nunca daba su verdadero nombre. A cambio, ofrecía servicios menos profesionales, pero igual de efectivos. La parte infiel siempre acababa descubierta y el pagador satisfecho. Al menos, trabajaba en algo vinculado a la fotografía y ganaba lo necesario para subsistir.

Aunque se había jurado dejarlo, ese momento no llegaba. Como el fumador que compra continuamente su último paquete. Se excusaba en las ganancias. Cualquier cosa menos volver a casa y darles la razón. Mostrarse vulnerable ante sus padres no era una opción. No podía decir que no al dinero ni a cualquier trabajo que le saliera. Lo mismo sacaba fotos en comuniones que vendía láminas en un perfil de Instagram sin identidad. Vivían en una entidad local perteneciente a Tarifa, Tahivilla, un pueblecito de no más de quinientos habitantes que hacía de dormitorio para aquellos que trabajaban en Facinas o alrededores. El alquiler era barato y sus vecinos no hacían preguntas. Su casero, más cerca de la muerte que de la vida, solo aparecía una vez al mes para cobrar en mano. Le gustaba la soledad, pasar desapercibida, la campiña, el olor a vegetación.

Durante un tiempo corto fueron felices. Ya no. La convivencia no había alcanzado el segundo mes. Tony ya no era el chico que la fascinó. Tenía su misma cara, su mismo cuerpo, pero no ocurría así con su personalidad. El teatro había concluido y la realidad había salido a la luz. No era comprensivo ni generoso ni altruista. Debió verlo en su manera de ganarse la vida, en sus golpes a la pared, en sus nudillos ensangrentados. Comenzó pidiéndole prestadas cantidades pequeñas de dinero que fueron ascendiendo paulatinamente. La primera semana le pidió cincuenta euros que le faltaban para pagarle al mecánico por no sé qué historia que tenía su coche. Jamás los vio de vuelta. Luego, empezó a mentir. Le cedía tareas de revelado de fotos con la excusa de estar liado y lo descubría en el sofá sin hacer nada. Pero el colmo para Sofía fue que la invitara a cenar para acto seguido pedirle que pusiera su parte de los gastos de luz y agua del alquiler, pues a él no le llegaba. ¿Cómo podía ser así de irresponsable con el dinero? Nadie se gasta lo que no tiene. Desde luego, no les sobraba, tenían que escatimar. Y, pronto, Sofía llegó a una conclusión. Se había convertido en un medio más a través del cual Tony ganaba dinero. Una de sus formas de ganarse la vida. Cuando intentaba hablarlo con él, era imposible. Enseguida perdía los papeles y hacía añicos cualquier cosa que le pillara cerca. Llegó a su límite. Tony no era buena compañía, pero ¿y si sus padres tenían razón? ¿Y si él estaba en lo cierto y no valía para nada? Mejor pedirle un tiempo que tomar una decisión firme e irrevocable. Solo por si acaso. Volver con Tony era algo que pensaba quince veces al día, pensamiento alimentado por sus ocho llamadas diarias. Según le dijo, se había ido a vivir a casa de un amigo en Puerto Real tras dejar la casa común y seguía bebiendo los vientos por ella. Tenía que admitir algo. Él había sido su punto de apoyo, la columna que sostenía todo el tinglado, su mayor descanso. Él la supo tranquilizar en esos meses de conversaciones a distancia y a deshoras. Y la convivencia había funcionado durante poco más de un mes. Lo mismo que aguantó su paciencia. Pero cuando tienes veintitantos años los días son largos y las oportunidades cortas. La de Tony había volado. El tiempo que le había pedido para encontrarse a sí misma se había expandido unas semanas de más y la espera estaba atormentando al que fuera su novio. «Sé tajante. Déjame escapar, pero no me tengas aquí esperando», le había pedido en numerosas ocasiones. Pero ella no se creía capaz de darle una contestación. Y Tony había encontrado la puerta que golpear constantemente, aunque ya supiera el resultado: la más absoluta incertidumbre.

Estaba pensando en él cuando la voz robotizada de Google Maps la hizo ser consciente de la carretera. Subió el volumen de la radio y cogió el volante con las dos manos. Sonaba alguna canción antigua de Shakira que le hacía mover la cabeza por inercia, pero la calma duró poco. La fina llovizna pasó a ser en cuestión de segundos un chaparrón. Se forzó a concentrarse en la carretera. Era una lluvia densa y violenta. El repiqueteo contra la chapa de su coche, aunque agradable, solo era una señal del frío que haría fuera. Pronto, los granizos cayeron como fusiles sobre la luna. Las cunetas, anegadas, se convirtieron en riadas que hacían perder la tracción de los neumáticos del trastomóvil, como a ella le gustaba llamarlo. El limpiaparabrisas trabajaba en su nivel tres, apagando con ello casi al cien por cien la canción de fondo.

—No se ve nada —murmuró para sí.

Activó el aire acondicionado para intentar limpiar el vaho que había impregnado las ventanillas. Era imposible ver algo por los espejos. Encendió las luces antiniebla, que rara vez había usado, y aminoró la velocidad pese a su pericia al volante. Subió la cremallera de la chaqueta hasta arriba y maldijo haber perdido tanto tiempo en alisarse el pelo. En cuanto saliese del coche se le encresparía. Miró la hora y luego el tiempo que indicaba Google Maps. Ya llegaba diez minutos tarde y con esa tromba de agua se retrasaría aún más. «Mejor llegar viva que no llegar», se había dicho siempre.

Al incorporarse a la A-48 dejó atrás las curvas cerradas y la sensación de infinitud de la N-340. Vislumbró, en una colina que dejó a la izquierda, el toro de Osborne. La antigua valla publicitaria del brandy de Jerez de casi catorce metros de altura se erigía imponente en la cresta de una colina, riéndose quizá de los sesenta kilómetros por hora a los que circulaba Sofía. No pudo evitar pensar que, de pasarle algo, tardarían horas en encontrarla. Hacía quince minutos que no se cruzaba con ningún coche. Solo con los aerogeneradores y sus grandes aspas movidas por el viento furioso del sur de la península. Alcanzó a ver pequeños caminos que se abrían paso entre los arbustos que limitaban la carretera, salían de ella para luego perderse por los preciosos y verdes campos en dirección a fincas de animales y cortijos.

El tiempo de más que invirtió al volante le permitió reordenar la información que poseía de su clienta: una señora que la había contactado a través de su anuncio como investigadora de infidelidades. Sería la tercera desde que Tony la metió en el mundillo, pero la primera desde que habían tomado caminos separados. No estaba nerviosa. Al contrario, ansiaba comenzar, recuperar la ilusión que la puso en ese camino y, por primera vez, no compartir las ganancias. En esta ocasión se trataba de Luz Tornel, una mujer de unos cuarenta y cinco años, administrativa de una bodega, casada con un diseñador gráfico autónomo y con dos hijos: el mayor que acababa de cumplir los dieciocho y una niña de trece que pasaría al instituto el curso que viene. Cuando Luz contactó con ella, percibió la desesperación en su voz. La gente puede hacer locuras por amor. Ella lo sabía bien, pero no estaba allí para discutir los términos, sino para satisfacer los deseos de su clienta.

Cuando llegó a la avenida del Mueble se desvió a una zona comercial que quedaba a la izquierda, justo en la entrada de Chiclana de la Frontera. Aparcó bajo uno de los techos de chapa que recorrían el garaje. Por la noche los fluorescentes fundidos iluminarían de forma intermitente y fantasmagórica el lugar, pero, en ese momento, era de lo más normal. Varias familias circulaban con los carritos de la compra y otros tantos se machacaban las manos con bolsas excesivamente cargadas. Se miró un momento al espejo retrovisor, ordenó un par de mechones que habían volado de su sitio y cogió su bolso. Anduvo hasta la cafetería que hacía esquina junto al gran supermercado. Allí había quedado con Luz Tornel. Reconoció enseguida a su clienta, pues habían acordado que llevaría un abrigo blanco. Ella, que se sintió observada, hizo un gesto cordial de timidez con la mano para saludar. Desprendía un aire aristocrático que desentonaba con el entorno. Era como si una duquesa se hubiera perdido en el campo. Lucía un perfecto recogido de pelo rubio y se había pintado los labios de un carmín suave. Bajo el abrigo, se intuía una buena forma física. No pudo evitar preguntarse si había conducido hasta allí con esos tacones.

—¿Señora Tornel? —tanteó—. Disculpe por la espera.

—Llámame Luz —dijo estrechándole la mano en un cruce de miradas—. ¿Eres Adela? —Esta asintió. Un nombre que siempre le había gustado—. ¿Quieres tomar algo? He pedido un café.

—Otro para mí.

Ya con las tazas en la mano, entraron en materia.

—Es la primera vez que hago esto. No sé bien cómo proceder —dijo sin poder ocultar su nerviosismo.

Hablaba con cautela, como si al levantar la voz lo más mínimo alguien pudiera girar el cuello de golpe para clavarle los ojos. Sofía tenía constancia, por las conversaciones previas, de que Luz se había mudado de Cádiz a Chiclana, pero el haber cambiado de aires no borraba la desconfianza que aquella mujer cargaba en los hombros. Su domicilio quedaba a unos veinticinco minutos. Sin embargo, por el miedo a ser descubierta, habían acordado que el lugar de encuentro sería aquella cafetería que rozaba el extrarradio. A Sofía no le resultó extraño. El perfil de los clientes, según le había contado Tony y ella misma había experimentado, era, por lo general, el de una mujer celosa de su intimidad y con verdadero pavor a que los demás supieran.

> ¿Distante? ¿Reacio a mantener relaciones sexuales? ¿Preocupado más de lo normal por su físico? ¿Demasiado tiempo fuera de casa?
>
> Toma cartas en el asunto. Destapa la infidelidad. Cuenta conmigo.

Se ofrecen servicios de seguimiento personalizado, documentación gráfica (fotografías y vídeos) e informe escrito garantizando la calidad de todas y cada una de las evidencias, así como los movimientos del investigado.

Máxima confidencialidad.

Precio negociable.

Escriban al número indicado.

Adela

Le constaba que su anuncio en la web era visto al menos por una persona al día. No se ganaba mucho ni otorgaba regularidad de ingresos, pero le daba para algo, para ir desprendiéndose de la comida precocinada y comer algo fresco de vez en cuando. Y quizá, tal vez, para ahorrar y tener en un futuro próximo su propio estudio de fotografía. El traqueteo nervioso del tacón de Luz la hizo aterrizar. Alzó la vista y vio a una mujer asustada.

—¿Tienes lo que te pedí? —Se tomó la libertad de tutearla.

Luz volvió a echar una mirada taimada a su alrededor y en una milésima de segundo sacó un sobre tamaño cuartilla y lo colocó sobre la mesa. Sofía entreabrió la solapa de cierre para comprobar su contenido. Solo entonces lo guardó en el bolso que había traído aposta. Aun así, preguntó:

—¿Está todo?

Con «todo» no solo se refería al dinero. La señora asintió y dibujó una sonrisa complaciente como respuesta.

—¿Te parece bien que quedemos aquí el jueves a la misma hora? —quiso saber, cerrándose el abrigo en un gesto involuntario de defensa.

Era domingo. Más que suficiente para ofrecer un primer avance.

—Me parece bien.

—Nada de móviles. Por seguridad. Nos encontramos aquí directamente.

Volvieron a darse un apretón de manos y huyó despavorida como si hubiera cometido un crimen. Sofía se quedó a degustar el café y, cuando Luz se marchó en su coche, echó un vistazo de nuevo al sobre.

4

Alfredo

Viernes, 20 de febrero

Habían pasado varios días desde la visita de Alfredo al puesto de la Guardia Civil de Chiclana y recordarlo aún le daba escalofríos. No podía quitarse de la cabeza la última imagen que vio de esa chica: la mirada vacía, la sonrisa trémula, la melena ondulante perdiéndose al doblar la esquina. La chica misteriosa, Sofía, lo había estado visitando en ensoñaciones, haciendo que despertara envuelto en una película de sudor y con temor a dormirse de nuevo. Incluso había recurrido a las valerianas como cuando era un crío y tenía pesadillas. Su madre, desde luego, lo estaba tratando como a uno. Sabía que estaba muy preocupada, porque golpeaba con los nudillos la puerta de su dormitorio cada dos horas y le preguntaba que si estaba bien. Si él decidía no responder, notaba cómo abría sigilosamente la puerta para asomarse y comprobar que estaba durmiendo antes de regresar otra vez a las labores del hogar.

El restaurante había hecho un trabajo arduo para lavar su imagen. Incluso el *community manager* del local no había dudado en hacer pública su plena colaboración con la Guardia Civil y las condolencias para la familia y los allegados de la víctima. Así, Los Pescadores hacía notar que no estaba involucrado en absoluto en la tragedia que había acontecido a esa pobre chica, recalcando una y mil veces que esta había tenido lugar lejos de la propiedad. De todas formas, la noticia no acaparó grandes portadas. Alfredo había conservado el número posterior del día del suceso del *Diario de Cádiz*. En él, la muerte de Sofía ocupaba una pequeña porción de página en la esquina inferior derecha con un titular que rezaba:

HALLAN MUERTA A UNA JOVEN EN LA PLAYA DE LA BARROSA

La Guardia Civil investiga la muerte de una joven hallada la mañana del pasado domingo 15 de febrero por un pescador que dio el aviso a las Fuerzas de Seguridad. La identidad de la víctima sigue siendo una incógnita. El cuerpo fue encontrado en la zona de los acantilados en la playa de la Barrosa. El grupo de rescate especialista en montaña intervino en el levantamiento del cadáver.

Y ya está. Justo debajo un anuncio de dentífrico. La información era escueta y poco reveladora, salvo por el lugar aproximado en el que habían hallado el cuerpo. Alfredo conocía la zona. Alguna tarde de viento de levante había huido a resguardarse de su azote en las pequeñas calas que forma la bajamar en estos acantilados. De difícil acceso y con zonas rocosas, estos rincones de arena unen Torre Bermeja con el poblado de Sancti Petri. Y allí, entre aquellos socavones de la naturaleza, había amanecido Sofía, contemplando seguro el resplandor de la aurora. Salvo que ella ya había cerrado los ojos al mundo.

Sentía la necesidad de saber más, así que, sentado frente al ordenador, se sirvió de internet para buscar más datos. Abrió el navegador y tecleó: «Chica muerta en la Barrosa». Apenas cuatro o cinco resultados eran interesantes: la versión digital del *Diario de Cádiz*, varios periódicos locales con la misma información poco esclarecedora y *La Voz Digital* que, simplemente, añadía una foto del lugar en cuestión con vistas al mar. Precioso y, a partir de ese momento, también terrorífico. Sintió un hormigueo en la nuca. Estaba en casa, pero no se sentía a salvo. Era como si no hubiese conseguido salir del restaurante desde aquella noche, condenado a servirle whiskies de por vida a una extraña con un destino horrible. Su obsesión había llegado a tal punto que sus primeras necesidades quedaron relegadas. Acumulaba ya tres sándwiches a medida que su madre se los dejaba sobre la mesa bajo el aviso de «tienes que comer algo».

Una mosca revoloteando a su alrededor lo hizo despertar del ensimismamiento. Miró con hastío el pan endurecido y al instante le rugió el estómago. En cuanto salió del dormitorio, su madre, Rosita para los amigos, se cruzó con él en el umbral de la puerta. Fue directa a la ventana para ventilar la habitación que apestaba a cerrado y dejaba al descubierto la necesidad de ducha de su hijo. Alfredo ni se inmutó. Caminó de manera mecánica hasta la cocina y se llevó a la boca lo primero que le pareció comestible: un resto de tortilla de patatas. Rosita lo miró con expresión preocupada desde el otro lado del sofá.

—Hijo, no puedes seguir así. Da una vuelta y despéjate —le dijo.

Alfredo no contestó. Asintió y tras una hora larga en el cuarto de baño salió oliendo a loción para después del afeitado y con otra cara, igual de apático, pero limpio y reluciente, como le gustaba a Rosita. «Un mocito bien guapo», le solía decir. Ella se quedó más tranquila, pues tuvo tiempo de limpiar el dormitorio, y Alfredo pudo descansar de los ojos vigilantes de su madre.

Salió de la unifamiliar que compartía con ella en Camposoto y, una vez en el coche, llamó a Fabio. Aunque no era común que quedaran de forma improvisada, tampoco lo era que

Alfredo hubiese tenido que ir al cuartel días atrás. Por ello, su amigo no tuvo reparo en pausar aquello que estuviese haciendo para quedar con él. Necesitaba hablar del tema y sentía que solo Fabio podía añadir luz a sus tinieblas. Pese a que sus vidas estaban transitando momentos muy diferentes, siempre estaban el uno para el otro. Quedaron en encontrarse en La Cantina del Titi, más comúnmente conocida como El Bartolo, situado en la playa de la Casería. Un chiringuito sin más pretensión que servir tapas a sus clientes con vistas al puerto de Cádiz y al puente de la Constitución de 1812. La marea estaba subiendo, así que las mesas más próximas al mar contaban ya con un palmo de agua en sus patas. Mientras esperaba a su amigo se pidió una cerveza Cruzcampo, acompañada de un cuenco de aceitunas. «De Sevilla», le dijo el camarero tras dejarlas en la mesa. Intentó disfrutar del momento, dejarse contagiar por la algarabía del gentío. Mientras miraba el mar, se fijó en el espacio donde antes se encontraban las coloridas casuchas de los pescadores. Ya no estaban. Algún lumbrera del ayuntamiento había decidido eliminarlas. Todo lo hermoso tiene los días contados. Con ese pensamiento lo sorprendió Fabio, que le tocó el hombro y se sentó a su lado. No vestía uniforme. Llevaba una camiseta de manga corta bajo la camisa abierta, aprovechando aquel sol de mediodía y los diecinueve grados que les regalaba la cercanía de la primavera.

—¿Cómo estás, chaval? Tienes un aspecto horrible. —Acompañó la frase con un brindis al aire.

—Gracias. Llevo varias noches sin dormir —resumió.

—Te estás volviendo loco. No creía que esto te fuese a calar tanto.

Intentaba calmarlo, en vano.

—¿Qué tal Carla y el bebé? —preguntó por protocolo.

—Bien, he podido escaparme un ratito. ¿Y a ti, cómo te ha dejado salir Rosita? —soltó bromista.

—Al contrario. Está deseando que salga de casa. Tengo que reconocer que no pienso en otra cosa. No estoy tan acostumbrado como tú a lidiar con la muerte, Fabio. Hablé un rato con ella —su amigo lo miró confuso—, con la chica muerta —aclaró—, y no me dio buena espina, pero la dejé marchar.

—No insistas en eso. Solo vas a conseguir hacerte daño. No formas parte de su desgracia. Seguramente le alegraste sus últimos momentos a base de alcohol.

Detuvieron la charla para degustar unas puntillitas, un revuelto de ortiguillas, gambas y chocos fritos. De saber la conversación que estaba a punto de darse, Alfredo no hubiera probado bocado.

—¿Cómo va la investigación? —preguntó.

Fabio dibujó una mueca de desagrado.

—Sabes que incumpliría el secreto de sumario.

—No te lo preguntaría si no estuviera tan afectado.

El cabo apretó la mandíbula en un gesto rudo.

—Sobra decir que lo que hablemos aquí, aquí se queda.

—Sobra —correspondió.

Fabio bajó la voz para continuar:

—Como ya sabrás, porque el gabinete de prensa de la Guardia Civil ha facilitado a los medios esa información, la encontró un pescador madrugador. Precintamos la zona y no fue hasta que llegó todo el equipo cuando tuvo lugar el levantamiento del cadáver. —Alfredo arrugó la frente. Fabio tuvo que ser más explícito—. Ya sabes, la Comisión Judicial: la jueza, el secretario judicial, la forense, la Unidad Orgánica de la Policía Judicial, el SECRIM y el GREIM, que no veas la que tuvieron que liar para sacar el cuerpo de allí abajo. En fin... Siempre que hay una muerte de este tipo, se realiza una autopsia. Pues bien, esta mañana nos ha llegado el informe preliminar de la forense. Hace unas horas me ha llamado Castillo.

—El teniente que acojona.

Fabio ignoró el comentario.

—La valoración inmediata es muerte encefálica. Al parecer cayó desde una altura aproximada de tres metros y medio, presentando varios hematomas, roturas y una fuerte contusión cerebral que le causó la muerte en el acto.

—¿Se cayó? —se alarmó Alfredo.

—Eso es obvio. Lo que nos interesa saber es si esa caída fue voluntaria, accidental o premeditada. Las muestras objeto de estudio han sido remitidas al Instituto Nacional de Toxicología y Ciencias Forenses de Sevilla. Sabemos que ingirió alcohol, veremos si aparece alguna sustancia más que provocara su desconcierto y torpeza.

—Eso indicaría que fue un accidente. Pensé que buscabais culpables.

—Barajamos distintas posibilidades. Aquella zona queda completamente a oscuras por la noche y el terreno es bastante irregular. La valla protectora que separa el sendero del acantilado lleva rota años en distintos puntos. Las rocas de la orilla estaban al descubierto, aunque desde esa altura y con esa negrura sería imposible verlas. No es difícil pensar que, al estar un poco bebida, se asomara más de la cuenta y perdiera el equilibrio. O puede que no, que haya alguien más implicado. No lo sabemos. Sin embargo, no exhibe señales de forcejeo ni ADN en las uñas. Y luego está su cuello.

—¿Su cuello?

—Presenta alrededor del cuello una marca indeleble a la altura de la garganta. No llega a ser un surco, es más bien una rojez. No la estrangularon, pero...

—¿Qué? —se impacientó Alfredo.

Fabio apretó el entrecejo abstraído en sus cavilaciones.

—No lo sé. Según el informe forense preliminar no es trascendente. De todas formas, tendremos que esperar a los resultados definitivos. Las cosas no son tan fáciles. No se pueden hacer interrogatorios, pruebas de ADN y autopsias en cinco días y sacar conclusiones. El mundo real va mucho más lento que las series policiacas.

¿Cinco días? ¿Tanto? Alfredo no había hecho otra cosa que conectarse a Twitch y jugar a videojuegos. El sol había dejado de ponerse, el tiempo de contar, pero lo cierto es que la vida seguía su curso y ya estaban a viernes.

—Es una puta locura —se le escapó.

—Lo sé... —Echó una mirada rápida a la mesa más cercana y solo cuando se cercioró de que no escuchaban siguió hablando—: Suerte que el cuerpo quedó encajado entre los escollos y el mar no pudo llevárselo. Si no, quién sabe cuántos días hubiéramos tardado en encontrarlo todo hinchado y morado o si hubiésemos podido dar con él. También que el cadáver no hubiese estado sumergido nos habría facilitado la toma de huellas para su identificación en primera instancia, pero tampoco hemos tenido suerte en esto.

—¿Qué quieres decir?

—Hemos cotejado las muestras de ADN y no coinciden en el fichero SAID; es decir, que no está fichada. Tampoco la Interpol la tiene registrada. Por supuesto tampoco hay testigos oculares, salvo aquella señora que, como te dije, la reconoció mediante un retrato robot. Esa pista fue la que nos llevó al restaurante. Algo es algo... —Apretó su frente—. No llevaba DNI ni ningún tipo de documentación encima. Ni cartera ni bolso. Y eso no es todo: nadie ha reclamado su cuerpo. Nadie ha denunciado su desaparición y a nadie parece importarle, puesto que no hemos hallado ninguna coincidencia en la base de datos de desaparecidos. Hasta aquí, podría parecer una muerte fortuita, pero el gran misterio es que presenta graves quemaduras en los dedos; es decir, que no podemos usar las huellas dactilares para su identificación en el fichero ADDNIFIL, en el que todos estamos registrados. —Alfredo iba a decir algo, pero solo soltó un balbuceo de espanto—. Parece que no querían que la identificáramos. —Alfredo entreabrió la boca, atónito—. En fin, que fue una chica buena, nadie la busca y no tenemos ni idea de quién es.

—Y... ¿Y un móvil? La gente lleva móvil encima —tartamudeó.

—No hemos localizado el terminal. Ahora mismo puede que esté en Marruecos —dio un sorbo y añadió otra ocurrencia— o en el estómago de una ballena. Si supiéramos quién es, podríamos verificar con la compañía llamadas y mensajes, pero como no... Por no encontrar, los de Criminalística no han localizado ni etiquetas en la ropa.

—¿No es extraño? Toda la ropa tiene etiqueta.

—Yo las suelo cortar porque me pican. —Alfredo no le vio la gracia—. Para colmo pagó en metálico. Si hubiera pagado con tarjeta, con solo revisar las transacciones la tendríamos. —Suspiró hondo—. No tiene tatuajes, prótesis...

—¿Y la familia? Debe haber una familia que necesite saber qué le pasó, por qué está muerta.

—También debería haber un trabajo donde la echen de menos, ¿no te parece? Nosotros somos los primeros interesados, pero llegados a este punto nuestra mejor baza es esperar los resultados e investigar con lo que tenemos.

—¿Quién puede presentar esas características?

Fabio meditó un momento.

—Una inmigrante sin papeles, trata de blancas... O una persona asocial a la que nadie eche de menos.

Alfredo se recolocó las gafas empujando el puente. Él la conoció. Él habló con ella. Con Sofía.

—Me dijo que se llamaba Sofía.

—Ya, y yo me llamo Arturo, no te jode. —Fabio entornó los ojos—. No seas inocente, chaval. Pudo haberte mentido.

—Pero ¿por qué?

—Se bebió al menos cuatro whiskies a palo seco. —Se encogió de hombros—. ¿Por qué no? ¿Y, de todas formas, qué hacemos con solo un nombre? Lo que sí sabemos es la hora aproximada de la muerte. La forense ha determinado que tuvo lugar entre las once y las doce de la madrugada.

Su cabeza abotargada tardó varios segundos en descifrar lo que aquello implicaba.

—Eso sitúa su muerte casi inmediatamente después de su encuentro conmigo —titubeó.

—Hora arriba, hora abajo. Estas cosas nunca son tan exactas. No hay pruebas, todo son conjeturas —dijo para restar importancia.

—¿Y la cámara del supermercado? ¿Filmó algo interesante?

—Todo el que va en dirección al paseo marítimo pasa por ahí, así que al menos tenemos eso. Registra cuándo llega y cuándo se marcha, nada más. Tardasteis en atenderla, así que el intervalo de tiempo cuadra. Nadie sospechoso por la zona, nada relevante.

El camarero reparó en que él también saldría en las grabaciones, que se vería cómo entraba a trabajar, el instante en que tiraba la basura y justo cuando se marchaba a casa. Olió el sudor bajo su ropa.

—Parece una película espeluznante. —Esperaba no haber estado callado demasiado tiempo.

—Y el último que vio con vida a la protagonista fuiste tú.

Alfredo irguió la espalda como si el golpe recio con la roca le hubiera destrozado la cabeza a él y no a aquella desconocida.

5

Sofía

Domingo, 1 de febrero

Catorce días antes

A Sofía no le convenía vivir en el mismo pueblo que su clienta, pero tampoco quería madrugar en exceso ni dormir en el coche. Tony le había explicado que podía darse el caso de que el investigado o alguien de su entorno cercano no implicado se percatara del escrutinio y todo saltara por los aires. Nunca le había ocurrido, pero la posibilidad remota existía.

Chiclana iba camino de los noventa mil habitantes y ciudad y playa estaban separados por más de siete kilómetros. Si llevaba una vida centrada estrictamente en lo laboral, no tendría de qué preocuparse. Pasaría horas en el coche vigilando al marido y luego dormiría en cualquier pensión cutre. Confiaba. En una semana o dos como máximo habría cazado al infiel con las manos en la masa y podría volver a Tahivilla.

Con lo que le había pagado por adelantado la señora vestida de aristócrata, tendría para pasar unas noches en algún lugar que ofreciera lo básico. No necesitaba grandes lujos. Solo una cama y agua caliente, y aun así seguiría siendo rentable haberse desplazado. Luego recogería el resto del dinero y santas pascuas. Sofía no quería dejar rastro. Luz Tornel había plasmado su firma en forma de carmín en la taza y no en un contrato. Esos labios por los que hacía un momento habían salido palabras urgentes en busca de una solución a corto plazo. Quizá el detonante para una nueva vida, quizá el empujón necesario para liberarse del lastre de su marido. Había sido dotada de una belleza natural, vestía un abrigo de marca cara, su pintalabios valía más que el jersey de Sofía. Aparentemente, era una mujer de éxito a la que todo le iba bien. Elegante, recatada y femenina, de esas que desprenden feromonas con un simple cruce de piernas. Y, sin embargo, infeliz. Qué ironía que tuviera que ocultarlo bajo ropa de diseño.

Sofía apuró el último sorbo de café, dejó un par de monedas en la mesa y puso rumbo a una de las pensiones que Google Maps le había sugerido. No era céntrica y aceptaba pago en efectivo. Era cuanto quería. Cuando llegó al lugar en cuestión, encontró una barriada de casitas modestas. Algunas de ellas de construcción antigua. Así era La Pensión de Antonia. De muros toscos y rudos, lucía dos ventanales que daban directamente a la calle con portillos abiertos. Por una de ellas salía una cortina en tono beis. Supuso que el resto de las habitaciones darían a un patio interior. En las azoteas vecinas vio tendidos alegres vestidos floreados. La estampa le hizo gracia. Era como colarse en una película de Almodóvar. Se acercó a la vetusta puerta que lucía entreabierta y descubrió una escalera que subía a la zona de descanso, un pequeño mostrador y una cafetería. Antes de que pudiera elegir qué hacer, una señora de cabello plateado como el acero, cara arrugada y labios finos y perfilados le sonrió desde el marco de la puerta del que escapaba un olor exquisito. La estudió con detenimiento. Sofía tomó la palabra.

—Buenas tardes. ¿Es usted la propietaria?

—Depende. ¿Quién lo pregunta?

—¿Una huésped?

—Entonces sí. —Le estrechó la mano con firmeza—. Estoy de broma, niña, pasa. Antonia, para servirte. ¿Para dormir o para comer?

—Ambas.

—Pues perfecto.

Se desplazó bamboleándose hasta el mostrador del que sacó un libro polvoriento con las esquinas amarillas. Le pidió el nombre completo y murmuró para sí mientras escribía en el registro más pintoresco que Sofía había visto jamás. Por supuesto, aquel no era lugar para ordenadores, mucho mejor a mano y en papel. La señora la miró detrás de unas gafas de cristales redondos.

—¿Cuántas noches?

—En principio, cuatro. En metálico.

Sofía observó el precio por noche en un letrero curvado por la humedad y depositó el dinero sobre el mostrador antes de que Antonia pudiera hacer cuentas. No hizo preguntas. Recogió los billetes y se ofreció a acompañarla a la habitación. En la planta superior había unos muebles de caoba sacados de alguna tienda de antigüedades. Una alfombra de estilo oriental recorría el largo pasillo desde el que se accedía a las habitaciones. La suya se encontraba al final de este, detalle que agradeció. Más intimidad, más silencio. La señora sacó un manojo de llaves del delantal. Todas estaban anudadas a una bola de madera con el número de habitación. Rústico y práctico. El sonido de las bisagras pidió a gritos unas gotitas de aceite. Tras un leve empujón, entraron en la que sería la habitación de Sofía los próximos días. Había una cama de noventa, un gran armario empotrado y un escritorio con un pequeño ventilador que no usaría. Las cortinas llegaban hasta el suelo y terminaban en un dobladillo. Sobre la cama, una colcha de croché hecha a mano y encima del cabecero un enorme cuadro con una foto vieja. Se acercó a él, dejando sus pertenencias en la cama: un pequeño macuto con cuatro conjuntos y el bolso semiabierto.

—¿Es Chiclana? —preguntó.

La fotografía, en blanco y negro, mostraba una torre, rematada por un campanario, abierta en un arco de medio punto que daba acceso a una calle. Como curiosidad, la construcción tenía incrustada en la pared de roca ostionera un reloj.

—Sí, niña, es Chiclana. El Arquillo del Reloj.

Sofía admiró la fotografía y se quedó prendada de esa aura que desprendían los fragmentos de otra época.

—¿Tienes más?

—La pensión está llena de estas ilustraciones. ¿Te gustan?

—Me apasiona la fotografía.

Antonia había aprovechado su abstracción para acercarse al bolso.

—Ya veo… —Su voz se apagó antes de llegar al último fonema.

Sofía retiró la mirada de la imagen antigua y siguió la dirección de los ojos de la señora que, en silencio y con suma discreción, observaban la esquina de la foto que asomaba del bolso. La joven se apresuró, no quiso que la dueña de la pensión fisgara más, y la invitó a salir.

—Muchas gracias por mostrarme la habitación. Es perfecta.

Antonia llegó hasta el pasillo en dos saltitos.

—Si tienes hambre, baja a comer. Tenemos cocido de babetas. Te va a venir bien. —Miró su cuerpecito—. Otra cosa no, pero comer vas a comer que da gusto.

—No lo dudo.

Una vez estuvo segura de que Antonia había vuelto a la cocina, abrió la ventana para sentir la brisa del exterior. Esta daba a un patio interior típico andaluz, un cuadrilátero adornado con azulejos de cenefas y macetas con gitanillas. No sabía cuántos huéspedes alojaría la pensión. Supuso que no muchos. El silencio era agradable. Siempre se había sentido cómoda envuelta en él. Se quitó los zapatos ejerciendo presión con los talones y se tumbó en la cama sin retirar la colcha.

Cogió el sobre y acarició la solapa. Sacó el fajo de billetes y lo guardó en el cajón de la mesita de noche. Luego, fue pasando una a una la colección de fotos. La que había llamado la atención de Antonia mostraba a un hombre de constitución física imponente, fornido para su edad, tal vez de unos cincuenta años. Alto, pelo canoso, nariz aguileña, barba de tres días. En una aparecía conduciendo un Toyota Corolla gris; en otra junto a sus hijos un día de playa; en la siguiente de la mano de Luz paseando por una calle, sonrientes y felices. Y en la última hablando por el móvil, distraído. En esta no debía saber que estaba siendo fotografiado. Ese es el rasero con el que se mide la confianza. Sofía lo sabía bien. Una vez cruzada la línea no hay vuelta atrás. Desdobló el papel que acompañaba a las fotos, encontró una dirección y el nombre del investigado: «Rodrigo Vázquez, diseñador gráfico (freelance)».

6

Rodrigo

Domingo, 1 de febrero

Catorce días antes

Rodrigo descargaba cajas del Toyota con gesto cansado. Si su espalda hubiese tenido voz, seguro que estaría gritando. No estaba ya para esos trotes. Soñaba con el momento de ver acabada la mudanza. Todos arrimaban el hombro para que eso sucediera cuanto antes. O casi todos. Su hijo Pablo, que había cumplido la mayoría de edad recientemente, hacía viajes del coche a la casa y viceversa. Trufa, un labrador hembra, que habían adoptado cuando los niños eran pequeños y que tenía ya diez años, corría como loca por el jardín delantero. Luz, su mujer, acababa de volver de comprar una caja de aspirinas. Sufría jaquecas y aquella mudanza le estaba restando años de vida. Había dejado su abrigo blanco en una de las sillas del porche y con los tacones puestos, porque a su parecer la elegancia no tenía por qué estar desligada del trabajo, se puso manos a la obra. Su labor en la cadena improvisada era la de desembalar.

A todos les había venido bien el cambio; mudarse del piso de Cádiz y comprar una casa más espaciosa en una zona alejada del bullicio y rodeada de vegetación. Habían pasado los mejores años de su vida en aquel octavo frente a la playa de

Santa María del Mar, pero era momento de empezar de cero. Deseaba dar rienda suelta a los deseos de su esposa e intentar volver a ser la familia feliz que una vez fueron. Encontrar comprador no fue fácil. Aunque el piso era céntrico y amplio, pocos podían permitirse pagar lo que pedían. Tuvieron que recurrir a una inmobiliaria, pero, en cuestión de meses, se vieron buscando casa en Chiclana. Tenían claro lo que querían. No deseaban vivir en una comunidad de vecinos. Una propiedad independiente donde las discusiones quedaran de puertas para adentro, donde no tener que oír conversaciones ajenas a deshoras ni conocer la rutina de los demás. Y, en cuanto a la zona, no fue algo premeditado. Con que estuviera en las proximidades de la Barrosa cumplía con lo deseado. Para Rodrigo significaba mucho, pues se crio en el cercano poblado de pescadores de Sancti Petri, pero ni en sus mejores sueños hubiera visto posible aquel chollo.

Villa Adolfo, así la bautizaba el letrero de azulejos de la entrada, estaba muy por debajo de su precio original. El lamentable estado en el que se encontraba era el principal motivo. Las paredes necesitaban con urgencia una mano de pintura, algunas incluso una capa de perlita previa. La puerta del garaje no funcionaba. El césped del jardín había alcanzado una altura insospechada. Pero lo peor no era eso. Según el agente inmobiliario con el que Rodrigo había hecho migas, los vecinos habían denunciado al anterior propietario por olores nocivos. El agente le había confesado en *petit comité* que, cuando entró en la vivienda, las bolsas le habían llegado al pecho en determinadas estancias y que el hedor se olía a metros de distancia de la fachada. Cuando le comentaron quién era el anterior dueño, la noticia pasó de ser sorprendente a ser agridulce. Lo conocía. Habían perdido el contacto con los años, pero le constaba que Adolfo vivía por la zona y seguía viéndose con uno de sus mejores amigos en la actualidad. No con él. Y se sintió terriblemente culpable por no haberlo llamado en años. Siempre albergaría un lugar en sus recuerdos, pues fue Adolfo quien dio la noticia del accidente que le causó la muerte a su padre, Leonardo Vázquez, hacía ya treinta y dos años. Los recuerdos bombardearon a Rodrigo y preso de una inesperada reminiscencia de su infancia visualizó a aquel hombre barbudo y fortachón que siempre había acompañado a su padre en sus salidas a pescar y bucear. La calidad de las personas se demuestra en momentos así, y Adolfo no dudó en arrimar el hombro cuando la familia perdió a su principal eslabón. Ayudó en los trámites que se desglosan tras una muerte y, a partir de ahí, siempre trajo parte de la pesca a casa. Su madre, Cristina Bernal, no pudo soportar la pena y un ictus traicionero se la llevó al tiempo. Poco después, el poblado pesquero quedó desalojado y perdió el contacto con el que fuera íntimo de sus padres. Que ambos hubiesen acabado volviendo a sus orígenes le enternecía. Al parecer, había terminado en una residencia de mayores no lejos de allí. Sufría el síndrome de Diógenes y los primeros latigazos del alzhéimer. Los últimos años los había pasado recluido en su propia casa junto a toneladas de basura como única compañía. Se juró ir a visitarlo alguna vez.

Una de esas moscas que lo habría acompañado en su repugnante existencia y que, seguramente, se preguntaba dónde estaría el viejo de Adolfo se posó en la nariz de Rodrigo. Este suspiró hondo y dio un manotazo al aire para ahuyentarla. Cargando la última caja entró al salón de su nuevo hogar. Impoluto y oliendo a lavanda, parecía imposible que unos meses atrás hubiese sido un vertedero. Habían invertido todos los ahorros en aquella casa de la calle Arrecife, a unos metros del mar, en una urbanización próxima al puerto deportivo de Sancti Petri. Apoyado en la pared del salón, contempló su nuevo rinconcito de paz y estuvo convencido de que las cosas irían bien a partir de entonces.

Encontró que Luz había dejado listo el salón. Todos los libros ordenados por el género literario, el viejo tocadiscos de papá en la mesita baja y las brujitas de porcelana que coleccionaban de cada viaje por Europa. La empresa de mudanzas, además, había colocado el sofá nuevo y el resto de los muebles de grandes dimensiones. Esbozó una sonrisa de satisfacción. Esta noche podría beberse una cervecita fresquita sentado en su sillón favorito en la que sería la primera noche en Villa Adolfo. Se apretó la frente. Tendría que comprar azulejos con un nuevo nombre para la vivienda.

A través de la cristalera que ocupaba toda la pared izquierda del salón, descubrió a Alejandra, el último miembro de la familia y el más perezoso. Con trece años, sus prioridades en la vida eran TikTok y tostarse al sol. Como prueba de ello, Rodrigo la halló en la tumbona con los pantalones remangados frente a la piscina. Abandonó la idea de salir a regañarle y se fue directo a la cocina. Allí estaba Luz. Se había soltado el pelo, que le caía por la espalda como cascadas doradas. Desprendía ese olor a jazmín que tanto le atraía. Quiso agarrarla por detrás, atraerla hacia sí y darle un beso en los labios, pero, en lugar de eso, apoyó su cuerpo en el quicio de la puerta y dijo entre dientes:

—Huele de maravilla.

Se refería a la comida, pero también servía para ella.

—Gracias —contestó sin girarse.

Estaba pelando patatas con parsimonia. La emoción al oír la voz de su marido era la misma que la que experimentaba cuando empezaba el telediario, inexistente.

—¿Estás mejor de la jaqueca? —preguntó cogiendo un trozo de pan de la panera.

—Ajá.

—Si te apetece hacer algo esta noche, puedo llamar a Vicente y Araceli para que se pasen a tomar una copa y vean la casa —masculló con el pan en la boca.

Araceli y Vicente eran un matrimonio amigo de la pareja que desde hacía años vivía en Chiclana. Las familias de Rodrigo y Vicente se habían criado en el poblado de Sancti Petri. Esto los había unido de por vida, pues les había tocado sufrir las penurias y el entramado jurídico, no los años de esplendor de la almadraba que vivieron sus padres. Las cenas durante la ocupación ilegal de los años noventa fueron especiales, porque cualquiera podía ser la última. Sus padres y Adolfo, siempre sumado a la familia, contaban historias de los grandes atunes que se trajeron al puerto. Así que, dada la buena relación de sus esposos, Luz y Araceli habían entablado una amistad. Manteniendo las buenas costumbres, solían comer juntos los fines de semana conociendo nuevos restaurantes o cocinando imponentes recetas en casa de uno u otro. Solo entonces Luz se giró para mirarlo.

—Está bien. Solo una copa, todavía nos queda mucho trabajo.

—Hay que celebrar, Luz. Es la primera noche que pasamos fuera del piso.

—Estoy agotada.

—Vamos… —insistió.

—No hagas como que no pasa nada, Rodrigo —lo cortó. Su expresión hierática le heló la sangre. Estaba realmente enfadada—. Si te he dado una segunda oportunidad es porque eres el padre de los niños; si no, te habría dado la patada.

—Cariño… —Se acercó e intentó agarrarla de las muñecas. Ella todavía sostenía el cuchillo de pelar patatas—. ¿Puedes soltar eso? —Se lo quitó de la mano y lo puso sobre la encimera—. Voy a poner todo de mi parte. Sabes que soy un necio, pero te quiero, quiero a mi familia. Te he jurado que no va a volver a pasar.

—Más te vale —farfulló.

Rodrigo vio en sus ojos un atisbo de esperanza.

—Déjame sorprenderte el próximo sábado.

Luz lo pensó unos segundos con gesto pétreo. Se quedó mirando su boca, que no se decidió a besar.

—Ya veremos.

Rodrigo lo sintió como una victoria. Un «ya veremos» no sonaba tan irreversible. Iba a decir algo cuando Luz dio por terminada la conversación ahogando cualquier palabra con el sonido molesto de la batidora. Pilló la indirecta.

Salió al jardín por la cristalera corredera. El sol apretaba con saña para ser febrero. Las lluvias habían dado tregua regalándoles unos días de anticipada primavera. Recorrió el camino empedrado que surcaba el perfecto y recortado césped. A los lados, algunos olivos desperdigados que ya estaban allí cuando compró la propiedad. Se preguntó si podría reconducir la situación, enderezar su matrimonio. A su mente llegaron destellos de aquellas tardes a deshoras en el bar de Claudia, justo debajo del piso. La primera vez le parecía que le había ocurrido a otro Rodrigo. A uno más estúpido, en todo caso. Aquella tarde, Claudia se había puesto una camiseta diminuta que dejaba al descubierto sus prominentes huesos de la cadera. Rodrigo, desde su mesa, había movido la cucharilla del café con énfasis. La vio desplazarse a cámara lenta con lánguidos pasos felinos hasta él. Sintió como una señal el roce intencionado de sus dedos al pasarle el sobre de azúcar y le fue difícil no mirarle el escote. Segundos después, se enrollaron en el almacén del bar, y todavía le era complicado explicar cómo habían acabado así.

Dio una sacudida con la cabeza como si así lograra disipar sus pensamientos. Supo que había sido un error incluso antes de cometerlo. Se dio cuenta de que aquel traspié lo condenaría a encuentros incómodos y situaciones irreparables. Aun así, se sintió terriblemente atraído por la idea de ser seducido de nuevo, por esas primeras palabras, tan estudiadas, con tanta intención, por esas miradas delatoras de pasión. Le divertía, le hacía sentir joven y atractivo. Quería a Luz, la quería con todas sus fuerzas. Y sabía que no encontraría a nadie como ella, pero en cuanto notaba esa vibración, ese saberse deseado, no podía evitar el juego de la seducción. Y a veces tampoco podía frenarlo. Ocurrió muchas veces más.

Aunque esta última había sido determinante. Fue un imbécil y dejó el móvil en la mesa del salón mientras se duchaba y Luz abrió un mensaje donde Claudia le enviaba una foto provocativa. Algo tan básico que podría considerarse de primero de adulterio. Su mujer dio un golpe en la mesa, en sentido literal y figurado. Desde entonces había dormido en el sofá del salón. Regresó al bar en solo una ocasión en la que Claudia y él establecieron los nuevos términos: si te he visto, no me acuerdo. Ella había jurado no entrometerse en el matrimonio. Y así, dejaron de relacionarse radicalmente. Incluso daba un rodeo para sacar el coche del garaje y de ese modo evitar pasar por delante de su establecimiento. Sin embargo, huir de la mirada sugerente de la mujer con la que se había estado acostando de forma esporádica en las últimas semanas no bastó. Luz no soportaba verla a diario tras la cristalera del bar trabajando como si nada, como si no hubiera arruinado una relación. Quería confiar en su marido, pero cuando estás a dieta es mejor no tener chocolate en la despensa. No podía superarlo quedándose allí. Quería mudarse, perderla de vista, alejarlo de ella, como si la tentación no habitara en otros cuerpos.

Rodrigo se odiaba a sí mismo, odiaba tener que alimentar su ego con bocas ajenas. Por eso, se había obligado a evitarlas. A Claudia y a cualquier otra, pero tenía miedo. A pesar del cambio de aires, de haber hecho todo lo que ella le había pedido, de la nueva casa, Luz seguía distante; firme, dura o quizá decepcionada. Todas sus estratagemas para reconquistarla, que siempre habían surtido efecto, ya no servían. Solo recibía evasivas, desplantes y portazos. El ambiente era frío. No discutían delante de los niños, pero el silencio era más que elocuente y desvelaba un mensaje más claro que cualquier pelea a gritos. Le preocupaban las repercusiones que sus descuidos pudieran tener en sus hijos. Siempre había oído lo difícil que es crecer con padres separados. Y no quería eso para Pablo y Alejandra. Para equilibrar sus errores, se esforzaba en compensarlos y en simular que no había ocurrido nada irreparable, que la familia que con tanto cuidado y amor había construido junto a Luz no estaba rota.

Es alucinante lo que uno puede reflexionar en apenas siete metros caminando. La mente va más rápido que cualquier máquina de última tecnología. Sepultó sus pensamientos y le dio un beso en la frente a Alejandra, su hija. Esta dio un brinco y se quitó los auriculares.

—Me has asustado, papá.

—¿Te has echado protección solar?

—Solo llevo aquí cinco minutos.

—Mamá te va a reñir como te vea. Deberías estar ordenando tu habitación. ¿Os habéis puesto de acuerdo tu hermano y tú?

—Él se queda la más pequeña, yo la habitación que da a la piscina.

—¿Lo has decidido tú sola?

—Es posible —apuntó burlona.

—Poneos de acuerdo y ordena tu habitación. Esta noche tenemos cena de inauguración.

—Vaaaaaale.

Rodrigo se sentó a los pies de la tumbona y contempló la fachada.

—Es una pasada la nueva casa, ¿verdad? —preguntó de forma retórica al tiempo que Trufa aparecía corriendo de un lado a otro—. Todos vamos a estar mejor aquí —añadió con la única intención de autoconvencerse.

Alejandra jugueteó con el cable de los auriculares y con el rostro ensombrecido soltó aquello que la atormentaba:

—¿Va en serio lo del divorcio?

Rodrigo se quedó blanco. La miró nervioso. ¿Qué llevaba por dentro su pequeña florecilla?

—¿Por qué dices eso?

—A mamá no se le quita la cara de vinagre en todo el día.

Rodrigo sonrió.

—Ya sabes cómo es mamá. Es un arrebato. No vamos a divorciarnos. Papá solo tiene que reconquistarla un poquito. —Hizo una mueca divertida y consiguió que Alejandra sonriera—. Mira lo que te he traído.

Sacó de su bolsillo una cajita. Alejandra colocó un dedo acusador en su pecho.

—¿Para mí? —preguntó teatralizando la sorpresa.

Rodrigo asintió. La niña sacó del envoltorio un llavero de Baby Yoda, ese extraño ser verde sacado del mundo de Star Wars que había cautivado a medio mundo. Alejandra se abalanzó sobre su padre.

—Gracias, papá.

—Ahora este muñecajo verde velará por el cuidado de las llaves de tu nuevo hogar. —Alejandra hizo el ademán de coger el llavero y Rodrigo cerró la mano—. Ordena tu cuarto, por favor.

—Sí, papá —respondió ella aceptando la condición.

Rodrigo regresó sobre sus pasos oyendo las risas de emoción de su hija. La estaba malcriando, lo sabía, pero ¿qué padre puede no hacerlo? Al entrar en la cocina, encontró que el pollo ya estaba fuera del horno y Luz lo estaba emplatando.

—Comemos en cinco minutos —le avisó.

—¿Y Pablo? Estaba por aquí hace un momento.

—Ha ido al Punto Mágico —dijo usando un tono aburrido—. Te has empeñado en meterle todas esas ideas raras en la cabeza y ahora está como loco por vivir aquí, tan cerca de —dudó cómo decirlo— aquello.

7

Alfredo

Sábado, 21 de febrero

Después de la charla con Fabio, continuó con su falta de sueño y apetito. Alfredo estaba desquiciado. Recorría la casa de extremo a extremo una y otra vez rascándose la cabeza de manera nerviosa. Si antes estaba preocupado por la recóndita posibilidad de haber podido evitar la muerte de esa pobre chica, ahora su pavor era totalmente diferente. «Y el último que vio con vida a la protagonista fuiste tú». Esas habían sido las palabras de Fabio. Con sorna, seguro, pero sin gracia. Durante los últimos días, en las inevitables y recurrentes pesadillas que estaba teniendo, se había visto esposado una y mil veces. Visualizaba cómo «los verdes» entraban en su casa y se lo llevaban a la fuerza ante la atenta mirada de su sorprendida madre. Por eso, aquel fin de semana, se alegró de tener algo que hacer y de mantenerse ocupado. Aunque para ello tuviese que volver a ponerse tras la barra.

Una vez lo tuvo enfrente y pudo contemplar la fachada imponente del restaurante retando al mar, sintió náuseas. Aquel sitio había sido testigo de los últimos momentos de Sofía, la chica de ojos tristes amante del whisky. Las horas de trabajo transcurrieron como siempre, lentas y desapacibles. Los Pescadores estaba más vacío que la semana anterior. Ya no era San Valentín y las parejas podían dejar de ser románticas y detallistas entre ellas. Así que la clientela se reducía a algunos turistas con edad de estar jubilados más los cuatro borrachos de turno que solo venían a beber y un espécimen nuevo, el visitante sórdido.

—Disculpe.

Un joven, que venía con un amigo (los dos rondaban la misma edad, no más de veinte), llamó a Alfredo con la mano. Él se acercó hasta ellos.

—¿Puede decirnos en qué mesa cenó la chica muerta?

La pregunta le retumbó en los oídos. Soltó el trapo para evitar estamparlo en la cara de los curiosos.

—No cenó en el restaurante. ¿Van a tomar algo? De lo contrario... —Hizo ademán de marcharse.

—Gracias —dijo uno de ellos cohibido.

El resto de la noche no tuvo mayor trascendencia. A eso de las dos de la madrugada cerró el salón. Hacía más de una hora que no entraba nadie. Había aprovechado para limpiar a fondo la máquina de los cafés y reordenar las botellas de alcohol. Hizo un nudo a la bolsa de la basura, se la subió al hombro y salió por la puerta solo autorizada para el personal del restaurante. Desde allí, tenía que caminar unos veinte metros hasta el contenedor más cercano. Una vez tiró la bolsa, siguió por la calle Asunción repitiendo el camino que Sofía recorrió durante sus últimos minutos de vida. No sabía exactamente en qué parte de los acantilados se había precipitado. Desorientado, se limitó a adentrarse en la playa por uno de los caminos de madera que facilitaban su acceso. Anduvo unos segundos por él hasta llegar a la arena. La noche en la playa lo recibió con una ligera y fría brisa. Alfredo se bajó las mangas de la camisa del uniforme para cubrirse las muñecas. Encendió la linterna del móvil y como un urbanita torpe paseó por el ecosistema que esta parte de la Barrosa regalaba. El reflejo de la luna iluminaba débilmente el horizonte, donde el mar revuelto se unía al cielo nuboso. Caminó y caminó hasta toparse con el precinto de la Guardia Civil. Alumbró el lugar con el corazón en vilo. La cinta se había soltado de una punta y se movía de forma frenética a merced del viento. Se acercó al borde e intuyó el rastro de sangre seca o lo que la marea aún no había limpiado. Eso hizo que se le erizara el vello de la nuca. Volvió la vista a la superficie. Las sombras de un arbusto cercano se mezclaban con el halo de su linterna. La atmósfera era tétrica. Estaba ensimismado con las vistas fantasmagóricas hasta que un ruido lo trajo de vuelta. Se giró como activado por un resorte y apuntó en todas direcciones dibujando haces de luz con su móvil.

—¿Quién anda ahí? —tartamudeó.

El crujido de una rama detrás de sí lo puso de nuevo en alerta.

—No se asuste, lo siento —dijo una voz entrecortada por el esfuerzo de la caminata.

Alfredo apretó los ojos para ver de quién se trataba, pero no lo conocía.

—Soy Matías Peña, periodista de la televisión local.

El susto fue mayor que haber visto el fantasma de Sofía.

—Tengo que irme —soltó, nervioso.

—¡Espere un segundo!

El hombre aceleró el paso y se interpuso en su trayecto.

—Verá, estaba intentando grabar una recreación de los últimos pasos de la víctima. Para darle veracidad, he cometido la locura de venir de noche. Claramente se me ha hecho bastante tarde, pero no se puede imaginar lo que se tarda para cualquier cosita... Discúlpeme si lo he asustado. —Cabeceó e intentó ir al grano—. ¿Puedo hacerle unas preguntas? Sé que es usted empleado del restaurante donde la vieron por última vez.

Alfredo no podía discutir eso. Llevaba el uniforme puesto. Tampoco podía acusarlo de estar en la escena del crimen de madrugada, pues él también estaba allí. Maldijo algo ininteligible.

—No puedo responder a sus preguntas. Todos los empleados del restaurante tenemos órdenes claras respecto a eso. Ya hicimos nuestras declaraciones a la Guardia Civil.

—No le tomará mucho tiempo y no le pondré en un aprieto.

Alfredo vaciló unos segundos. Estaba acorralado.

—Dese prisa —cedió a regañadientes.

—Sí. —Sacó una libreta de algún bolsillo y preguntó—: ¿Fue usted alguno de los empleados que vio a la chica en el restaurante antes de morir?

Los ojos del periodista lo estudiaban sin pestañear.

—Sí.

—¿Estaba la chica con alguien?

—No.

—¿Le dio a usted la impresión de que quería suicidarse?

La pregunta le atenazó el pecho.

—¿Cómo dice?

—Ya sabe. ¿La vio capaz de quitarse la vida?

—Pero ¿qué está diciendo? ¡No! —contestó alarmado—. Tengo que irme, esto ha sido un error, lo siento.

—¿Tenía aspecto de prostituta? ¿De estar metida en mafias? —escupió más preguntas sin pudor.

Apartó al hombre de un sutil codazo y se marchó buscando a tientas la pasarela de madera.

—Espere, caballero. ¿Le importa que le haga una foto?

El camarero no pudo reprimir la histeria que estaba surgiendo de su interior. Miró hacia atrás y se topó con los ojos inquisitorios de aquel tipo que le perseguía en la oscuridad.

—Maldita sea —susurró llenándose los calcetines de arena.

Sorteó los desniveles que las dunas creaban en el terreno. A aquella hora, bajo aquella escasa luz, se le antojaron cráteres de alguna superficie lunar arenosa. Se sintió destemplado. Se frotó las manos en un gesto más de disimulo que de darse calor. Volvió por la calle Asunción y, una vez de vuelta al paseo marítimo, torció a la plaza desde donde se veían unas espectaculares vistas de la Barrosa. Miró hacia atrás para asegurarse de que el periodista estaba ya bien lejos y apuntó con la linterna aquel recoveco. El pequeño muro que protegía del desnivel estaba embellecido con plantas. No tenía nada de particular, nada en absoluto.

¿Por qué había dicho aquel tipo si creía a Sofía capaz de suicidarse? ¿Prostitución? ¿Mafias? Fabio le había contado de primera mano que no tenían nada claro. Le constaba también que el Servicio de Criminalística de la Guardia Civil había inspeccionado la zona, utilizando como epicentro el cuerpo, buscando algún resto, prenda o colilla decisiva en un margen de cien metros a la redonda. Sin embargo, nada escandaloso había llamado su atención. Era una playa. Millones de huellas y de restos de ADN surcaban a sus anchas. Claro que no habían encontrado nada.

Alfredo se estaba poniendo muy nervioso. Sabía que no habían buscado allí. Saltó el muro en un movimiento rápido y, manteniendo el equilibrio en la pendiente, buscó en cuclillas entre las matas de los arbustos. Tenía que estar por allí. Bien oculta. No paró hasta encontrar la bolsa. Esta había quedado atrapada en una rama afilada, impidiendo que el viento se la llevara. Recogió el trozo de plástico y se lo guardó en el bolsillo. Antes de marcharse, volvió la vista a la esquina del paseo. No tenía nada de particular, nada en absoluto. Salvo que allí, en aquel inhóspito rincón y no en el gran salón como había hecho creer a todos, vio a Sofía por última vez.

8

Rodrigo

Domingo, 1 de febrero

Catorce días antes

Los Siete Puntos Mágicos de Chiclana se reservaban las mejores vistas desde sus atalayas. Hacia uno de ellos se dirigía Rodrigo en busca de su hijo Pablo. Se tardaba tan solo cinco minutos a pie desde la calle Arrecife hasta el mirador del Templo de Hércules. Justo donde la avenida de Babor se cruzaba con la calle Hércules acababa el camino urbano hacia este lugar privilegiado. Rodrigo continuó el trayecto por la pasarela de madera que conducía a la playa. A escasos metros del mar el camino se bifurcaba. Desde allí, Rodrigo pudo ver a su hijo sentado en el banco que adornaba el mirador.

Dejándose llevar por el momento íntimo entre padre e hijo, Rodrigo se sentó junto a Pablo y compartieron el espectáculo visual que se mostraba ante ellos. Allá, el bramido del mar apagaba cualquier otro sonido. Las gaviotas, conocedoras de dónde residía la auténtica belleza, deambulaban por la orilla entre los escollos. El castillo de Sancti Petri, imponente, parecía flotar sobre el mar y cortar el horizonte con su faro. Según decía la inscripción de la roca ostionera que allí se erigía, cada equinoccio de primavera y de otoño, los fenicios tuvieron la fortuna de admirar cómo el sol se escondía sobre la vertical del antiguo santuario. La estampa incitaba a relajarse, a quedar prendado de una magia que, a pesar del tiempo, seguía viva, incrustada en aquellas piedras que tanta historia tenían que contar.

—Ojalá los abuelos estuvieran aquí.

Fue Pablo quien rompió el silencio. Rodrigo, enternecido, le pasó el brazo por el hombro.

—Les hubiera encantado regresar a Sancti Petri. El abuelo, en especial, estaría orgulloso y feliz de saber dónde nos hemos mudado. —Rodrigo deseó lo mismo que su hijo—. Se moriría de la risa si supiera que hemos acabado comprando la casa de su amigo Adolfo. Todo queda en familia.

Leonardo, pescador de pura cepa nacido en el antiguo poblado pesquero de Sancti Petri, no había llegado a conocer a sus nietos. Sin embargo, Rodrigo se había encargado de dejar la huella de quién fue en sus hijos. Un hombre llano, trabajador y virtuoso, conocedor de la historia de la tierra en la que vivía y del mar que buceaba. Amante de las cosas pequeñas: una comida en familia, una buena pesca, un momento de soledad apreciando lo que tenemos delante. Y es que el trabajo en el mar lo había vinculado a la cultura. Rodrigo le debía todo lo que sabía de los orígenes fenicios de los gaditanos a él. Y Pablo, que había encontrado en su padre el vehículo para conocer a su abuelo, lo idolatraba por ser la voz de esa sabiduría.

—¿Volvemos a casa? Mamá está sirviendo la comida.

Pablo asintió sin retirar la mirada del oleaje apaciguador.

—Si quieres, podemos visitarlo —propuso Rodrigo—. El castillo, digo.

—¿Podemos? —Lo miró ilusionado.

—Claro. Ahora vivimos aquí y estaría bien hacer algo en familia.

—Mamá y tú…

—Mamá y yo lo arreglaremos —lo interrumpió con la única intención de calmarlo—, pero tú tienes que cuidar de Alejandra. —Pablo suspiró con expresión hosca—. No te quejes, ahora vas a conducir el pequeño Yaris para ir al instituto.

La recompensa hizo su efecto y Pablo pareció satisfecho. Los dos regresaron a su nuevo hogar.

Unas horas y muchas cajas desembaladas más tarde, Rodrigo y Luz bebían vino acompañados por Vicente y Araceli. El matrimonio amigo de la pareja no había podido tener hijos, así que llevaban una vida mucho menos estresante. Vicente se dedicaba a la albañilería, había construido la casa en la que vivían con sus propias manos. Era algo modesta, pero muy acogedora. Y Araceli era administrativa a tiempo parcial en una asesoría. Puede que Rodrigo y Luz pudieran permitirse lujos que el matrimonio amigo no, pero eso nunca había minado la amistad.

Luz, tan espléndida como siempre, había tenido tiempo de colgar farolillos en el jardín trasero, que daban al porche una atmósfera de *chill out*. El ambiente estuvo distendido. Brindaron, rieron. Casi parecía que la historieta de Rodrigo y Claudia hubiera sido una pesadilla, un tachón en su preciosa historia de amor. Maldito ego masculino, maldita inseguridad y hambre voraz de saciarse con cumplidos de extrañas. Luz resplandecía. Estaba guapa. Se había recogido la melena de aquel modo tan suyo, sin ceremonias pero sensual. Se había puesto una rebeca que le resbalaba por los hombros, dejando al descubierto un precioso escote algo menos terso que en su juventud. Rodrigo estaba idiotizado mirándola cuando Vicente le dio un codazo.

—¿Me enseñas el jardín delantero y me fumo un cigarrito?

Y así lo hicieron. Las mujeres continuaron enumerando qué flores le vendrían bien al jardín mientras sostenían sus copas de vino con un pulso cada vez más dudoso, y los hombres se retiraron en una clara treta para obtener intimidad. La luz del dormitorio donde Pablo jugaba a algún videojuego caía en diagonal sobre el empedrado donde Rodrigo y Vicente se pararon a conversar.

—Oye, la casa es espectacular. Enhorabuena —lo felicitó Vicente.

—Es una suerte vivir aquí.

—Y que lo digas. No me podría permitir algo así ni en sueños. Disfrútala. —Se miraron cómplices—. ¿Y los niños? ¿Lo llevan bien?

—Sí, están encantados.

—¿Y Luz?

—Luz está más cerca de la bodega. Y estos metros de más nos vienen bien a todos.

—Sabes que no me refiero a eso. ¿Cómo van las cosas con ella?

—Ahí vamos. Hemos pensado hacer algo juntos este sábado que viene. Tengo que sorprenderla con algún gesto bonito. Quizá le regale bombones.

Vicente soltó una risotada.

—Estás de coña, ¿no? ¿Bombones? ¿Le pones los cuernos a tutiplén y le regalas chocolate? ¿Esa es tu idea del romanticismo?

Rodrigo tomó conciencia de lo absurdo que sonaba.

—Mira... —dijo Vicente bajando el volumen de voz—. Voy a hacerte un enorme favor. Esta mañana hemos terminado la obra en casa de un concejal de Chiclana y el tío ha quedado tan satisfecho con el resultado que ha repartido algunas entradas entre los que estábamos allí. Pensaba invitar a Araceli, pero tú lo necesitas más que yo. Este sábado Saúl Salvatierra, el famoso empresario, va a abrir las puertas de su casa en la playa de los Alemanes y mostrará en la galería una exposición de pinturas de arte contemporáneo. Obras que ha ido comprando aquí y allá en sus múltiples viajes. Creo incluso que subastarán algunas de ellas con fines benéficos. ¿Has estado alguna vez en alguna de esas casas? No, ¿verdad? Pues intenta no abrir la boca cuando entres. Son impresionantes. Se concentrará la *crème de la crème*. ¿Por qué no vas con Luz? Podréis pasearos como auténticos señoritos de dinero. Además, tengo entendido que no hay lugar como ese para ver las estrellas.

—¿Estás seguro?

—Sí, joder. Nosotros no entendemos de eso, lo mismo nos da un cuadro que un garabato. Luz, en cambio, es una amante del arte. Y, según tengo entendido, va a asistir el escultor ese que le encanta.

—¿Mota? ¿Antonio Aparicio Mota? —elevó la voz sin querer—. ¿El de las estatuas de Melkart? —No daba crédito.

—El mismo. Sé que eres un friki de esas estatuas porque te recuerdan a tu padre. Imagina la cara de Luz cuando se lo presentes y puedan hablar de lo que sea que hablen los culturetas. —Se encogió de hombros—. No tengo ni idea, pero imagina su cara, ¿eh? —insistió.

Vicente hacía alusión a las diez estatuas contemporáneas que, colocadas en diversos puntos de Chiclana, recordaban la huella imborrable que los antepasados dejaron en aquella franja de tierra. De más de tres metros de altura y simulando el bronce, reencarnaban al dios del comercio Melkart, dando protagonismo a una ruta que los fenicios hicieron hace tres mil años. Solo de imaginarlo sintió un escalofrío.

—Me harías un favor.

—No se hable más. —Sacó la cartera que llevaba en el bolsillo trasero del pantalón y de ella extrajo las dos entradas—. Toma, antes de que me arrepienta.

—Gracias. —Le dio una palmada en el hombro y echó un vistazo rápido a las invitaciones que facilitarían la reconquista de su amada.

Exposición de arte abstracto

El ilustrísimo empresario Salvatierra le invita a su casa en la playa de los Alemanes, Zahara de los Atunes, el próximo sábado 7 de febrero a partir de las 20.00. En la galería podrán verse veinticuatro piezas únicas, de las cuales tres serán subastadas con fines benéficos. El mejor atardecer está en Cádiz.

—La dirección está por detrás —apuntó Vicente apagando el cigarro con la suela de la bota.

Rodrigo se guardó las dos entradas en el bolsillo y estaba a punto de volver al jardín trasero de su nueva casa cuando algo le llamó la atención.

—¿Volvemos? —sugirió Vicente mostrándole el camino que ya conocía con la mano, pero su amigo miraba el tramo de pared que daba a la calle con expresión indescifrable—. ¿Rodrigo?

—Oye, ¿qué es eso? —dijo por fin señalando una sombra negra en la tapia.

Vicente se acercó no sin curiosidad. El rastro de unas huellas en dirección de subida había quedado en la pared debido a la suciedad.

—No las había visto —admitió—. ¿No habían pintado?

—Sí, eso es lo extraño.

—¿Volvemos? —repitió Vicente.

—¿Qué crees que son? —preguntó Rodrigo, que no estaba dispuesto a marcharse como si nada.

—¿Pisadas?

—Eso ya lo sé. —A pesar del sarcasmo no sonrió—. Me refiero a que no sé tú, pero el resto de los mortales para andar usamos el suelo.

Rodrigo perfiló con el índice el contorno de una de las huellas. Se correspondía con un calzado de más de un cuarenta.

Era evidente que su dueño no había usado la puerta para salir. Avivó sus facciones como si hubiera recordado algo y quiso aferrarse a esa idea para dormir tranquilo.

—¿Pertenecerán a Adolfo? El de la inmobiliaria me comentó que tenía esto hecho una pocilga, que tenía síndrome de Diógenes. ¿Tú sabías eso?

Vicente sí había mantenido el contacto con Adolfo. Al menos por unos años. Lo ayudaba con la compra y le daba conversación, retrasando quizá esa separación con la realidad que entonces el anciano experimentaba.

—Estuve visitándolo un tiempo, ya lo sabes, pero... —Hizo una mueca de dolor—. De unos años para acá, tengo más trabajo y dejé de ir a verlo. ¡Qué pena, por cierto! Acabar así... Tendríamos que ir a esa residencia. ¿No te planteas visitarlo? —Rodrigó no contestó. Seguía absorto en las pisadas. Vicente tuvo que insistir—. Bueno, ¿y qué crees, que el pobre de Adolfo además de acumular basura caminaba por las paredes? —Soltó una risotada que captó la atención de Rodrigo—. Ya no se encuentran obreros como antes, te lo digo yo. Solo quieren terminar y cobrar.

—Será eso... La cuadrilla de pintores habrá olvidado esta parte. La verdad es que he visto otros tramos en los que han dejado la marca del rodillo en la pared.

—Si quieres, vengo y le doy una manita yo mismo —se ofreció.

—No te preocupes, tú estás muy liado siempre, pero gracias.

Rodrigo le dio un manotazo cariñoso en el hombro a su amigo y regresaron al patio trasero enfrascados en una conversación que ofrecía una explicación plausible.

9

Sofía

Lunes, 2 de febrero

Trece días antes

Sofía despertó temprano y bajó a desayunar al patio interior de la pensión. Mientras esperaba las tostadas, escribió en el buscador de Google el nombre del investigado: Rodrigo Vázquez. Entró en una dirección sugerida de Facebook. Error. No era él. La primera opción era la más popular, la más buscada, y correspondía a un presentador de alguna tele local. Volvió a escribirlo en la propia red social, originando una cascada de sugerencias. Acotó la búsqueda a Cádiz y apuntó aún más alto indicando «freelance» en el apartado «Profesión». Luz le había entregado, junto a algunas fotos, datos básicos para poder tirar en la investigación. La búsqueda se vio reducida a un solo nombre. Clicó. Su foto de perfil era de hacía varios años. Gorra, ropa deportiva, aire despreocupado. Senderista al parecer. Año de nacimiento: 1968. Cincuenta y seis años. Cumpleaños: 27 de octubre. Simpatizante del Real Betis Balompié. Casado. No mencionaba con quién, aunque era un paso que mostrara abiertamente su estado civil en redes, teniendo en cuenta el motivo que tenía Sofía para irrumpir en su privacidad. Cuatrocientos noventa y ocho amigos.

No más de quince fotos: paisajes, la playa, un cachorro de labrador. Poca cosa. Activo; compartía noticias del pueblo, sorteos de Tu Papelería para hacerse con tazas personalizadas... Miró las interacciones de la foto de perfil, a la que había vuelto después de una inspección rápida del muro. Catorce «me gusta» y cinco comentarios. Ninguna mujer sospechosa a simple vista. La llamada entrante y molesta de Tony ocupó la pantalla. Maldijo algo entre dientes y colgó al tiempo que Antonia aparecía con una bandeja color plata.

—¿Ya te están atosigando del trabajo? —preguntó suspicaz la mujer, que colocó en la mesa un vaso de zumo de naranja recién exprimida, café y tostadas—. Una no tiene tiempo ya ni de desayunar a gusto.

—No es del trabajo. Soy mi propia jefa, Antonia. —Echó un vistazo rápido al reloj que adornaba su muñeca y añadió—: Aún tengo algo de tiempo para degustar todo esto que has preparado.

La mesita de aspecto endeble y discutible resistencia soportó el peso de un espectacular desayuno. Sofía solo veía ventajas en hospedarse en La Pensión de Antonia, cuya dueña de aspecto afable tenía un don para el arte de la gastronomía. El epicentro del patio era un alcornoque centenario que daba sombra al resto de macetas que rodeaban el rectángulo. El silencio era reconfortante. El cielo brillaba con un sol radiante y no había ni una sola nube. Ella y otro huésped que sorbía café parapetado tras un periódico eran los únicos que disfrutaban a aquellas horas del desayuno. Era agradable. Si lo pensaba con detenimiento, aún se sorprendía de verse allí, hospedándose en Chiclana, bebiendo zumo de naranja natural y con otro de esos trabajos entre manos.

—¿Qué te depara el día? —dijo como si nada Antonia.

Había dejado una cesta de magdalenas en la mesa del caballero de al lado y ahora se apretaba el moño a un par de metros en un gesto distraído. ¿Cuánto llevaba ahí mirándola?

—Me temo que estaré todo el día fuera —contestó pensativa.

El teléfono móvil de Sofía volvió a sonar como un grillo ruidoso dispuesto a desquiciar a cualquiera.

—¿Quién es ese que te llama tanto? —inquirió Antonia levantando una ceja audaz.

El trocito de tostada que la joven sujetaba terminó por caerse en el tazón y se ahogó junto con sus ganas de esconderse. La perspicacia de Antonia no necesitaba café de buena mañana para estar al cien por cien. Se acercó sin reparo y apretó los ojos haciendo un esfuerzo por leer el nombre que figuraba en la pantalla.

—Tony —se apresuró a añadir Sofía minimizando el volumen—. Un amigo.

—Tony... —repitió utilizando el tono que usaba para hablar con su nieta de diez años—. ¿El de las fotos de tu bolso?

El tañido de la campanita que alguien había hecho sonar en el mostrador se coló en la conversación. Antonia corrigió su postura y emprendió el laborioso camino hasta la entrada.

—Contesta esa llamada. Ahora me cuentas quién es Tony.

Sofía quedó sorprendida por la intromisión a su intimidad. Seguro que Antonia se pasaba las tardes viendo programas del corazón y creyéndose una colaboradora televisiva más. Su picardía no encontraba límites. Dio un sorbo de café, soltó un suspiro y contestó.

—Tony...

—Te he estado llamando como loco. ¿Por qué no respondes a mis llamadas?

Su voz ronca, de haber estado gritando y rompiendo cosas, sonó preocupada.

—¿Eso no te da alguna pista?

Este ignoró el comentario gélido.

—Vuelve conmigo. Solo nos tenemos el uno al otro. «Tú y yo contra el mundo». ¿Recuerdas?

Claro que se acordaba. Él se encargaba de que nunca pudiera olvidarlo. Siempre que podía aprovechaba el momento para repetir ese estúpido lema. Sofía evocó momentos en su memoria en los que fue feliz con él. Los había, era cierto, pero ya no era suficiente. No eran compatibles. Le daba miedo pensar en un futuro sola, pero a su vez le hacía ilusión, le apetecía atreverse al reto.

Intentó desprenderse de su parte adusta e infundir algo de tacto en sus palabras. Estaba a punto de hacer algo que llevaba retrasando días. Nunca se hubiera creído capaz de dejar a alguien. Siempre pensó que, si esa relación se acababa, él sería quien tomaría la iniciativa. Ella nunca dejaba a nadie, a ella la dejaban. El medio no era el mejor, pero se sintió capaz al otro lado del teléfono, cosa que no ocurriría teniendo esos ojos destilando rabia frente a ella.

—Es verdad que estas últimas semanas he actuado de forma egoísta, pensando más en mí misma que en nosotros, y te pido perdón por ello. No debería haber alargado esto. Ambos sabíamos que el final estaba ya escrito para lo nuestro.

—Lo escribes tú —la cortó frenético viéndolo venir.

—Déjame terminar, por favor. —Cerró los ojos y aspiró profundo haciendo acopio de toda su fortaleza. Cuando volvió a abrirlos, se creyó fuerte y valiente—. Te agradezco que hayas estado ahí, que me ayudaras… Estuve perdida. Cuando me fui de casa de mis padres, tenía una idea del mundo muy diferente de lo que ha resultado ser. Pensaba que lucharía por mi sueño, que viviría de él, que la gente pagaría por ver lo que sé hacer. —Reprimió un llanto autocompasivo, de niña ilusa—. Nada más lejos de la realidad, por supuesto. Tengo que valerme por mí misma, ver adónde me lleva la vida. —A continuación, se esforzó en decir algo positivo para reducir el efecto de la ruptura en Tony—. Nunca olvidaré cuánto me apoyaste, pero, Tony, nuestras vidas corren en distintas direcciones.

—¿Dónde estás? Vamos a hablar cara a cara. ¿Estás en Tahivilla? Voy para allá.

—No estoy en casa.

—¿Dónde estás?

Sofía negó con la cabeza. Tony no había entendido nada.

—Ya no tienes por qué saberlo. Siento hacerlo de este modo, espero que sepas perdonarme.

—¡¿Dónde estás?! —Su voz sonó desgarrada.

Algo se hizo trizas al otro lado. ¿Su corazón? No. Un jarrón.

—No voy a decírtelo.

—Lo estás haciendo de nuevo, ¿verdad? Te has aficionado a seguir a la gente y a creerte detective. —Rio.

Se sintió como una niña pequeña a la que habían pillado haciendo una travesura. No estaba orgullosa. Quería dejarlo. Hacer algo más honrado. Lo decidió en el momento.

—Es la última vez.

—¿Y luego qué?

—Luego nada. No tengo ningún plan, Tony. Ese siempre ha sido mi error. Esperar algo. Seguiré mi camino. Trabajaré en un súper, qué sé yo. Y seguiré con lo mío, con mis fotos.

—No llegarás a fin de mes. No puedes hacerlo sola. ¡Y lo sabes!

—Sí puedo.

Lo repitió otra vez para sí misma. Una respiración de búfalo desbocado dio paso a la parte rastrera de Tony. Esa que no se ve en una conversación de Instagram.

—No sabes hacer nada. ¡No puedes valerte por ti misma! ¡Estás hecha una mierda!

—Gracias por hacerlo más fácil.

—¡Nada! ¿Me oyes? Volverás a mí en menos de una semana o peor aún: regresarás a casa con papaíto y mamaíta. Esos que no te llaman, que te pidieron la llave de casa.

No iban a ponerse de acuerdo.

—Tony, tengo que colgar…

Se tomó unos segundos para asimilar la decisión que había tomado y, lejos de sentirse incompleta, se sintió libre. Unas palmas la sacaron de sus pensamientos. Eran de aprobación, de una señora amante del cotilleo.

—Lo has hecho bien —la animó.

—¿Qué has escuchado? —Sofía la miró perpleja.

—Lo suficiente.

Antonia puso sobre la mesa una bolsa. Dentro de ella había un paquete de magdalenas. Pese a su osadía le gustó el comentario, sentir que alguien le daba el visto bueno. Por fin había dado el paso. Sofía hizo una mueca de agradecimiento más por el reconocimiento que por el tentempié y terminó su café con la mirada perdida en un futuro incierto. Y esa sensación, la de no saber adónde iba y donde todo era posible, se le hizo mágica y poderosa.

Media hora después atravesaba Chiclana dejando atrás el sabor amargo de una ruptura y centrándose en lo que demandaba en ese momento toda su atención. Condujo con precaución, apreciando las construcciones que la carretera partía en dos. Cuando llegó a Sancti Petri, aparcó en la calle Arrecife. Desde allí podía vigilar la entrada y salida de la casa de Luz y Rodrigo a través del pinar de Costa Sancti Petri. La zona era tranquila. Los más madrugadores paseaban a sus perros, corrían o llevaban a sus hijos a un colegio que no quedaba lejos, pero para el que necesitaban ir en coche. No halló el Toyota Yaris aparcado. Miró el reloj. Las ocho y media de la mañana. Pablo y Alejandra habrían salido ya llevándose uno de los coches de la familia. Luz tampoco se encontraría en casa. Se habría marchado a la bodega. Manejaba la información básica. Su clienta la había puesto al corriente en llamadas previas a su primer encuentro. No había nadie en casa. Solo Rodrigo y

Trufa, la perra. Este solía levantarse temprano para hacer el desayuno a la familia. Luego, practicaba pilates en una esterilla y, una hora más tarde, se encerraba en su despacho. Era autónomo y trabajaba en casa. Y, aunque su día no se regía por un horario reglado, esos eran sus quehaceres. Lo que sí era una certeza es que a partir de las ocho y media tenía la casa para él solo. Si aún hablaba con Claudia o con otra, Luz supondría que sería por la mañana, momento en el cual no podía ser descubierto.

Sofía había llegado con tiempo de sobra. Sacó de la guantera la cámara de fotos y el sobre con las fotos y la información de Rodrigo que también llevaba encima. El dinero no. Nunca tenía más de cincuenta euros en la cartera. Sacó la foto en la que el investigado salía con Luz. Era la que tenía mayor calidad de imagen. Desde allí no podía ver si el segundo coche de la familia estaba aparcado en la calle. Debía estarlo, pues le constaba que a Luz la recogía una compañera de trabajo. Si paseaba distraída y lo verificaba, podría cerciorarse en treinta segundos. Caminó con pasos presurosos unos metros. Ahí estaba, el Toyota Corolla plateado. Echó un par de fotos con el móvil: a la matrícula y a su interior. Nada llamativo. Claro que tampoco iba a encontrar el tanga de una amante anudado a la palanca de cambios. Volvió sobre sus pasos y se sentó frente al volante del trastomóvil. Dio comienzo la peor parte del trabajo. La que nadie se plantea cuando piensa en investigar a alguien. Para ver algo, descubrir lo más mínimo, previamente había que aguantar una dura jornada laboral de no hacer absolutamente nada. Antes de ser testigo de la pieza discordante que da un vuelco a la investigación tienen lugar horas y horas de espera. Sofía reclinó el asiento y se acomodó, pero la demora fue breve.

A las nueve menos cuarto, distinguió a Rodrigo con un pijama de cuadros. Había salido de la casa y estaba en la calle, observaba la tapia y echaba fotos con el móvil a algo que debía llamarle muchísimo la atención. Parecía preocupado. Hizo una llamada frente al muro que tanta aprensión le producía. Sofía se frotó los ojos somnolientos y buscó los prismáticos. Intentó leer sus labios, pero fue imposible. Estaba demasiado lejos y gesticulaba haciendo aspavientos, cosa que dificultaba pillar nada.

—¿Con quién hablas, Rodrigo? —murmuró para sí apretando los prismáticos contra sus ojos.

Entonces, este, como si hubiera oído su pregunta y guardase con recelo un secreto, regresó a la casa y cerró de un portazo. Sofía, que ya no lo veía y movida por la adrenalina que le causaba espiar a un desconocido, se bajó del coche y se dirigió al muro, dispuesta a descubrir qué era lo que tanto molestaba a Rodrigo. Miró a ambos lados de la calle. Nadie. En unas zancadas, estaba frente a Villa Adolfo. Observó con detenimiento aquello que con tanto ahínco había mirado Rodrigo. El rostro de Sofía pasó del nerviosismo a la confusión en un segundo. Huellas. Eso era lo que había enfadado a su investigado. Alguien había entrado en la casa trepando por la pared. Supuso que la marca estaría a ambos lados de la tapia. No esperaba aquel revés. Tampoco sabía si tenía algo que ver con su objetivo allí. Echó un par de fotos y volvió corriendo al coche. Guardara Rodrigo un secreto o no, la chica de las fotografías lo acechaba. Era cuestión de tiempo que la presa cayera en la trampa.

10

Alfredo

Lunes, 23 de febrero

A eso de las ocho de la mañana, Alfredo se levantó de la cama porque consideró una pérdida de tiempo seguir dando vueltas. La cabeza le jugaba malas pasadas repitiendo una y otra vez el fortuito encuentro con el periodista en el acantilado. Imaginó el titular: «Los primeros curiosos visitan el lugar del horror». Sabía que había sido una estupidez y que había corrido riesgos innecesarios, pero necesitaba verlo, estar allí, donde ella aspiró aire por última vez; y recoger la maldita bolsa de plástico, eso también. Le constaba que no era tan fácil contrastar las huellas dactilares porque para eso tenía que tenerlas. Sintió náuseas al pensar en unos dedos chamuscados. La paranoia y el miedo estaban ganándole la partida a la templanza y la cordura. No podía dejar ese fleco suelto, no conociendo su existencia, paradero y clara vinculación con él. Le pudo la locura. Hacía mucho ya que no conseguía controlar su sentido común.

Desde que Sofía se cruzara en su camino no había vuelto a dormir ni a pegar bocado. ¡Si casi se palpaba ya los huesos de los pómulos! Para colmo lo habían descubierto volviendo a la escena del crimen. Un error de novato. Vio su cara en los telediarios como posible sospechoso, se vio esposado pasando por delante de su madre y comerciando con sus propios zapatos a cambio de un poco de protección en la cárcel. La presión le pudo. Y ese periodista, sin quererlo, lo obligó a tomar una decisión irrevocable.

Alfredo abrió de golpe la puerta del dormitorio y se encontró a Rosita tomando un café y con un libro abierto sobre los muslos. Sintió, de nuevo, la preocupación en su rostro, como si no entendiese qué es lo que le estaba pasando esos días. Estaba seguro de que su madre ya habría hecho todo tipo de conjeturas.

—Buenos días, cariño. —Se levantó de un salto—. ¿Café?

Alfredo murmuró algo, adormilado, y la siguió hasta la cocina. Una vez sus dedos ateridos sintieron el calor que desprendía la taza y hubo dado dos o tres sorbos, comenzó a hablar.

—Mamá, he hecho algo mal…

Rosita trastabilló con la pata de la silla y no encontró estabilidad alguna hasta que consiguió sentarse. Miró a su hijo como si lo viera por primera vez, estudiando la culpa en sus ojos, el tono apagado y la confesión que estaba a punto de compartir.

—¿Qué has hecho?

La pregunta le salió sola.

—No te había contado nada hasta ahora para no asustarte innecesariamente. Sé que vives por y para mí, que desde que murió papá hemos pospuesto ese crucero por el Mediterráneo porque lo que aporto a la economía de la casa ayuda poco o nada. Jugar a videojuegos no mantiene una familia. Al menos, no en mi caso. Tampoco el restaurante da para mucho. Trabajo solo fines de semana, ¿qué estabilidad da eso? —Dibujó una sonrisa triste y miró a su madre, que, a la expectativa, no retiraba la atención—. No soy el hijo que esperabas. Sin embargo, me cuidas y me proteges. Y yo ni siquiera he sido honesto contigo. ¿Quieres…? ¿Te apetece otra taza de café?

—Alfredo, dime qué has hecho —le cortó su madre que no aguantaba ya tanta palabrería hueca.

—¿Recuerdas la mañana del domingo 15 de febrero?

—No soy un almanaque, Alfredo. —Rosita endureció el tono.

—Te mentí. Te llamé varias veces y no me lo cogiste. Luego, devolviste la llamada y te pregunté si querías comer sushi.

—Sé que me mentiste. Una madre no es tonta. Al principio no supe a qué se debía, pero luego, al verte, comprendí que te había dejado la novia.

Alfredo la miró perplejo... He ahí el resultado de las hipótesis de su madre, que no perdía la esperanza de que tuviese algún tipo de vida social.

—¿Novia, mamá?

—Me lo puedes contar. No seas vergonzoso.

—Y dale.

Rosita frunció el ceño. La conversación no estaba yendo como había esperado. Alfredo, cansado de rodeos, la miró a los ojos y se dio cuenta de cómo su progenitora cambiaba su habitual gesto amable por otro de inquietud.

—La madrugada del domingo 15 de febrero...

Rosita lo paró con una mano en alto.

—¿Puedes hablar como una persona normal? —espetó.

Alfredo asintió y continuó su discurso:

—El otro día apareció una chica muerta en los acantilados de Sancti Petri, no muy lejos de Los Pescadores. La Guardia Civil me llamó a declarar porque, tras el visionado de las cámaras de seguridad de un supermercado cercano, soy una de las personas que se cruzó con ella antes de... —evitó decir «morir»— y al parecer, para más exactitud, soy el último que la vio con vida. Cuando ella entró en el restaurante, yo estaba trabajando, le serví algunas copas y hablamos un rato. Luego se fue. Le dije al teniente que no volví a verla, pero eso no es verdad.

Rosita no daba crédito; incapaz de rebatir nada, lo miraba perpleja. Ante el silencio, este prosiguió:

—No sé por qué lo hice. Por miedo seguramente.

La seguridad de su discurso se vio interrumpida por un temblor de manos incontrolable. Se cubrió la cara con ellas y se quitó las gafas de forma brusca. Contarlo, elegir minuciosamente las palabras, hizo que volviera a vivirlo, que regresara a aquella noche.

Quizá por ser San Valentín habían tenido una buena velada. La caja registradora rebosaba, pero la bolsa de basura también. No aguantaría hasta el cierre. Así que se vio obligado a ir a tirarla y abandonar su puesto durante cinco minutos. No se percataron y, si lo hicieron, no le dieron importancia. El contenedor más cercano estaba a unos veinte metros. Aquella noche la luna llena iluminaba con su tenue luz la espesura negra que se adivinaba en la playa de la Barrosa. Cuando estaba a punto de regresar, creyó ver a la chica del whisky. A pesar de la poca claridad, no tuvo dudas. Estaba sentada en el borde de la plaza donde terminaba en círculo el paseo marítimo. Cuando ella salió del restaurante, a él le había acechado una sospecha. Y en ese instante se dio cuenta de que tenía razón. Alfredo, consternado, se acercó en silencio y observó el espectáculo ajeno a la representación que iba a tener lugar. Creyéndose sola, Sofía se cubrió la cabeza con una bolsa de plástico que apretó a la altura de su gaznate. En unos segundos tuvo dificultad para respirar. Su boca aspiraba con gran estruendo, intentando con bocanadas saciar la escasez de oxígeno. Alfredo se quedó paralizado, contemplando la surrealista escena. Cuando estaba a punto de desfallecer, la chica dejó de ejercer presión sobre su cuello dejando espacio para la entrada de aire. Apartó la bolsa que la había privado de bienestar y aspiró hondo alzando el mentón hacia el cielo. Entonces dijo:

—Estoy viva, tengo el control.

No fueron palabras al azar, eran palabras ensayadas, propias de un mensaje que se dictaba a sí misma. Quizá para convencerse de algo, quizá para sustentar la insolencia de jugar con la muerte. Alfredo contuvo el aliento. Logró moverse, aunque por razones evidentes no habían dejado de temblarle las piernas a la altura de las rodillas. Su paso adelante coincidió con otro intento de Sofía por cubrirse la cabeza de nuevo con esa bolsa que había adquirido el poder de quitar o dar la vida.

—¿Quién anda ahí? —Sofía se irguió al sentir las pisadas del camarero.

—Lo siento —titubeó de forma torpe—. No pretendía... He ido a tirar la basura y te he visto. Me había quedado intranquilo...

—Ah, Alfredo —soltó relajando los músculos.

Su nombre dicho así y en su boca sonó reconfortante. Aquella chica de mirada gatuna e influjo hipnótico recordaba cómo se llamaba.

—¿Qué estabas haciendo? No he podido evitar... mirarte.

—¿No lo ves? ¿Acaso estás tan ciego como el resto? —En su rostro perfiló una sonrisa traviesa—. ¿Quieres probar? —sugirió.

—¿Cómo?

—No hay nada como vencer a la muerte para sentirse vivo.

—¿Eso hacías? ¿Sentirte viva?

Sofía se mordió el labio y se dejó caer en el murillo que salvaba la altura de la playa. Alfredo se acercó cauto y se sentó a su lado. Sintió el relente, la humedad a punto de tomar forma. La chica no contestó. En su lugar, le tendió la bolsa. Este la recogió sin convicción.

—No estoy seguro...

Ella lo cortó y le agarró la mano en un gesto cercano y desconcertante, empujándolo a que lo hiciese. La oscuridad le dejaba intuir el cuerpo frágil y escuálido de Sofía. Él, intentando impresionar a la primera y única chica que le había sonreído en años, se colocó el plástico en la cabeza, como si este fuera una gorra. Iba a hacerlo. Bajaría la bolsa hasta el cuello y luego apretaría con todas sus fuerzas hasta que los pulmones demandaran al instinto de supervivencia que se presentara. Sofía soltó una risa histriónica, víctima de algún chiste que solo ella entendía. Le arrebató en un movimiento rápido la bolsa y la dejó entre los tallos de diversos cardos marinos que oscilaban a su derecha. Alfredo suspiró aliviado.

—Eres bobo —dijo entonces.

Él no pudo defenderse. Lo era.

—Deberías dejar de hacer eso.

Emitió un sonido gutural aprobando aquel consejo. Luego, como si fuera lo más natural, dejó caer su cuerpo hacia él, que no retrocedió ni opuso resistencia, sellando así el encuentro en un beso dulce, húmedo e inesperado.

—Tengo que irme —anunció mientras dejaba enredada la bolsa entre las ramas de alguna planta—. Gracias, Alfredo.

Y así, sin más, echó a correr. Este tardó varios segundos en tomar conciencia de lo ocurrido. Intentó detenerla. Casi alcanzó a agarrarla de la gabardina, pero se esfumó entre sus dedos como la arena de la playa. La vio desaparecer en la oscuridad opaca de la noche. La última noche. Casi parecía cosa de un sueño. No había reparado en la lluvia. El chaleco del uniforme se le pegaba al cuerpo. Por alguna razón todo se volvió lóbrego a su lado, pero qué más daba. Se puso un dedo en los labios que ella había besado hacía un momento. Los suyos. Su primer beso sincero.

Rosita escuchaba con rostro circunspecto el relato de su hijo.

—¿Sabes qué? Me tomaré ese café.

Se levantó nerviosa y vertió un poco de aquel líquido negro y humeante en una taza de corazones. Siguió de espaldas moviendo la cuchara.

—Mamá —la llamó Alfredo. No lo había oído o, si lo había hecho, decidió ignorarlo. Entonces este subió el tono, desesperado—. ¡Mamá!

—¡¿Qué?! —Se giró y lo miró con crudeza.

—¿Es que no vas a decir nada?

Rosita se apartó los rizos de la cara y dejó la taza en la mesa. No quería arriesgarse a que se le cayera.

—Volviste a estar con ella... —dijo al fin.

—¡Estaba preocupado! —No pudo evitar reírse, pero se dio cuenta de que parecía la risa de un demente.

—Y luego la dejaste marchar.

—Tenía que volver al trabajo.

—Pero has mentido.

—¡Estaba asustado, mamá! No volví a verla. Yo no he sido. No la he matado. —Era una locura tener que verse obligado a aclarar ese punto de la historia.

—Por supuesto que no, cariño —concedió.

Él acudió a su lado y la abrazó buscando el cobijo cálido que siempre le brindaba. Ella permaneció rígida. Apoyó la cara en su hombro. Y Alfredo no pudo evitar sentir que había brotado en el interior de su madre una nueva semilla, la duda corrosiva y sinuosa sobre si su hijo era inocente o no.

—Tienes que llamar a Fabio y contárselo —sentenció.

Alfredo se soltó del abrazo como si hubiera recibido un calambre.

—¿Contarle qué?

—La verdad.

Pero no hizo falta, su móvil vibraba sobre la mesa. Su amigo, el cabo de la Policía Judicial de la Guardia Civil, al que había mentido sin reparo, esperaba al otro lado de la línea, deseoso de hablar con él.

11

Rodrigo

Lunes, 2 de febrero

Trece días antes

El despacho de Rodrigo estaba en la planta baja. Había sido la antigua biblioteca de Adolfo, el antiguo propietario y amigo de su padre. Tenía una única ventana por la que la luz coloreaba las aristas de las estanterías. Había conseguido hacer un hueco entre los libros de los que no había querido desprenderse. Sus cuatro porfolios de diseños reposaban apilados en una de las baldas, apretados por centenares de novelas clásicas, históricas y contemporáneas. Se veía que Adolfo había sido un amante de la literatura. Tanto era así que una de las habitaciones de la casa tenía el único fin de satisfacer esa hambre voraz de leer. Lo imaginó pasando páginas en el sillón de la esquina, rodeado de restos de comida, tazas de café y moscas. Matando las horas de un confinamiento eterno entre las cuatro paredes de su hogar.

Encendió el ordenador. Tenía un logo, dos carteles y la ilustración de una novela pendientes. Abrió Photoshop e Illustrator y se peleó durante un rato con los programas. Trufa, que había entrado en algún momento, se tumbó a sus pies emitiendo una melodía con la cadencia de la respiración. Sorbió el café frío que siempre lo acompañaba mientras trabajaba e intentó concentrarse, olvidar las huellas de la pared. No hacía tanto que había salido a comprobar lo que ya sabía. Las pisadas del escalador improvisado que se dedicaba a entrar y salir de su jardín estaban en ambas caras de la tapia. Lo que confirmaba que alguien había entrado y salido sin usar la puerta. Pese a su extrañeza, trató de justificarlas. Todo se debía a un trabajo mal hecho de la cuadrilla de pintores, a la que había llamado para dar las quejas. De hecho, cuando los amigos volvieron con sus esposas les comentaron el hallazgo y se sumaron a la postura de que no tenía importancia. Sin embargo, Luz tenía otra forma de afrontar las sorpresas sin invitados delante. Habían discutido. La noche anterior en cuanto Vicente y Araceli terminaron su última copa y dejaron Villa Adolfo y el festejo de una próspera mudanza, aterrizó la dura realidad. A su mujer le entró el pánico, un miedo irracional hizo que no parase de gritarle. Le pidió que llamara a una empresa de seguridad. Él le había espetado que no se lo tomase así, que le darían una manita de pintura y asunto resuelto, pero Luz no aceptaba un no por respuesta. Así que nada. Batalla perdida. Esa misma mañana había pedido por Amazon una cámara de vigilancia por wifi con visión nocturna, detector de movimiento y efectos de luz y sonido para asustar a los asaltantes. El innovador cacharro le había costado menos de treinta euros. Una ganga en comparación con las tarifas de las empresas de seguridad del hogar.

Tras la compra volvió al programa de diseño. «Maldita sea». Aspiró hondo y apoyó las manos en sus sienes. Le iba a explotar la cabeza. No había por dónde coger aquello. ¿Cómo diablos iba a plasmar la idea absurda de aquel escritor en una portada? Se levantó a servirse otro café. Las fechas de entrega cada vez estaban más próximas. Y tras cobrar todo aquello ni siquiera se acercaría al sueldo de su mujer. No pudo evitar sentirse inútil, menos válido. El diseño gráfico era una tortura cuando las ideas no fluían. Rodrigo era metódico, un hombre de costumbres. Echó un vistazo a su alrededor. Sus ideas no surgían en un espacio tan pequeño. Se sentía acorralado. Buscó de forma frenética la caja de aspirinas que Luz había comprado la mañana anterior. No la encontró. Se tomó un sobre de Enantyum en su lugar. Volvió al despacho y con la mano en la barbilla tuvo una brillante idea. Si tiraba el tabique y prescindían de la despensa, podía agrandar la estancia. Hacer de la biblioteca una habitación diferente. Más grande y luminosa. Un despacho a su gusto, eso era lo que necesitaba. Ya no sería la biblioteca de Adolfo, sino el estudio de un diseñador sublime rebosante de brillantes ocurrencias.

Además, estaba seguro de que aquella tarde los ánimos de todos se calmarían. Un plan juntos sosegaría los nervios de Luz. Pablo se moría de ganas por visitar el castillo de Sancti Petri. Alejandra podría subir vídeos en TikTok en un kayak alquilado moviendo los labios al ritmo de alguna canción de moda. Hacía años que no iban. Años que solo lo veían como un punto blanco en el mar.

A eso de las cuatro salieron de casa disfrazados de familia feliz. La siguiente bajamar del día llegaría en media hora. Como resultado de la marea, las lenguas de arena saldrían a flote haciendo que los vestigios del pasado vieran la luz. Se pusieron los trajes de neopreno y los chalecos, cogieron los remos, se repartieron en dos kayaks dobles y emprendieron la excursión. Salieron del puerto deportivo de Sancti Petri y se adentraron en el caño con el mismo nombre.

—¿Dónde vamos, papá? Al castillo se va por ahí. —Alejandra señaló el lado opuesto al que se dirigían.

—Antes quiero enseñaros algo —gritó desde su embarcación unos metros más adelante.

—¡Rema, Alejandra! —pidió Pablo con suspiros ahogados por el esfuerzo.

—¡Eso hago!

A la más pequeña de la familia se le metía el pelo mojado en los ojos impidiéndole ver más allá de un palmo. Los bufidos eufóricos de su padre le indicaban que iban los últimos en aquella carrera improvisada hacia ninguna parte. Solo la risilla nerviosa de su madre hizo que se retirara el flequillo para poder ver. Volvía a reír. Allí estaba. ¿Sería posible que su padre la enamorase de nuevo y que volvieran a ser los cuatro locos risueños de siempre? Había esperanza. Ese fue el motor para el movimiento incontrolado y arrítmico de los brazos de Alejandra.

—¡Eso es! ¡Ya casi los alcanzamos! —la animaba su hermano desde atrás dirigiendo el kayak con la precisión de un capitán pirata.

—¡Cuidado con el resto de los barcos! —dijo Luz entre jadeos.

Iban contra el viento, zigzagueando veleros, yates, lanchas y pequeñas barquitas de madera varadas o en marcha en un caño sin señalización con el viento ululando en contra. Pese al esfuerzo de los hermanos, Rodrigo y Luz llegaron los primeros. Una vez todos juntos, desplazaron los kayaks unos metros de la fangosa orilla. Ya no pisaban tierra chiclanera, sino isleña.

—¿Qué hacemos aquí? —preguntó Alejandra con las manos en las rodillas recuperando el aliento.

—Seguidme —ordenó Rodrigo.

Anduvieron unos metros hasta tropezarse con una construcción en ruinas sobre un terraplén elevado. La entrada estaba franqueada por dos columnas y una muralla que se perdía en la retaguardia donde solo quedaban los pilares. En el patio de armas se apreciaba un pozo que debía proporcionar agua dulce a los allí afincados. La batería en sí había sido devorada por la erosión, quedando oculta bajo las dunas al menos medio metro de su altura original. La arena y la vegetación comían terreno a los resquicios de aquella España libre que luchó contra tropas napoleónicas hacía doscientos años. El muro de cantería tenía dos niveles, uno más bajo para defender la playa y otro más elevado para vigilar posibles baterías enemigas.

—Estamos en la batería de Urrutia —dijo con visible orgullo Rodrigo.

Disfrutaba enseñando y repetía así los pasos de su padre en ese afán de conocer de dónde venían. La familia subió por la rampa al segundo nivel. Esta había sido invadida por retamas que crecían a sus anchas. Desde arriba, podía apreciarse el interior de la batería por los techos agujereados. El derrumbe era evidente. Luz y Alejandra contemplaron las vistas entre los merlones. Por encima de la vegetación, asomaba el antiguo poblado almadrabero, ahora club náutico y antigua línea enemiga. Enfrente, el castillo que junto al resto de baterías conformaron un obstáculo infranqueable para los franceses. La caminata de la familia continuó por la orilla hasta alcanzar los restos de una embarcación. Era lo que quedaba de La Barca, un puente de barcos construido con la única intención de hacer pasar a las tropas españolas y al ejército aliado inglés hasta Chiclana en la que sería la sonada batalla de la Barrosa. Rodrigo apoyó su cuerpo en las ruinas de aquella defensa.

—Imaginad el caño de Sancti Petri como un enorme foso, lo suficientemente ancho como para mantener distancia con el enemigo. —Gesticuló animado por la explicación—. Estos son terrenos pantanosos y, por eso, se convirtieron en una eficaz línea defensiva. Para los franceses fue un laberinto inabordable.

—Guau —se le escapó a Pablo, que observaba asombrado las ruinas de la historia.

Alejandra no había estudiado la guerra de la Independencia, pero verlo así, con sus propios ojos, tocar las piedras e imaginar barcos hundidos era apasionante. Y, aunque respirar con el neopreno le era sumamente complicado, se esforzó en seguir el ritmo. La temperatura era suave, la humedad cargante. Se refugiaron del frío entre las paredes de arena. Aquellas eran las dunas más grandes que Alejandra había visto. Casi verticales en algunos tramos. Se sintió como una astronauta en algún planeta desértico e inhóspito. Cuando tenía toda la cara llena de rojeces, avistaron otra pequeña construcción semioculta por la arena y las bucólicas retamas. Era la batería de San Genís, otra de las mejores conservadas. Había quedado prácticamente aislada por la duna y su aspecto era incluso más lamentable y desalentador que la anterior. Dejaba apreciar la rampa de acceso al nivel superior y la entrada al polvorín. La piedra se había llenado de escamas naranjas. Mientras sus hijos inspeccionaban la construcción, Rodrigo aprovechó para acompasar su respiración admirando el paisaje. El viento zarandeaba los troncos de las plantas que habían crecido desordenadas y próximas. Era como si la madera y el viento mantuviesen una conversación. El lamento de la naturaleza lo tenía en éxtasis cuando la voz de Luz lo trajo de vuelta.

—Cada vez te pareces más a tu padre.

—¿Por ser una enciclopedia?

—Por volverte tan místico de repente.

—¿Acaso no es mágico? —Le guiñó un ojo divertido y giró sobre sí mismo con los brazos en cruz.

Alejandra y Pablo se acercaron entre risas.

—Si el mar se retirara por completo, ¿qué encontraríamos? —preguntó Pablo.

—Puf. Tesoros, miles y miles de cofres con monedas —contestó Alejandra.

—Aquí se hundió uno de los navíos franceses más importantes, el Fougueux. En los años noventa, un instructor de buceo dio con un enorme túmulo a tan solo nueve metros de profundidad. Antes del hallazgo se cree que algunos cazadores de tesoros cogieron ilegalmente algunas piezas. Así que sí, Alejandra. Tesoros hay y no tan profundos como pensamos. Es más, algunos están a simple vista.

Corrió por la última duna hasta la cumbre seguido de su familia. La vista desde allí arriba era espectacular. El mar y el cielo se besaban, dejando al descubierto un paisaje incomparable digno de una postal. En la orilla, otras dos huellas del devenir de la historia en la costa gaditana: dos de los búnkeres con fines militares ordenados construir por Franco a finales del siglo pasado.

Luz fue la última en llegar. Resopló y se dejó caer en la arena.

—Una bombona de oxígeno, gracias.

—¿Os acordáis de la escena final de *El planeta de los simios*? Pudo perfectamente grabarse aquí, en uno de esos búnkeres —apuntó Rodrigo—. ¿Y sabéis lo más increíble? A unos cien metros del segundo se encuentra el reducto de Lacy.

—¿El reducto de qué? —preguntó la más pequeña.

—Allí no hay nada —le contradijo Pablo.

—Que no lo veas no significa que no esté. —Rodrigo compuso una mueca enigmática—. Lo levantaron los ingleses durante la guerra de la Independencia, pero ahora está bajo tierra. La edificación se ha perdido por el retroceso de la costa y por la poca consistencia de los materiales, pero en 2010 los temporales destaparon parte de la fortificación.

—¿Puedes repetirlo? Quiero grabarlo y subirlo a TikTok.

Todos se volvieron hacia Alejandra que, despeinada y con la respiración agitada, intentaba sacar del bote estanco el teléfono móvil.

—Lo mejor viene ahora. Fijaos ahí. —Rodrigo señaló con el dedo al frente—. Si os fijáis bien, aún puede apreciarse la calzada romana que unía el islote de Sancti Petri con Cádiz. O al menos eso dicen. —Cierto o no, el oleaje golpeaba una construcción que se llenaba de espuma blanca. No se distinguía bien si era una calzada o canteras—. El castillo también formó parte de la línea defensiva en el siglo XVIII.

Con el viento a favor remaron hacia la perla de occidente, la señora del océano. Invisible a la vista para los que no esperan a que se retire el mar, mostraba sus encantos durante unas horas hasta que el océano Atlántico decidía volver a negar su visión a los que estaban en tierra, dejando solo al descubierto el castillo. Rebasaron la baliza y desembarcaron en un arrecife que sirvió de cantera de piedra ostionera. La bajamar les permitió acercarse a pie.

Durante una hora recorrieron el perímetro del castillo y visitaron su interior. Aunque reformado en 2010, conservaba esa atmósfera inquietante que hacía que todo aquel que paseaba por él creyera que estaba en otra época. Situado en la punta más meridional de Cádiz, entre pozos de origen romano y aljibes, relojes de sol y patios bañados por rayos candentes.

Rodrigo continuaba con sus explicaciones, sin perder de vista a Alejandra, que se había sentado en el kayak para descansar la musculatura. Se había dado cuenta de que estaba cansada, como si hubiese dormido poco. Tal vez se desveló con los gritos, tenían que tener más cuidado cuando discutían. Dio la mano a su mujer mientras admiraban los dos, junto a Pablo, ese castillo, cuyo nombre, según cuentan, eligió el apóstol San Pedro. Al momento, miró de nuevo de reojo a su hija. Esta observaba la unión de las manos. Se acercó y se sumó a la conversación de aquella época remota.

—¿Gadir? —dijo contrariada.

Rodrigo sonrió.

—La datación histórica no es precisa, pero muchos historiadores coinciden en que solo ochenta años después de la caída de Troya, allá por el año 1104 a. C., se funda Gadir. Entonces era un archipiélago formado por tres islas, las Gadeiras: Erytheia, Kotinoussa y Antípolis. Estamos en una de ellas. Antiguamente llegaba hasta Cádiz y ahora se esconde bajo el mar. Gadir era resguardo de los barcos de Oriente, el puente más allá del horizonte adonde se aventuraban los fenicios.

Alejandra lo miraba estupefacta, pues su padre estaba dotando de color lo que a simple vista no le llamaba la atención. Luz tenía razón en algo, Rodrigo seguía los pasos de su predecesor. El cuento se repetía. Pasaba el relevo en aquella carrera contra el tiempo. Compartía secretos que guardaban el mar y la arena de una isla que se llamó Kotinoussa y que ya nadie recordaba. Aquel era su refugio atemporal, donde no llegaba el olvido, donde no habitaba el horror. Donde no se sentía culpable y no tenía remordimientos por haber estado a punto de destruir a su familia. Donde no le alcanzaban las preocupaciones laborales, de la nueva casa o de esas huellas cuyo origen no entendía.

Era historia.

Su historia.

12
Rodrigo

Muchos años antes

Rodrigo no recordaba mucho de la época en la que vivió en el poblado de Sancti Petri. En aquel entonces solo tenía cinco años y de su infancia en ese singular enclave rodeado de esteros frente al islote donde reposaba el castillo solo le quedaban recuerdos fugaces: el olor a mar; las fuertes corrientes mareales de la zona; el entramado de redes a los pies del puerto; los rostros morenos curtidos por el sol de los pescadores, todos a una sin importar el género ni la edad ayudando en el arte de la almadraba: las mujeres, como su madre, estibadoras y los hombres, como su padre, pescadores.

Los habitantes de Sancti Petri despertaban de su letargo invernal coincidiendo con el paso de los atunes por el Mediterráneo. El Consorcio Nacional Almadrabero se hacía cargo del techo, el agua, la luz y el transporte, quedando delegadas las tareas de la pesca, el transporte en redes de los atunes, el despiece, la cocción y la preparación de conservas a sus habitantes. El pueblo contaba desde los años cincuenta con iglesia, escuela, economato, dispensario y cine. Y así, en ese paisaje de dunas, de rocas, de tiempos olvidados, en ese lugar privilegiado de la biosfera, creció aquel niño, que quedaría vinculado a él de por vida.

Poco después, en 1973, sucedió lo inimaginable. Esos atunes que dieron vida a Sancti Petri irónicamente terminaron siendo la causa también de la quiebra de la empresa y del desalojo forzoso del poblado. Sus habitantes recibieron un puñado de pesetas como pago por sus humildes casitas de pescadores, quedando ese rinconcito cerrado y prohibido para los chiclaneros. Dicen algunos que fue obra de un grupo financiero franquista, por salvaguardar intereses inmobiliarios. Pero la tierra elegida por los fenicios aún tendría que sufrir para volver a ser disfrutada. En los albores de la democracia, una orden del Ministerio de Defensa expropió la península como área de seguridad de sus cercanos polígonos de tiro. No fue hasta los noventa cuando un joven Rodrigo de veintidós años volvió con sus padres al pueblecito que lo vio nacer, cuando el ejército devolvió a Chiclana lo que siempre le había pertenecido. Solo que ya era un pueblo en ruinas. Algunas familias de pescadores aun así regresaron y vivieron como okupas en sus propias viviendas. La familia de Rodrigo fue una de ellas. Ocuparon de forma ilegal su antigua casita mientras se sucedían las marañas jurídicas que finalmente concluirían con la Dirección General de la Costa otorgando una concesión de uso. Años después, pasaría a convertirse en un enclave náutico, pesquero, cultural, de ocio e investigación que hoy día solo brinda riqueza.

En ese año viviendo como okupas, Rodrigo aprendió todo lo que sabía acerca del mar, de la pesca, de Sancti Petri y de la precariedad. En las tardes cálidas de verano, solía sentarse en la playa con su padre a coleccionar atardeceres oyendo alguna de las historias que su viejo le regalaba.

—Acércale el tabaco a tu padre.

El joven sacó de los harapos un paquete y se lo entregó a aquel señor con pinta de sabio que tenía por costumbre arrugar el entrecejo. Ese hábito y las horas expuesto al sol en la mar habían provocado un enredo de arrugas en su rostro.

—Más pronto que tarde nos tendremos que ir de aquí, hijo.

—Lo sé, papá.

—Igual que hemos entrado nos van a echar con una mano delante y otra detrás. —Aspiró hondo el fuerte sabor a nicotina—: Pero, aunque nos vayamos, ya estaremos tocados por el dios Melkart, por su gracia y fascinación. Eso no nos lo pueden arrebatar. Tú naciste aquí y esto no es cualquier lugar. Pronto, muy pronto, los visitantes acudirán al poblado sin conocer su historia, su poder —se giró para mirar a Rodrigo—, la energía que desprende todo esto.

Leonardo disfrutaba aleccionando con tono erudito a su hijo y este, sabedor de ello, dijo:

—Cuéntame esa historia, papá.

El viejo pescador sonrió orgulloso.

—¿Te acuerdas de los cuentos fenicios que te contaba de pequeño? ¿Qué te dice el nombre de Melkart? —Era una pregunta retórica, pues enseguida contestó—: Melkart es el rey de la ciudad, del comercio, de la navegación. En el mundo griego lo llamaban Hércules. Este te sonará más... Es una deidad que se ha ido adaptando a cada momento histórico. Cuentan los documentos y las lenguas que Melkart, el dios de los fenicios, les pidió en el oráculo de Tiro que fundaran una urbe, un nuevo lugar de culto, ampliando así su influencia. Hicieron tres intentos: dos sacrificios con malos augurios y uno fructífero. La ubicación de esta nueva ciudad debía ser más allá del mundo conocido. ¿Quieres saber dónde se instalaron los fenicios? —preguntó con picardía. Los ojos de Rodrigo se abrieron de golpe, atento, con la curiosidad de la juventud y la admiración de un hijo—. Aquí, en Gadir —imploró triunfante—. Construyeron la urbe en el estrecho de Gibraltar. La ciudad en occidente y el templo en oriente. Levantaron tres templos: uno a Cronos, otro a Astarté y el último a Melkart. ¿Y sabes el lugar exacto de ese templo? —El chico negó con la cabeza, confuso—. Lo tienes justo delante.

Rodrigo dirigió la vista al frente. Diluido su contorno por la luz del sol, recortaba el cielo ámbar la silueta del castillo de Sancti Petri, situado en el islote con el mismo nombre, esa lengua de tierra que fue un enclave estratégico tres mil años atrás. Saqueado por piratas, erosionado por la acción del mar, bombardeado por franceses y explotado como cantera de piedras ostioneras.

—¿En el castillo? —preguntó contrariado.

—En sus proximidades, hijo. Aquí construyeron el templo al dios Melkart, enfrente de nuestro pueblo. Lo llamaban Herakleion. Y lo hicieron al más puro estilo fenicio, siguiendo los modelos del templo de Jerusalén y de Astarté en Tiro. Su entrada, flanqueada por dos imponentes columnas de bronce, custodiaba el fuego eterno, porque en él convergían las fuerzas malignas y benignas del cielo, alejando la hostilidad entre ambas. Años más tarde, estas columnas de las que te hablo fueron bautizadas por los gaditanos como los Pilares de la Tierra o las Columnas de Hércules y tras ellas, junto al fuego, el altar donde se daban las ofrendas, los sacrificios animales y se consagraban las acciones comerciales.

—Vaya...

Leonardo rio a carcajadas. Le emocionaba inculcar sabiduría a su impresionable hijo.

—Para que te hagas una idea, el oráculo de Delfos, Olimpia y el templo de Melkart fueron los lugares más extraordinarios del siglo XII a. C. ¿Sabes quién vino a visitarlo? —Rodrigo volvió a negar—. Cuenta la leyenda que un recaudador de impuestos llamado Cayo quedó fascinado ante las estatuas que allí se erigían: la de la pobreza, la vejez, el arte..., pero dos fueron las que le prendaron por su majestuosidad: las estatuas de los héroes griegos, Temístocles y Alejandro Magno, este último aún no se apodaba el Grande. Entonces en un gesto íntimo se puso la toga en la cabeza y lloró. Lucio Cornelio Siga se acercó conmovido y le preguntó: «¿Por qué llora, Cayo?». A lo que él respondió: «Este general macedonio a los treinta y tres años es el dueño del mundo. A mí en cambio con treinta y ocho no me conoce nadie allá en Roma». Sucedió así que este recaudador de impuestos romano le confesó a los sacerdotes un sueño recurrente que le atormentaba por las noches, pues era bien sabido que en el templo se consultaban los auspicios y se interpretaban los sueños. El hombre confesó que soñaba con hacerle el amor a su propia madre. —Leonardo miró divertido a su hijo a lo que este respondió cubriéndose la boca tras una fuerte aspiración—. Muchos eran los hombres que acudían al oráculo en busca de consejo. Los sacerdotes interpretaron su sueño y lo señalaron como el futuro dominador de la ecúmene, el mundo conocido, el Mediterráneo. Tuvo lugar entonces la catarsis de aquel don nadie. Salió de allí renovado, con ambición y fuerza como para ser el dueño de Roma —dio énfasis al final de la oración— y así lo hizo. El templo de Melkart marcó el devenir de la historia. Un hombre normal se convirtió en Julio César, emperador del mundo.

Rodrigo lo miraba embelesado.

—Cuéntame más.

Casi fue un ruego.

—El general cartaginés Aníbal, admirado incluso por sus enemigos, probablemente visitó el templo antes siquiera de tener uso de razón. Su padre, Amílcar Barca, vivió en Cádiz, pero no es hasta años después cuando Aníbal, plenamente consciente, vuelve al templo y jura ante el señor de la ciudad odio eterno a los romanos antes de marchar e iniciar la segunda guerra púnica. —Exhaló el humo por la boca formando aros que flotaron sinuosos en el aire frío que cortaba la noche cerrada—. ¿Acaso crees que todo eso es casualidad? El historiador latino Pomponio Mela aseguró en su tiempo que los restos del mismísimo Hércules están aquí, enterrados bajo estos suelos. ¿Qué lugar cobijaría los restos de un semidiós? ¿Qué lugar convertiría a un mero recaudador de impuestos en el emperador del mundo y cambiaría el rumbo de la historia? ¿Imaginas el mundo sin la guía de Melkart? Era más que un punto estratégico de gran influjo político y económico. ¿Qué digo era? ¡Es! —Señaló el castillo amparado por un aura magnética—. Ahí delante, hijo, la tierra guarda un vórtice energético especial y mágico. Desprende algo que obliga a la contemplación. Se percibe al instante. Es una sensación absorbente de pasmosa calma, donde refulgen influencias telúricas. Su ubicación exacta es un misterio, pero dota a Cádiz de una antigüedad e importancia asombrosa. Y tú, Rodrigo, has nacido aquí. Siempre estarás unido a él y a su canal de energía. Ya no te preguntas por qué el oráculo quiso construir el templo aquí, te preguntas cómo has osado mirarlo sin comprenderlo. Ya no queda nada de aquello, pero ¿no lo sientes? —Le puso una mano en el pecho a su hijo a la altura del corazón—. Está aquí. La energía fluye en ti.

Rodrigo recibió el gesto con una sonrisa y también se tocó el corazón, preso de la emoción. Le pareció que el ritmo cardiaco había aumentado. Tal vez fue cosa de la influencia de aquel poder que les había sido regalado por nacer allí.

—Saldremos de esta. La situación mejorará. Melkart está con nosotros —dijo el joven.

Leonardo se tragó el nudo que se le había formado en la garganta. Evitó decir que ni el dios fenicio podría apaciguar las penurias que estaban sufriendo. Acercó la cabeza de su hijo hasta su pecho y lo arropó en un abrazo de esos que Rodrigo, años después, echaba tanto de menos.

13

Alfredo

Lunes, 23 de febrero

Descolgó la llamada.

—Tenemos que hablar —anunció Alfredo con tono aséptico antes siquiera de que Fabio pudiera decir una palabra.

—Ya lo creo. Hemos recibido el informe final de la autopsia de la chica del acantilado. ¿Puedes quedar ahora? Tengo un pequeño descanso y me apetece un buen café. Si me tomo otro de la máquina del cuartel, moriré envenenado.

Desde el nacimiento del bebé de Fabio y su mujer, los amigos habían sabido mantener la amistad aprovechando cada hueco que se les presentaba. El café a media mañana era uno de ellos. Solían desayunar juntos al menos una vez en semana. Se ponían al día y comentaban qué serie estaban viendo en ese momento, pero Alfredo había dejado de ver la tele.

—¿Te pillo mal? ¿Mejor mañana? —insistió.

—Eh... Sí, sí, claro. ¿Dónde?

Cuarenta minutos más tarde esperaba sentado alrededor de un enorme barril en la Bodega Cooperativa de Vinos de Chiclana. Los nervios le habían secado la boca hasta el punto de sentir la lengua pesada y pastosa. Por eso, cuando Fabio llegó,

Alfredo iba ya por la segunda copa de moscatel. Este le interrogó con la mirada.

—¿Vino a las once de la mañana? Vas fuerte. Creía que íbamos a tomar café.

—Estamos en una bodega —objetó como única razón de peso.

—También es verdad. Estoy de servicio, discúlpame si no te acompaño —llamó al camarero—. Un café, por favor.

Fabio vestía el uniforme verde característico de la Guardia Civil, se había echado gomina en el pelo y desprendía un fuerte olor a perfume.

En contraposición, la barba de Alfredo superaba ya los dos centímetros y eso le producía un picor insoportable que le hacía rascarse a cada momento. El cabo lo miró sin disimular su curiosidad.

—No tengo mucho tiempo hoy —advirtió. Miró el reloj de pulsera—. Como te decía, tenemos los resultados definitivos. El examen toxicológico corrobora lo que ya sabíamos. Tenía restos altos de alcohol en la sangre que pudieron afectar a su equilibrio motriz, aunque no de otras sustancias. La data de la muerte se ha fijado alrededor de las once y media de la noche y se ha establecido que la causa, como ya te comenté, fue un traumatismo craneoencefálico. También han hallado equimosis *post mortem*.

—¿Equi..., qué?

—Contusiones. Si la equimosis se produce en vida, la sangre se coagula, cuando es posmortal la sangre es fluida o débilmente coagulada. El cuerpo presentaba contusiones rojas derivadas de la caída. La piel, salvo por lesiones cortantes producidas por las rocas, estaba muy poco afectada, casi intacta. El impacto que la mató fue contra la roca. Nada indica que la golpearan y que por ese motivo se cayera. Tenía ambas muñecas fracturadas, señal de que intentó evitar el golpe protegiéndose con los brazos, y múltiples lesiones craneoencefálicas que le produjeron la muerte. Es lo que se suele llamar muerte «en saco de nueces».

—Perdona mi ignorancia, ¿nueces?

—Hace alusión al estallido del cráneo.

Alfredo se quedó mudo varios segundos.

—Gracias por la aclaración.

—Si no fuera por el borrado de las huellas dactilares, todo apuntaría a que fue una precipitación accidental. Es de lo más común.

En ese momento estaba bebiendo y no pudo evitar escupir parte del vino al preguntar:

—¿Fue un accidente?

—Podría ser. Bebió de más y se cayó. Fin de la historia. Caso cerrado.

—Pero ¿y las heridas previas?

—¿Ves esto? —le interrumpió y alzó la barbilla dejando al descubierto un corte en el cuello—. Me he cortado esta mañana afeitándome. Cosa que tú deberías hacer, por cierto. Sucede todo el tiempo, Alfredo.

—¿Quién va por ahí sin documentación y sin móvil hoy en día?

—El treinta por ciento de la población que sale de fiesta y pierde el bolso. En serio, te sorprendería.

—¿Y la teoría de que la seguían? ¿No hay ningún mensaje tras esa hipótesis?

—Si bebes, no andes por acantilados. Ese es el mensaje que ha dejado para la eternidad. —Fabio se rascó el pelo de forma compulsiva—. Pero le quemaron las huellas. Se tomaron muchas molestias en jodernos la investigación. Estamos en el mismo punto. No tenemos ni idea de quién es ni de qué pasó realmente. Puede que nunca lo sepamos. —Fabio se acabó de un sorbo todo el café con aire melancólico—. ¿Qué tenías que decirme?

—¿Qué? —La pregunta le pilló por sorpresa.

—Antes me has soltado por teléfono un «Tenemos que hablar» muy solemne. —Hizo un gesto elocuente con la mano.

Alfredo sintió una punzada en el pecho.

—Ah, sí... No es nada. —La frase le salió entrecortada, fruto de un tartamudeo.

—¿Seguro? —Algo en el rostro de Fabio le hizo ver que no se lo creía.

El cruce de miradas le recordó a un duelo a muerte entre dos vaqueros del Oeste.

—Te he ocultado algo —le confesó cohibido.

La ceja izquierda del cabo se arqueó. Alfredo se relamió los molares buscando las palabras adecuadas que suavizaran el mensaje de lo que estaba a punto de soltar, pero no las había. Él sería el pistolero muerto.

—Volví a ver a la chica, Fabio. Me quedé con mal cuerpo, con el presentimiento de que algo le ocurría. Salí a tirar la basura, la vi a lo lejos y me acerqué para asegurarme de que estaba bien. Hablamos un poco y se fue. —Un silencio incómodo se instaló entre los dos amigos. Alfredo fue incapaz de soportarlo—. No la vi más, lo juro.

—Me has mentido —masculló Fabio, mordaz.

—Tenía miedo. ¡Lo sigo teniendo! No me lo tengas en cuenta, por favor. Ahora ya no tiene importancia. Nada la tiene. Ni siquiera el periodista que me vio en el escenario del suceso. Ha sido muerte accidental, tú lo has dicho. —No pudo controlar la histeria en su voz.

—¿Periodista? ¿Estás empeñado en parecer el principal sospechoso o es que simplemente te falta una marea?

Alfredo agachó la cabeza soportando el chaparrón. Las venas de la frente de Fabio estaban a punto de explotar.

—¿Tienes idea del peligro al que me expongo? Podrían suspenderme por compartir detalles de una investigación abierta. —Se abalanzó sobre Alfredo y lo cogió del cuello—. Me estoy jugando el puesto por ti. —Había perdido totalmente los nervios.

El murmullo creciente de los curiosos que observaban la escena hizo que Fabio recuperara la compostura. Se atusó la camisa y se crujió los nudillos en un gesto que rezumaba hostilidad. Respiró hondo. Alfredo estaba a punto de romper a llorar.

—Lo siento.

—Alfredo, baja de la nube. Mentir solo te señala como posible culpable.

El joven camarero dejó escapar un grito sordo. Fabio estaba crispado, así que lo dejó sufrir un instante, pero a los pocos segundos quiso aclararle algo a su amigo:

—Pero estabas trabajando. La data de la muerte no coincide. Puedes estar tranquilo.

Alfredo pidió otra copa de moscatel. Fabio se unió. Ahora sí que lo necesitaba. Bebieron en silencio hasta que el cabo recuperó el temple.

—¿Hay algo más que tengas que contarme? —preguntó sin mostrar ninguna expresión en el rostro.

Alfredo, al borde del desmayo, se bebió de un tirón la copa. La cabeza le daba vueltas. No sabía bien si por el alcohol a esas horas o por las mentiras que había acumulado.

—Tengo la bolsa.

Fabio rio incrédulo.

—¿Qué bolsa?

—¿Recuerdas la marca en el cuello? Una rojez a la altura de la garganta. —El cabo asintió pasmado—. La chica tenía problemas. Se ve que no estaba muy bien del coco. —Hizo un gesto con el índice dando vueltas—. Con razón me quedé con la sensación de que algo iba mal. Estaba tarumba. La vi ponerse una bolsa de plástico en la cabeza y apretar. Jugaba con la muerte. Algo así me dijo.

Fabio tragó saliva valorando la nueva información.

—Y acabó perdiendo.

Alfredo levantó la vista y conectó con la mirada de su amigo.

—Deshazte de ella. De esa maldita bolsa. Y olvida el asunto —sentenció Fabio.

Se encogió como un niño que estaba recibiendo una regañina.

—¿Lo sabe la familia ya?

El guardia civil negó mientras dejaba un billete sobre el barril.

—Nadie ha reclamado el cuerpo.

—¿Y qué pasará con ella?

—Permanecerá en una cámara frigorífica hasta que todo el papeleo esté en orden. Después de eso, acabará en la huesera.

—La... La huesera.

—La fosa común —aclaró.

Alfredo imaginó el cuerpo de Sofía en una zanja llena de fósiles y sintió náuseas.

—Me hago cargo —decidió súbitamente.

Fabio, que pensó que nada ya podía sorprenderle, lo miró boquiabierto.

—Estás loco. No sabes lo que dices. La opción más barata no bajará de seiscientos euros. Y tú no tienes donde caerte muerto.

No le gustó ese juego de palabras. Sí, él no tenía dónde caerse muerto, pero Sofía tampoco, literalmente.

—¿Y qué se puede hacer?

Fabio suspiró.

—Conozco a la jueza. Hablaré con ella. Intentaré que autorice un entierro por beneficencia. En estos casos se les atribuye un número de identificación para localizarlos si algún familiar lo reclama.

—Me parece lo más ético.

—No tienes derecho a hablar de ética —le recriminó con rabia.

La despedida fue fría. Fabio le dio una palmada en el hombro y salió disparado hacia el cuartel. Solo entonces, Alfredo, que había estado aguantándose las arcadas, metió la cabeza en la primera papelera que encontró a su paso. Y vomitó moscatel, bilis, embustes…, todo. Estaba superado por la situación. Deshecho.

14

Rodrigo

Lunes, 2 de febrero

Trece días antes

Rodrigo miró a sus hijos a través del espejo retrovisor. Bajó la emisora de la radio solo para oír las risas alborotadas por todo lo visto y vivido. Tenía la mano sobre la palanca de marchas cuando Luz, contagiada por la algazara del día, colocó encima la suya en un gesto tan simple y tan importante que no pudo evitar esbozar una sonrisa sincera. La tarde había sido maravillosa, de las que quedaban grabadas en la memoria. Para sorpresa de todos, aparcó a un lado de la carretera al salir del antiguo poblado pesquero y sugirió caminar por la pasarela de madera. Se le había encendido la bombilla. Había tenido una idea romántica. Su amigo Vicente aplaudiría la iniciativa.

—Pablo, he visto que hay una pizzería cerca de casa. Busca el número, llama y pide dos pizzas. Danos a tu madre y a mí un poquito de intimidad —le susurró en un descuido de las chicas.

Este asintió, risueño. Cogió a su hermana del brazo y se alejaron unos metros. Luz miraba embobada una de esas diez estatuas que representaban al dios Melkart y que habían sido colocadas por Chiclana. Rodrigo había previsto su cara de admiración, pero estaba convencido de que le iba a salir aún mejor la jugada.

—Los niños van a pedir pizza —dijo poniéndose a su lado.

Ella hizo un sonido afirmativo sin levantar la vista del bronce. El mar quedaba de fondo como un estanque plateado e inmóvil de un paisaje crepuscular. Se cruzó de brazos. La noche estaba a punto de caer y sus cuerpos aún estaban húmedos.

—Es espectacular —juzgó en voz muy baja.

—Sabía que te gustaría y estando tan cerca era una pena no verlo.

El silencio los envolvió un momento. Rodrigo la abrazó desde atrás en un gesto protector. Luego, con dulzura, la giró para sí.

—Te dije que quería sorprenderte este sábado.

Ella lo miró a los ojos con curiosidad. Él no pudo contener la sonrisa. Sacó de la cartera las dos invitaciones arrugadas.

—Me preguntaba si querrías acompañarme. Es una exposición de arte abstracto. Un importante empresario va a abrir las puertas de su galería. —Hizo una pausa guardándose lo que más impresionaría a su mujer para el final—. Asistirá él.

Rodrigo señaló la estatua. Luz ladeó la cabeza.

—Ya, Melkart, ¿no? —La broma no le había hecho gracia.

—No, boba. El escultor, Antonio Aparicio Mota.

Luz miró a Rodrigo, tierna, y suavizó esa coraza que se había puesto durante las últimas semanas. En ese atardecer ámbar, decorado por unos cuantos barquitos varados, y ante la atenta mirada de una deidad, besó a su marido por primera vez después de mucho tiempo.

—¿Eso es un sí? —preguntó jocoso.

Ella le dio un manotazo cariñoso. Era un sí.

El coche olía a pizza. Broche final a una tarde que no podía haber sido mejor. Rodrigo tenía muchas expectativas en los pasos que había logrado dar para arreglar las cosas con su esposa e hijos. Nada podía estropear ese día.

O sí.

Alejandra fue la primera en bajar del Toyota, revoloteando como una alegre mariposilla que volvía a ver a sus padres unidos. Frenó en seco a medio metro de la puerta. Sostenía la llave en la mano, pero no hizo ademán de abrirla.

—¿Qué pasa, cielo? —le preguntó su madre.

Los demás acababan de bajar del coche cuando ella se giró para mirarlos con expresión seria.

—La puerta está abierta.

Rodrigo reaccionó rápido. Se dirigió hacia el jardín con determinación y vio cómo también el portón que daba acceso al interior de la vivienda estaba abierto de par en par. Comprobó que la cerradura había sido forzada. Lo que vieron sus ojos a continuación le costaría minutos más tarde describírselo a la Guardia Civil. Consternado, contempló el salón. Todas esas figurillas que Luz había colocado hacía apenas un par de días estaban hechas añicos por el suelo. Cajones abiertos, estantes vacíos. Corrió hacia el despacho donde había dejado el portátil. Le costó entrar. Todos los libros estaban tirados por la alfombra y algunos de ellos rotos. El portátil no. Seguía sobre la mesa. Frunció el ceño. Algo no cuadraba. En el pecho sintió un remolino. De rabia, impotencia. Oyó los gritos de Luz. Corrió hasta el dormitorio. Habían tirado toda la ropa de los armarios por la habitación.

—Comprueba el joyero.

—¿Qué?

Luz estaba confusa. Se tapaba la boca con ambas manos. No pudo retener las lágrimas.

—¡Comprueba el joyero!

Luz corrió hacia el joyero de la cómoda. Lo abrió. No tenía sentido. ¿Qué significaba eso?

—Está todo. Las joyas, el anillo de la boda. Todo.

Rodrigo sacó el móvil del bolsillo y marcó de forma impulsiva.

—¿Qué es todo esto, Rodrigo?

Cogió uno de sus vestidos preferidos y lo colocó de nuevo en el armario. Fue un acto tierno, un intento por recomponer el desastre. Rodrigo no le contestaba, sino que recorría el pasillo de un lado a otro. Los gritos de Pablo y Alejandra en sus respectivos dormitorios corroboraban el caos. Toda la casa estaba patas arriba.

—Te lo dije. Las pisadas en la pared. Te pedí que llamaras a una empresa de seguridad.

—He comprado una cámara, pero aún no me ha llegado. —La excusa sonó absurda.

—Sabían que nos íbamos. Sabe Dios si nos habrán estado vigilando —dijo ella hipando.

Sintió el miedo de su mujer y que por su cabeza estaban pasando historias horribles. Luz tiró las prendas que tenía en su mano con violencia. Se apoyó en la pared y se fue dejando resbalar, acongojada. El pavor se dibujó en su rostro.

—¡Pablo, ven aquí! ¡Trae a tu hermana! No sabemos si siguen aquí. ¡Alejandra! —llamó a sus hijos en un ataque de locura.

—Buenas noches —dijo Rodrigo, que por fin había conseguido que le cogieran el teléfono y trató de recuperar cuanto antes un tono sereno—. ¿Hablo con la Guardia Civil? —El resto de su familia, expectante, aguardaba en silencio—. Han entrado a robar en mi casa.

Le debieron preguntar qué les habían robado.

—Eso es lo extraño. No falta nada.

De pronto, una voz interrumpió el relato que estaba haciendo Rodrigo por teléfono.

—Mamá. —El volumen fue mínimo al principio.

—Tu padre está hablando, Alejandra, por favor.

—¡Mamá!

—¿¡Qué!? —gritó superada por la situación.

—¿Dónde está Trufa?

No lejos de allí, sobre la mesa vacía del salón, Pablo había dejado las dos cajas de pizza que ya nadie cenaría.

15

Sofía

Martes, 3 de febrero

Doce días antes

El cielo se tiñó de gris, cómplice de aquello que se avecinaba. Los días soleados de la primavera que estaba por venir desaparecieron. Febrero mostró su cara más oscura. La lluvia se precipitaba con fuerza ennegreciendo las carreteras, maltratando las copas de los árboles y formando charcos en la calzada. En la última rotonda de Chiclana, Sofía tomó el desvío hacia el área comercial donde se vieron por primera vez. Aunque la cafetería estaba abierta, esta vez no se sentaron a tomar café. No había ánimos de aparentar buenos modales. Sofía se refugió bajo uno de los techos de chapa más alejados del aparcamiento. El sonido estridente del granizo bombardeaba sobre su cabeza. Eran las cuatro de la tarde. Tal era la oscuridad del cielo encapotado que los fluorescentes estaban encendidos. El que Sofía tenía justo encima parpadeaba en un presagio de malas noticias. No vio a nadie en los alrededores. Ningún loco saldría con aquel aguacero a hacer la compra. Salvo ella, que esperaba a la intemperie, abrigada con una chaqueta de pana ancha que le cubría hasta la cadera. Con su mano derecha sujetaba el móvil. Ese que juraron no utilizar. Luz había roto el acuerdo. Quedaron en no contactar por teléfono y verse directamente el jueves y tan solo era martes. Una hora antes la mujer de Rodrigo había pagado su frustración contra ella. A lo lejos la vio llegar. Con paso rápido y la cabeza agachada avanzó hasta donde se encontraba. Sofía estaba nerviosa. Nunca antes había tenido este tipo de imprevisto con clientas. Saludó con una sonrisa en la comisura de los labios.

—Luz —dijo.

—Adela —correspondió la otra.

Se retiró la capucha de un chubasquero verde y dejó al descubierto su preocupación.

—Te he citado porque, como te he dicho antes por teléfono, ha ocurrido algo grave en mi casa. Nos han robado. ¿Lo sabrás, no?

Sofía no se inmutó. Luz arqueó las cejas y trató de averiguar hasta dónde había hecho su trabajo la detective de pacotilla. Empezaba a dudar de la valía de aquella chica delgaducha y con mirada soberbia. Rodrigo y ella estaban acercando posturas. Tal vez se había precipitado. Quizá debería de haber confiado en su marido antes de contratar a alguien para que lo vigilase.

—No vi el robo si es lo que me estás preguntando —la cortó rápido.

—¿Y eso por qué? Te pago para que seas los ojos que yo no puedo ser y veas lo que a mí se me escapa.

—Me pagas para que vigile a tu marido, no tu casa. —Sofía desenvainó su espada.

Luz se controló y se mordió literalmente la lengua.

—Pero estás al tanto —insistió.

—Os seguí, claro. Evidentemente no me monté en un kayak. Esperé toda la tarde aparcada en el poblado hasta que regresasteis a vuestro domicilio. —Luz no dijo nada, se limitó a observarla muy seria—. ¿Por qué tengo la sensación de que no me crees?

—¿Yo he dicho eso? —Se apuntó a sí misma con un gesto inquisidor.

—No sé adónde quieres llegar, la verdad.

Luz estudió el rostro de Sofía buscando un detalle que la delatara: la mueca, el parpadeo, el tembleque del labio. Algo que le confirmara sus sospechas infundadas. Se cerró el chubasquero. La conversación la incomodaba.

—Entiéndeme. Han entrado en mi casa por la fuerza y tú sabías que no estaríamos.

—No vi nada, no estuve allí, te lo repito. Os seguí a la vuelta y, como vosotros, vi la puerta abierta.

Sofía esquivó el golpe y mantuvo el temple a pesar de sentirse molesta. Luz midió la veracidad de sus palabras taladrándola con la mirada.

—Está bien —concedió—. Ahora mismo deben de estar instalando las cámaras de seguridad por todo el perímetro. No te acerques demasiado para que no te graben. Lo único que me faltaba es que te pillaran husmeando por mi casa y quedar en evidencia.

Era un aviso cordial a la detective que había contratado y una advertencia a una posible sospechosa. Sofía se mantuvo impertérrita. Luz, abrumada por la falta de *feedback*, trató de sacar algo de ese encuentro.

—Bueno, en fin, a ver, ¿tienes algo?

—No os habéis separado en las últimas horas y Rodrigo no se ha visto con nadie. No tengo material que darte, salvo las huellas en tu pared que, probablemente, ya conoces y que no guardan correlación.

—Voy a ser sincera. Como te dije, no sé cómo se procede en este tipo de investigaciones, pero me estoy impacientando. Sé que es pronto, pero Rodrigo y yo… Bueno, no estamos mal. No tan mal como antes al menos. —Se deshizo en aspavientos intentando explicarse—. Con todo esto del robo, estamos todos muy nerviosos. Yo la que más. Este sábado tendremos una cita. Solos los dos. No hace falta que vengas ni esperes fuera de ninguna parte. Parece que la cosa va viento en popa. —Hablaba con Sofía, pero en realidad intentaba convencerse a sí misma—. Puede que me haya equivocado al contratarte, no lo sé. —Al levantar la mirada tensó el mentón—. Tienes cinco días.

Buscó algo en su bolso y le tendió un sobre. Y el gesto, tan simple y a la vez tan despectivo, hirió a Sofía que, azorada, lo cogió al instante.

—Entendido.

—Si después de este plazo no tienes nada es mejor que lo dejemos.

Ahora era Luz quien marcaba los tiempos. Algo en ella había cambiado. Puede que la confianza en Rodrigo o la desconfianza en Sofía. Giró sobre sus talones y cubrió su cabeza con la capucha. Antes de irse, volvió a mirar a la chica. La sombra del gorro le ocultaba la mitad de la cara.

—Y Adela. —Esta levantó la vista con aprensión—. Es mejor que volvamos a los formalismos que nunca debimos dejar. Para ti soy a partir de ahora la señora Tornel.

La observó marcharse, impávida. El viento provocó que la lluvia le mojase. Maldijo entre dientes y corrió hacia el coche. Se recostó en el asiento y tiró con rabia el sobre. Los billetes de cincuenta se desperdigaron por los sillones traseros. Puso las dos manos húmedas en el volante y apoyó la cabeza en ellas. Dio un golpe. Otro. Chasqueó la lengua. ¿Cómo se atrevía a hablarle así? ¿Quién se había creído para menospreciar su trabajo? ¿En serio había sugerido que fuese una ladrona?

—Señora Tornel —emuló la voz de la mujer de pelo dorado.

El efecto le hizo gracia y no reprimió una carcajada teatral, desesperada. La risa se convirtió en llorera y la llorera en ira. ¿Por qué había gente empeñada en mostrarse superior y empequeñecerla? Veía a su madre reflejada en el carácter de esa clienta, en su mirada de desapego. Pero también sintió a Adela, por el tono de altivez que había empleado con Luz. Sabía que no era Adela... O sí, ya no estaba segura de nada. Le gustaría tener esa seguridad permanente. Sabía muy bien por qué había elegido ese nombre para su trabajo.

—Cinco días —susurró.

Tenía cinco días para encontrar algo que pusiera en tela de juicio la lealtad de Rodrigo. Su profesionalidad y compromiso estaban en juego. El tipo que una vez fue infiel no lo estaba poniendo fácil. ¿Una cita? Ese matrimonio estaba más cerca de la reconciliación que del divorcio. Esa fuente de ingresos se extinguiría pronto si no tenía algo de donde tirar. «Bueno, ¿y qué?», quiso gritar, pero la realidad era otra. Le hacía falta el dinero. Inclinó la cabeza y echó un vistazo a los billetes. Aceptar el dinero de Luz Tornel era como recibir las migajas de sus padres. Se estaba agobiando mucho. «Tranquilízate», se dijo. Acto seguido, dio otro golpe con la cabeza en el volante. Su respiración era una locomotora ahogada. El interruptor se había encendido. Buscó en el asiento de atrás algo con lo que hacer callar a la Sofía paranoica e inestable.

Ya se lo dijo Adela Nieto y su séquito en los duros años de instituto: «Si me da la gana de hablarte mal, puedo hacerlo; si me da la gana de empujarte, puedo hacerlo; si quiero partirte la nariz, puedo hacerlo. ¿Qué vas a hacer tú para impedirlo?». Vio pasar ante sus ojos la proyección de una adolescencia dura, cuando los golpes, los insultos y el llanto fueron diarios durante cuatro años. ¿A quién quería engañar? ¿Por qué se empeñaba una y otra vez en mostrar lo que no era ante personas desconocidas? Toda esa valentía, ese orgullo, esa prepotencia prestada... Se tocó la nariz con el tabique nasal desviado en un gesto inadvertido. La secuela eterna de años de *bullying* le recordaría siempre dónde se situaba ella en los estándares de la sociedad. «Tu final no te pertenece. Si me da la gana, puedo acabar contigo ahora mismo». La voz de Adela Nieto sonaba tan real, tan cerca. Se sentaba justo en el pupitre de delante y así, en una metáfora de la vida, es como estuvo siempre Adela, por delante de ella. El sonido agudo y desagradable de su vocecilla retumbó en sus oídos, arañándole los tímpanos. Quiso que parara. Cogió la bolsa vacía que hasta hacía nada había sido ocupada por las magdalenas de Antonia. La miró angustiada unos segundos. No pudo reprimir las lágrimas. Todo cuanto le ocurría era merecido. Colocó el borde del plástico en su frente mojada por la lluvia y en un movimiento rápido bajó la bolsa hasta el cuello. Los suspiros entrecortados del desconsuelo más profundo se sucedieron uno detrás de otro cuando apretó el borde contra su garganta. Sintió los últimos jirones de oxígeno en su cerebro. Reconoció el lugar, supo dónde estaba: en su propio infierno. La voz cesó. Los gritos, los golpes. Como si alguien le hubiera cortado los dedos que apretaban contra su cuello, soltó el plástico. Aspiró hondo y recuperó el aliento en una sinfonía sibilante. A continuación, como siempre le ocurría, tomó conciencia de lo enfermizo e insano de sus actos, de su manera de castigarse, pero no tenía otra ni sabía hacerlo mejor. Le hacía sentir bien. Durante unos segundos tenía pleno control de su vida.

En contra de lo que dijo Adela Nieto, su final sí que le pertenecía. Era su dueña. Ella y solo ella decidía cuándo apretar y cuándo soltar. Así, una vez recuperada la calma, ponía los pies en los zapatos deseados, encontraba el oasis donde beber, se abría la puerta para soñar ser la dura y arrogante Adela y vestirse de alguien que no era. Y Sofía, la débil y titubeante chica que sus padres manejaban como un títere, la adolescente a la que todo el mundo hablaba con desprecio y que se merecía cada palo que recibía, la niña insegura que se creía menos que nadie… se quedaba dormida, refugiada en un eterno invierno, donde nadie la viera en esa dualidad que todo el mundo tiene e intenta ocultar.

16

Alfredo

Miércoles, 25 de febrero

Sofía se detuvo a escuchar las olas que le salpicaban como pequeñas lágrimas. No habría más momentos. Lo más cerca que estaría de alcanzar la felicidad ya había sido y nunca más sería.

Adelantó un pie dejándolo flotar en el aire en ese juego con la muerte que ya se le había ido de las manos. Estaba a punto de tirarse del acantilado cuando Alfredo apareció de la nada con las dos palmas en alto.

—No lo hagas.

Ella recuperó el equilibrio y lo miró con la sonrisa dibujada y ojos profundos e infelices.

—¿Qué haces aquí?

—He venido a salvarte. Aléjate del borde. —Se acercó con pasos cautos.

Ella no se movió. Tampoco hubo respuesta, pero sí un largo silencio que solo Sofía fue capaz de romper.

—No has respondido a mi pregunta, Alfredo. ¿Qué haces aquí? —Su voz sonaba distorsionada, como si viniera de una nave espacial que enviase un mensaje a la Tierra.

Él se puso a su altura y contempló lo que aquellos ojos verdes miraban.

—¿Salvarte? —Ya no estaba tan seguro.

—Te lo diré yo. —Ella movió levemente el cuello para quedarse frente al rostro inquieto del visitante inesperado—. Persigues un espejismo. Corres tras el viento y, cuando crees haberlo atrapado, abres las manos y descubres que no tienes nada.

Esas palabras fueron dardos que se clavaron en su pecho. Hablaba y disparaba balas. Luego terminó de rematarlo con la simetría perfecta de su cara, como si fuese un cuadro al óleo que reflejase una belleza sobrehumana.

—¿Eres un ángel?

Ella soltó una carcajada.

—Tengo más de mono que de ángel, como el resto de los mortales. —A continuación, usó un tono perentorio del que concede un último intento—. ¿Qué haces aquí, Alfredo?

Él espiró todo el aire de sus pulmones y los llenó de valor.

—Necesito salvarte para salvarme. El sentimiento de culpa me está consumiendo. Mi indiferencia te mató.

—El golpe me mató. —Elevó un grado el tono de voz para corregirlo.

Alfredo tuvo miedo.

—No lo entiendes. Por más que cierro los ojos, te sigo viendo. Los párpados no me bastan para librarme de esta visión. Ayúdame —rogó.

Ella torció la cabeza.

—Soy un recuerdo. Y de los recuerdos no te liberas ni aunque cierres los ojos. Tampoco sirve el silencio si vociferan los pensamientos.

El cielo presentaba una apariencia irreal, cubierto de nubes tumultuosas a punto de estallar en una tormenta.

—Tengo que irme —anunció regresando al abismo.

—Espera. —La sujetó de la mano en un intento por retenerla, por alargar el final—. Dime qué te ocurrió. ¿Te caíste?

Su rostro inescrutable le dedicó una mirada ausente, lejana, ya en otra parte.

—Las respuestas, Alfredo, no están en mí, sino frente a ti. —Le soltó la mano en un gesto delicado—. No puedes salvarme. Yo ya estoy muerta. Sálvate tú.

Lo dijo como si eso significara algo. El gemido del viento quiso poner punto final y una ráfaga la despegó del suelo. La vio caer al vacío. Alfredo no oyó el estruendo, pero supo que se había ido, que ni siquiera estaba ya su cuerpo entre las rocas.

No.

Estaba en una cámara frigorífica.

Y acabaría en una fosa común.

Cuando despertó, era el sudor lo que mojaba su frente y no la lluvia. No era el viento el que ululaba, sino que tan solo se oían sus sollozos. La cruda realidad le golpeó el abdomen inmisericorde. Lanzó una mirada a la oscuridad, pero no estaba. Había vuelto a soñar con ella, incluso habían conversado. Aunque sabía que solo era la ilusión de un diálogo consigo mismo. Estaba obsesionado. ¿Por qué la única chica que lo había besado de verdad inmediatamente después se había tirado por un acantilado? ¿Por qué tenía la sensación de vivir en una habitación a oscuras en la que Sofía había sido la única luz? ¿A eso se refería su yo más profundo con salvarse? ¿A salir del pozo, a comenzar a disfrutar del aire libre, alejado de un ordenador? Sí, quizá ese era el camino. Lo sabía en algún recoveco de su ser. No podía ser un niño eterno, aunque Rosita se empeñara en que así fuera. Tenía que dar el salto, alzar el vuelo, pero sería incapaz sin cerrar ese capítulo.

Aún conservaba la bolsa entre las manos. Fabio le había ordenado que se deshiciera de ella, pero no era tan fácil desprenderse de lo único que tenía de Sofía. Una vez ella estuvo ahí, en su interior. Respirando. Estiró el plástico y acercó las asas a su cabeza. «Eres bobo», le habría dicho ella. Él sonrió y la volvió a poner en sus piernas, reposando la mirada en la bolsa. Allí estaba. Lo había tenido delante todo ese tiempo. La pieza discordante. Como en un juego de magia que había visto repetir una y mil veces, entendió el truco. Su cara se contrajo. Apretó los ojos y, con un movimiento nervioso, estiró el plástico. Las letras estaban casi borradas. Había algo escrito en la bolsa. «¿No lo ves? ¿Acaso estás tan ciego como el resto?». La voz de Sofía resonó en sus oídos. No había podido salvarla, pero aún podía hacer algo por ella. Hallar la verdad. Salvarse a sí mismo. La respuesta estaba frente a él. La bolsa con el poder de dar la vida y arrebatarla tenía un mensaje, provenía de un lugar que nunca fue tan revelador. Leyó el rótulo: LA PENSIÓN DE ANTONIA.

17

Rodrigo

Martes, 3 de febrero

Doce días antes

Los gritos de Alejandra y Pablo llamando a Trufa sonaron por todo el vecindario durante la noche y la mañana siguientes al robo. A pesar de no haberse llevado nada material, les habían arrebatado la intimidad, la privacidad de su nuevo y ahora desvencijado hogar. Encontraron a Trufa, desorientada y sedienta, a la altura de la Torre del Puerco. Había caminado casi ocho kilómetros. Los saltos de la perrita alcanzaron el pecho de Pablo, que la agarró al vuelo dándole un fuerte abrazo al que no tardó en unirse Alejandra. Trufa era noble y cariñosa. Los hermanos no tenían duda de que les había lamido los tobillos a los intrusos en un saludo perruno. Habría salido por la puerta abierta del jardín. No era un perro peligroso ni servía para defender una casa. Era un miembro más de la familia que ya, en ese momento, estaba completa.

Rodrigo puso la denuncia en la Guardia Civil. Varios agentes se desplazaron hasta la casa para hacer un reconocimiento del lugar. Llamó al seguro para dar parte de los desperfectos: puertas, armarios, decoración… Y llamó a la empresa de seguridad para el gusto de su mujer. Instalaron las cámaras por todo el jardín, apuntando cada ángulo, cada mísero rincón. Y una luz en el porche principal. Se encendía por arte de magia cuando detectaba movimiento, que era casi siempre si Trufa estaba correteando de aquí para allá.

La banda sonora que había perforado los oídos de Rodrigo durante horas se fue apagando. Eran los «ya te lo dije» de Luz, que poco a poco quedó satisfecha. Su casa convertida en cárcel de máxima seguridad hizo que todos se sintieran a salvo. Rodrigo tenía acceso a las grabaciones desde el móvil y desde el portátil, casi siempre ubicado en su despacho. Con un clic pasaba de cámara en cámara siendo el dios de un *reality show* llamado Familia. Desde luego, no había trama mejor.

Cuando por fin se respiraba algo de paz en casa, Luz apareció como un rayo por el salón.

—¿Qué tal la clase de yoga? —le preguntó su marido.

Luz dio un brinco.

—Bien —soltó sin pensar.

Se quitó el chubasquero verde. Tenía el pelo mojado.

—Te ha cogido la tromba de agua, ¿eh?

Ella no contestó. Se dispuso a prepararse un té rojo en la cocina.

—¿La has visto?

Luz alzó la cabeza con ojos asustados.

—¿A quién? —musitó.

—A Araceli. —Rodrigo cerró el portátil y se acercó a Luz, que estaba especialmente inquieta—. En la clase de yoga.

Las facciones de su mujer se relajaron un segundo.

—Ah, sí, sí.

—¿Quieres ver las grabaciones de las cámaras desde mi ordenador? —Su voz destilaba la ilusión de un crío.

Ella, distraída, ignoró la invitación y soltó unas palabras, de esas que siempre conseguían sorprender a Rodrigo.

—Mi madre viene a cenar esta noche —dijo como si nada metiendo y sacando el saquito de té en la taza.

Rodrigo tardó varios segundos en reaccionar.

—¿En serio, Luz? ¿No crees que nos merecemos una noche de relax?

Luz lo atravesó con la mirada.

—Vicente y Araceli pueden venir porque a ti se te antoja, pero mi madre, mi madre —repitió con retintín—, necesita tu aprobación para pisar esta casa.

—Por Dios, entre la mudanza y la limpieza tras el robo esto ha sido un no parar. No he conseguido avanzar nada con las gráficas.

—Pues madrugas. Mi madre viene esta noche.

Y punto final. Discutir con Luz era así. Todo estaba perdido antes siquiera de empezar. Rodrigo volvió al despacho, malhumorado. Su suegra no era santa de su devoción precisamente. Farfulló algo con un hilillo de voz, por si Luz lo oía desde la cocina. Miró el muro que quedaba enfrente de su escritorio. Pensó un segundo. Desanduvo el camino y regresó a la isla donde su mujer se tomaba la infusión sin prestarle atención. Al momento, como si fuera un niño pequeño, le hizo caso.

—¿Qué? —alargó la última letra más de la cuenta.

—Voy a tirar el muro.

Luz miró a su marido.

—¿Qué estás diciendo, Rodrigo? Me vas a volver loca. ¿De qué muro hablas ahora?

—La pared de la despensa, no la necesitamos. Hay suficientes muebles de almacenaje en la cocina. En mi despacho no entra apenas luz, pero con la ventana de la despensa estaría solucionado.

—Uy, sí. La fiesta del sol.

Rodrigo compuso un rictus severo.

—Lo digo en serio. Tu madre viene a cenar y yo voy a tirar el muro. Mañana comienzo la obra —sentenció.

Luz lo observó mientras salía de la cocina, decidido.

Virginia llegó puntual, con una botella de vino bajo el brazo y un nido de pájaros sobre la cabeza.

—Qué guapa, Virginia, como siempre —mintió Rodrigo con una sonrisa de lo más elaborada.

—Gracias. —Le ofreció la botella y ella misma se invitó a entrar—. ¿Y mis nietos? ¡Pablo! ¡Alejandra!

—¡Abuela!

Alejandra salió de alguna parte corriendo y se tiró a sus brazos. Pablo, que se había hecho una cresta, se acercó a darle un beso.

—¿Qué te has hecho en la cabeza, muchacho?

—Mamá. —Luz salió de la cocina y achuchó a su madre—. Ven, te enseño la casa. Rodrigo, ¿sirves tú la carne?

—Por supuesto —contestó dibujando una mueca que no hizo gracia a su mujer.

A pesar de que había llovido por la mañana, Luz se había empeñado en cenar bajo la pérgola del patio trasero iluminado tenuemente por farolillos de exterior. Los acompañó el borboteo suave de la cascada de la piscina, solo activada para la ocasión. Rodrigo incluso había usado el soplete para dar un toque crujiente al solomillo y Luz había hecho sus famosas coles con bechamel. Cualquier cosa para sorprender a la suegra que no dejó de comentar lo grande y preciosa que era la casa.

—¿Qué tal en el trabajo, Luz?

—Bien, mamá. Estamos exportando por toda la península y, desde que Rodrigo tuvo la idea de celebrar eventos en la bodega, le sacamos doble provecho. —Miró a su marido buscando su intervención.

—Sí... Bodas, bautizos y comuniones —añadió Rodrigo pasando su brazo por el respaldar de la silla de Luz.

—¿Y tú, Rodrigo? ¿Sigues con los dibujillos esos? —preguntó sin atisbo de pudor.

Este contrajo el rostro.

—Sí, tengo varios proyectos pendientes y no me está yendo mal con mis —hizo una pausa adrede— dibujillos.

Virginia sonrió de forma absurda y se tocó el pelo con recato.

—No te habrás ofendido.

—En absoluto —negó rotundo.

—Solo digo…, a ver —gesticuló sujetando la copa de vino que le estaba empezando a hacer efecto—, no es un secreto: el gran sueldo de esta casa es el de mi hija.

—Niños, ¿por qué no entráis a lavaros los dientes y a poneros el pijama? Mañana hay cole —soltó oportuna Luz.

Pablo y Alejandra se despidieron de la abuela y entraron por el ventanal del salón. Rodrigo, mientras tanto, aprovechó para tragarse las palabras mal sonantes que se le habían formado antes de continuar.

—Por supuesto, no lo niego. Tu hija aporta mucho más a la economía familiar.

Luz se irguió en la silla y sonrió con amargura.

—Rodrigo está diseñando logos para una empresa india. Si les gusta, le pedirán hasta dos gráficas al mes, ¿verdad, cariño?

Agradeció el capote. Logos que por supuesto no había ni pensado. Recordarlo le atenazó el abdomen.

—Sí, tengo grandes ideas y muchas esperanzas puestas en ello —puntualizó con toda la convicción que pudo.

Bebió de la copa solo para tener las manos ocupadas y, aunque cuando miró a Virginia estaba seria, creyó distinguir en su cara de momia una sonrisa aviesa. Por no decir una burrada, se acabó el vino de golpe y comenzó a recoger los platos.

—No te preocupes, lo hacemos luego —le dijo Luz poniéndole una mano en el antebrazo.

—No, lo hago ya.

Virginia estiró el plato para que Rodrigo lo recogiera correspondiendo a la sonrisa impostada de su yerno con una mucho más maliciosa.

Una vez en la cocina, se cebó con el lavavajillas: metió los platos con rabia y sin enjuagar. Estaba seguro de que Luz se enfadaría muchísimo cuando a la mañana siguiente lo abriera y todos conservaran comida seca y pegada, pero le dio igual. Se encerró en su despacho en un arrebato infantil.

—Maldita vieja. Siempre igual. Siempre infravalorándome.

Rodrigo sabía el tamaño de su cartera. No hacía falta que esa arpía viniera a recordárselo con su carita de no romper un plato. No era de su agrado. Lo sabía. Ella hubiera preferido un dentista o un policía, no un tío que pasaba los días haciendo dibujillos. Dio un puñetazo en la mesa, no muy fuerte, no fuera a ser que se enterasen y tuviera que dar explicaciones. Se sentó en la silla de cuero y encendió el ordenador accediendo a la grabación en vivo de la cámara del jardín. La adrenalina creció en su vientre. Se sentía como un niño pequeño haciendo una trastada y poniendo en práctica una idea malévola. La calidad de la imagen era impactante. Conectó los auriculares y puso toda su atención.

—Mamá, no seas tan dura con él —dijo su mujer.

Esta soltó un bufido y llenó su copa. El alcohol le soltaba la lengua. Luz echó a un lado la botella.

—No ha sido mi intención, de verdad que no, pero este hombre tiene la piel muy fina.

—Sí que es verdad que ahora con la compra de la casa andamos con el cinturón más apretado, pero nunca nos ha ido mal con el sueldo de los dos.

—Pero estaríais mejor con un pellizquito más.

Rodrigo apretó los ojos y deseó con todas sus fuerzas que Luz dijera un «no» contundente.

—Hombre, claro, ¿y a quién no le vendría bien?

Aquello dolió como un tiro en el tórax.

—¿Y ese viaje que llevas toda la vida queriendo hacer? ¿Adónde era?

—A Cancún.

—Cancún, eso. ¿Cuándo vas a ir? ¿Cuando tengas mi edad y el picante de un burrito te mate de un infarto?

Luz rio.

—Mamá, por Dios.

—Te mereces lo mejor y Rodrigo no lo es.

Ambas se quedaron pensativas diez segundos interminables.

—¿Qué te parece la piscina? —cambió de tema Luz.

Y la conversación continuó, pero Rodrigo ya había escuchado suficiente. Virginia soltaba barbaridades y se quedaba tan ancha. Luz no había podido rebatirle nada en esta ocasión. Probablemente porque estaba pensando en Claudia, la amante que había hecho saltar sus vidas por los aires y de la que, gracias al cielo, la momia no sabía nada. La culpa, de nuevo. ¿Podrían superar aquello alguna vez?

Un leve temblor nervioso se apoderó de su labio inferior. Cerró el portátil y con él su agonía. Estiró los brazos, apoyó la cabeza en las manos y giró la silla apuntando a la estantería. Había pasado la tarde limpiando y ordenando. Por fin, tras el robo, Villa Adolfo volvía a estar impoluta y la biblioteca intacta. Ya que no podía descargar su furia contra Virginia, al menos, esperó relajarse encontrando alguna lectura interesante. Adolfo guardaba auténticas reliquias: antiguas ediciones de obras de teatro emblemáticas como *Historia de una escalera* o *La casa de Bernarda Alba*, buenas novelas como *It* o *Diez negritos* y un estante reservado para otro género muy distinto. Rodrigo se levantó para fijarse mejor. Los había recolocado en la estantería sin prestarles la consideración que seguramente merecían. No eran libros, sino encuadernaciones, montones de documentos encuadernados con gusanillo. Sacó algunos de los títulos: *En busca de los dioses fenicios de Gadir*, *La ruta sagrada*, *Sobre las primeras imágenes y la personalidad originaria de Hércules Gaditanus*... El último había sido escrito por Ramón Corzo, historiador, arqueólogo y antiguo director del Museo de Cádiz. Rodrigo se acarició la barba analizando el descubrimiento. Así que Adolfo compartía aficiones con el que fuera su amigo, su ya fallecido padre… Esa obsesión con el tiempo, la historia, los fenicios, Gadir…

El ruido de la puerta estuvo a punto de sacarle el corazón por la boca. Era Luz con cara de póquer.

—Mi madre se va ya. ¿Sales a despedirte?

Momentos después, en la cama con Luz, se acercó a su cuello para besarlo. Ella se retiró como quien aparta una araña sucia y pegajosa.

—Mañana trabajo, es tarde.

Rugió como un rinoceronte y se quedó mirando el techo. Luz, tal vez siendo consciente de lo brusca que había sido, quiso calmar la tensión. Se giró y apoyó la cabeza en el pecho de Rodrigo.

—¿Te has enfadado por lo de esta noche?

—No me afecta lo que diga tu madre —mintió.

—Ya la conoces. A ella y a su lengua viperina.

—No me afecta, en serio. —Le dio un beso en la frente.

Estaba a punto de contarle lo que había encontrado en la biblioteca cuando ella se adelantó.

—¿Crees que estamos seguros, Rodrigo? Hemos puesto cámaras y todo eso, pero la Guardia Civil lo dejó muy claro: están buscando algo. Los que allanaron nuestra propiedad están buscando algo. Solo así se explica que no se llevaran nada.

Rodrigo la arropó entre sus brazos.

—También comentaron que otra posible hipótesis es que pensasen que la casa seguía en venta. Somos los más protegidos del vecindario, mi vida.

No contestó. Su respiración se pronunció y Rodrigo creyó que se había dormido, pero no. Luz balbuceó algo antes de caer rendida y fue suficiente para prender la duda.

—Si realmente buscan algo, no se detendrán.

18

Rodrigo

Miércoles, 4 de febrero

Once días antes

Rodrigo se preparó un café caliente que le templara el cuerpo aterido a causa de ese frío inexorable que sufren los que madrugan. Hacía años que no se levantaba tan temprano. Fue duro salir del nórdico y dejar a Luz entre las sábanas de franela. Siempre era él el que se quedaba unos minutillos más en la cama para ir ubicándose, pero esa mañana tenía un objetivo que requería todo el tiempo posible. Se tomó la cafeína que le espabiló del todo y fue ordenando toda la documentación necesaria para solicitar una licencia urbanística de obra menor en el ayuntamiento. Aunque el permiso oficial pudiese tardar semanas, una vez pagadas las tasas y dado el visto bueno, podía empezar la obra. Colocó bien los papeles, los metió en un plastiquito protector y se cruzó con una soñolienta Luz por el pasillo.

—Vaya, qué madrugador.

Le dio un beso de buenos días.

—Tengo que pasarme por casa de Vicente antes de que se vaya a trabajar. Va a prestarme un martillo compresor, entre otras cosas. Luego voy al ayuntamiento y a alquilar una cuba.

Rodrigo estaba muy decidido y ella se sorprendió de su actitud.

—Es verdad, hoy tiras el muro de la despensa. Seguro que te queda un despacho estupendo.

No fue un cumplido, sino una aprobación. El beneplácito. El premio por haber aguantado a Tutankamón la noche anterior. Se le escapó la sonrisa.

—Que tengas un buen día, amor —se despidió.

Condujo como alma que lleva el diablo hasta una casa en la barriada Monterrey. Se bajó del coche y llamó al timbre. Vicente no tardó en salir vestido con un mono de trabajo y un cigarrillo en la oreja. Entre los dos colocaron las herramientas en el maletero.

—Gracias, tío. Te devuelvo todo cuando acabe.

—No hay prisa. ¿Seguro que no necesitas que te eche un cable?

—Mi padre era un manitas y yo muy buen alumno. Casi levantó con sus propias manos la casita del poblado. Lo único que necesito está ahí. —Señaló con la cabeza el coche.

—Tú mismo. Desde que he dejado de hacer chapuzas aquí y allá tengo el cuartucho de herramientas muerto de risa. Seguro que el martillo compresor está encantado de volver a la fiesta. —Simuló que perforaba el suelo sujetando la herramienta.

Rodrigo sonrió, divertido. Vicente tomó la palabra de nuevo:

—Araceli me contó lo del robo. —Antes de continuar le dio una palmada cariñosa en el hombro a Rodrigo mostrándole su apoyo incondicional una vez más—. Luz habla con ella casi a diario. Genial la salida en kayak que hicisteis en familia, por cierto. Para arreglar lo vuestro va fenomenal.

Se refería al enderezamiento de su matrimonio. Normalmente, Rodrigo se reía de sus consejos de *coach* del amor, pero esta vez suspiró. No estaba de humor. Los comentarios de Virginia, su suegra, le habían calado más de lo que le gustaría admitir.

—No sabes la sorpresa que fue llegar a casa.

—Bueno, ahora con la seguridad que habéis instalado será aquello Guantánamo. Nadie en su sano juicio se atrevería a entrar.

—Eso espero.

—Este sábado es la gran noche. La cita de la reconquista. ¿Tendréis la casa a solas cuando volváis o estarán los niños? Quizá es buen momento para... —Dejó la frase inconclusa, aunque no fueron necesarias explicaciones.

—Estarán los niños.

—Vaya —rezongó.

—Te contaré mis avances. —Se quedó reflexivo, como si acabara de darse cuenta de algo—. Me gusta que Luz encuentre en Araceli a alguien en quien apoyarse, con quien hablar, una compañera para ir a yoga.

Vicente no pudo contener la risa. Se le escaparon varios perdigones.

—¿Yoga, dices? Araceli lleva sin ir al gimnasio varios meses. Desde que subieron la cuota, pero sí, debería volver. —Dio una calada considerando la idea—. Se lo diré.

Rodrigo asintió como si tal cosa, tomando conciencia de la mentira de su mujer. No había estado con Araceli la mañana anterior o no había ido a yoga directamente. Pero ¿por qué mentía? A su mente acudió la imagen de un hombre más joven y atractivo. ¿Estaría viéndose con alguien? Una especie de venganza por su desliz. De ser así, no estaba en posición de reprocharle nada, aunque ese no era el camino para una reconciliación. ¿Sería Luz tan retorcida? La esposa vengativa, rencorosa y sin piedad de película de sobremesa que se acuesta con otro con la única intención de hacer daño y vuelve a casa a tiempo de hacer pollo al horno.

Un escalofrío le sacudió la espina dorsal. Al desconocer el paradero de su mujer la mañana del martes comprendió lo que ella debió de sufrir tantos días en los que él solo podía pensar en el escote de Claudia. No tenía derecho a desconfiar. Seguramente era una tontería. Se habría tomado algo con su madre y de ahí habría surgido la cena. Sabedora de su mala relación con Virginia habría obviado esa parte, la del encuentro previo. Sería eso. Calma.

—Rodrigo. —Oír su nombre lo hizo aterrizar—. Me quedaría toda la mañana charlando contigo y dándote consejos románticos, pero el deber me llama. Tengo que estar cargando ladrillos en quince minutos.

—Sí, no te quito más tiempo, gracias otra vez.

Documentos entregados, cuba en la puerta, herramientas y materiales a mano. Rodrigo se vio a sí mismo en el reflejo de la ventana y no se reconoció. Se había vestido con un chándal completo que debía de tener unos veinte años. Durante una hora estuvo vaciando la despensa y recolocando la comida en los muebles de la cocina. Ahora, con todas las estanterías cubiertas con sábanas viejas, estaba preparado para agarrar el martillo compresor. Descolgó el cuadro de la pared para destruir, se bajó las orejeras del protector auditivo y en una fantasía fugaz imaginó que perforaba la cara de su suegra hasta dejarla irreconocible.

El trabajo duró algo más de dos horas. Tenía la frente y el pelo cubiertos de polvo cuando apartó la herramienta para pasar a la fase dos. Alternando la machota con el martillo y el cincel fue recortando las irregularidades que habían sobrevivido a la violenta demolición. Tenía el chándal completamente pegado a la espalda. No recordaba haber sudado tanto en su vida. Los goterones caían por sus sienes esquivando las gafas de seguridad. La edad pesaba para ciertas maniobras aeróbicas. Fuera, la temperatura sería de unos quince grados. Sin embargo, él tenía un calor insoportable. Abrió la ventana para ventilar. Vivir tan cerca del mar tenía sus inconvenientes. Rodrigo lo sabía bien. Las avalanchas de mosquitos en verano. Los latigazos de humedad en tardes desapacibles como esa, entrando por debajo de las puertas, por las ranuras de las ventanas, por cada agujerito de la ropa, por las marañas de pelo de Virginia. Unió en un golpe todo su furor y como consecuencia miles de pequeñas partículas de cemento y ladrillo salieron disparadas en todas direcciones. Rodrigo no vio nada durante unos segundos. Soltó el martillo y se subió las gafas hasta la frente. Tosió. Sintió el aire sucio entrando en los pulmones, extendiéndose por todo su cuerpo. Contempló lo que había hecho. La pared se había esfumado. La sensación de amplitud era abrumadora. El despacho que de verdad merecía. La cuna de la inspiración. Una vez enfoscado y pintado estaría como nuevo.

Si se daba prisa, podía incluso acabarlo antes de que llegara Luz. Imaginó su cara de orgullo. Tenía un hombre para todo en casa, fuerte y capaz de derribar murallas. Bueno, quien dice murallas... dice pequeños tabiques. La diferencia era mínima. Se tocó la frente esparciendo el polvo blanco por el contorno de los ojos. Se los tuvo que volver a frotar, porque no estaba seguro de lo que estaba viendo. Se acercó presuroso. Entre los escombros asomaba algo, ¿plástico? Una de esas bolas enormes de cemento y ladrillo dejaba a la vista el pliegue de una envoltura.

Agarró el martillo y el cincel y dio golpecitos por todo el material hasta que solo quedaron pequeñas costras de cemento. Arrancó el plástico de cuajo y se situó a un lado, como si una fuerza lo impulsara a hacerlo. Primero, se sintió confundido y, luego, gritó eufórico. Postrado ante el hallazgo, envolvió con las dos manos la figura. Era pronto para saberlo y tarde para dejarlo ir. Rodrigo se sintió dichoso y casi a la vez se dio cuenta de que podía tener entre sus manos el preciado bien que habían buscado los ladrones. El motivo del allanamiento de su morada. En el momento en el que lo sintió suyo, comenzó la partida y, jugara o no, las cartas ya habían sido repartidas. Todo hasta ese momento no significaba nada, lo verdaderamente valioso estaba ahí. En sus manos. Él era dueño y conocedor de la certeza. Acunó el hallazgo con el cuidado de quien maneja explosivos, pero, a veces, la dinamita destruye incluso a quien la trata con devoción.

Segunda parte

La felicidad se encuentra en la contemplación
del objeto más perfecto.
David Hume

El anciano

La voz interior es más peligrosa que la exterior, porque esta solo calla cuando duermes. Por ello, de todas las emociones, la culpa es la más tóxica y destructiva. Adolfo se encontraba en un estado imposible de sanar. Eso, sumado al miedo en el que vivía sumido y los despistes cada vez más evidentes, que en las últimas semanas se habían multiplicado, lo dejaban en una clara situación de desventaja contra cualquier asaltante. Porque una cosa estaba clara: no era idiota. Que la casa estuviese hasta arriba de basura y crujiese por las noches no quería decir que fuese un lugar terrorífico. No. Su mente era científica y metódica. Era un hombre de campo sin muchos estudios, pero no era ni un cateto ni un pirado. Había leído mucho, sobre todo, durante los últimos años de su vida. Solo que la suya era una sabiduría elegida, pues solo aprendía acerca de lo que le entusiasmaba. Con lo cual, si tenía la cabeza sobre los hombros, ¿qué hacía pensando en espíritus? ¿En qué momento había soltado el freno en esa cuesta hacia el mismísimo manicomio?

Se lavó los dientes y, con el agua aún cayéndole por el cuello, no hizo ademán de secarse con la toalla. Adolfo se quedó muy serio mirándose al espejo. Su piel lucía pálida, famélica, dejando ver las venas de un tono verdoso. Su cuerpo enjuto no ocupaba por completo la bata de terciopelo que parecía pertenecer a alguien mucho más corpulento. Intentó sonreír y el dibujo de su boca fue lo opuesto a una sonrisa seráfica. Su mirada débil se había perdido en una irreversible oscuridad. Suspiró hondo y prosiguió su rutina de antes de ir a dormir. Aseguró todas las ventanas y las puertas y apoyó el respaldar de una silla contra el pomo de la puerta del dormitorio. Extendió la mano para volver a comprobar que a su lado estaba el bastón, que, más que una herramienta para caminar, se había convertido en un arma. Dejó la luz encendida y se sumergió en la lectura de una de sus encuadernaciones. Estaba a punto de cerrar el libro cuando oyó un crujido. Ayudado por el bastón, salió de la cama. Se aproximó a la puerta con pasitos cortos. No quería alertar al intruso. Al fantasma. Retiró la silla que custodiaba el lugar de descanso y enfiló el pasillo de puntillas.

Un nerviosismo histérico escaló desde su estómago hasta las extremidades, que estaban tensas y viviendo un episodio adrenalínico impensable para su edad. Atravesó el pasillo y llegó al salón. Un nuevo sonido llamó su atención. El siseo de una puerta que se estaba abriendo. Provenía de la biblioteca. Cuando alcanzó la manivela, sentía más fuerte que nunca los latidos del corazón. Apretó el bastón, se humedeció los labios y empujó la puerta, que se abrió pesadamente hacia el interior. Encendió la luz, miró en todas las direcciones, avanzó con cautela y se puso frente al escritorio. Paseó su dedo por la madera y fue entonces cuando sintió una leve brisa. La puerta chirrió. Algo se había ocultado tras ella. Se giró y lo vio. Una silueta negra que salía de su escondrijo. El espíritu que lo visitaba desde hacía meses. Hubo un silencio en el que sus miradas se midieron. No era como había imaginado. Vestía ropa normal oscura, guantes de vinilo e intuyó un semblante lobuno bajo el pasamontañas. Por instinto, lo golpeó con el bastón y le dio en el hombro. El fantasma gimió de dolor y se escabulló por la casa. Adolfo corrió lo más rápido que pudo tras él y vio cómo salía por la cristalera del salón, cuyo cierre estaba manipulado para poder entrar por ambos lados. Llegó jadeando hasta la pérgola y no vislumbró nada. La silueta se había esfumado, como aquella otra vez, solo que, en esta ocasión, el ente había sido sorprendido. Adolfo lo había tenido a un palmo de sí, lo había tocado con el bastón, lo había oído gemir de dolor. Lo supo en ese momento: el fantasma era de carne y hueso.

Acudió a la cocina a prepararse una manzanilla. El mal olor se hacía cada vez más intenso allí. Las bolsas de basura se acumulaban a su alrededor. Pero no podía irse, no quería abandonar su puesto. Movió la cucharilla antes de beber la infusión. Nunca imaginó aficionarse tantísimo a esas hierbas. El café no le venía bien, así que se calmaba con esas tazas de agua sucia. Se la tomó mirando por la ventana y, solo cuando estuvo seguro de que no volvería, regresó sobre sus pasos y se sentó en el sillón de la biblioteca, en el que había leído tantísimas novelas. En ese momento, parecía que él vivía dentro de una. Le azotaban las desdichas. Había llegado al nudo de la historia. Dio un sorbo de la taza humeante y posó sus ojos azules en la pared. Había colgado un cuadro de la Torre Bermeja para adornar ese espacio destinado a libros. En el lienzo, la torre vigía emergía desde el acantilado y separaba Sancti Petri de Chiclana bajo un cielo salpicado de las primeras luces del amanecer. En el pasado había formado parte del conjunto de centinelas de piedra situadas desde Ayamonte hasta Gibraltar cuyo fin era proteger la costa de asaltos piratas a través de un sistema de humos que servía de comunicación entre las distintas torres. Para él, ese cuadro también tenía una labor de vigilancia, de distracción.

Dejó la taza sobre el escritorio y se agarró la cabeza con las manos, haciendo presión sobre sus sienes. Intentó recordar, destapar ese sueño nebuloso en el que se había convertido su corteza prefrontal, donde anidaban los recuerdos. Carraspeó sin necesidad, por el simple hecho de darse tregua, de obtener más tiempo para ordenar sus ideas. Soltó un bufido y se cerró la bata. El frío se colaba por las oquedades de la prenda como el alzhéimer por los tejidos de su cerebro. Achinó los ojos, buscando ejercer algún tipo de presión en las sinapsis de sus neuronas, pero todo era en vano. El tiempo había limado las aristas de su mente y era incapaz de alcanzar ese recoveco del hipocampo donde se manifestaba la memoria, ligada a algún suceso emocional de forma temporal, hasta que, con los años, se posaba en un depósito definitivo, la corteza cerebral. La suya, sin embargo, no llegaría a ninguna parte. Las ideas se habían ido diluyendo por el camino, quedando en algún sitio al que Adolfo no podía acceder ni apretando los ojos ni las sienes. Somos aquello que recordamos en la intimidad de nuestra soledad. Cuando eso se pierde, la identidad queda extraviada y todo se vuelve confuso y tenebroso. Las luces de nuestro cerebro, como en una fiesta en la que ya no queda nadie, se van apagando y, al final, solo queda el negro absoluto, el apagón rotundo, el borrado de todas las memorias.

¿Acaso podría la enfermedad arrebatarle lo más preciado? La Torre Bermeja guardaba el mayor de los secretos tras el muro. La figura estaba segura. Emparedada en la biblioteca. No le daba miedo olvidarse de ella. Olvidar el tacto, el brillo, la belleza… Era otro pensamiento el que le causaba desconsuelo. Si el fantasma era una persona, lo visitaba cada noche y se iba con las manos vacías, ¿qué buscaba? ¿Cuál era el fin de todo aquello? El nudo se tensó en el estómago obligándolo a hacer una mueca. No podía alcanzar el recuerdo, pero una luz tenue encendida en alguna parte de su hipocampo alumbró la evidencia. Se lo había contado a alguien. La carga del secreto le había hecho llagas. Compartir el peso siempre era más llevadero. El espectro conocía la existencia de la estatuilla de Melkart. Adolfo se soltó del abrazo que hasta entonces se había regalado y abrió los ojos. Lloró en silencio. Su cuerpo y su mente tal vez estuvieran envejeciendo, pero él, dentro de sí, no tenía edad. Era un niño jugando con el poder.

19

Sofía

Jueves, 5 de febrero

Diez días antes

Envuelta en una toalla y oliendo a cítricos pasó una mano por el espejo limpiando el vaho. Observó el contorno de su cuello dolorido. Se había castigado en sucesivas ocasiones en la habitación, presa de un correctivo autoinfligido. La ducha de agua templada había mejorado momentáneamente su estado. Sofía se encontraba indispuesta, consumida. Odiaba ser tan débil. Quería hacerse fuerte frente a las opiniones de los demás. Pese a su mal cuerpo, cuando bajó a desayunar, intentó ser otra persona. Quiso volver a ser Adela.

Era muy temprano. No se le escaparía nada. Esperaba con toda el alma encontrar algo que señalara a Rodrigo. Con esa idea fluyendo en su mente observó a Antonia, la dueña de la pensión, que servía desayunos con brío y desparpajo. Sofía se sentó en uno de los taburetes de la barra y la siguió con la mirada. Le recordó a un ave volando en su hábitat natural. Echó un vistazo a la cafetería. Era la primera vez que desayunaba dentro y no en el patio, a consecuencia de las nubes amenazantes que cubrían el cielo. La mujer le puso por delante lo de siempre: café, tostadas y magdalenas. Las paredes, como en su habitación, estaban cubiertas de fotografías antiguas de una Chiclana de otra época: la ermita de Santa Ana, la Barrosa, hectáreas de pinos piñoneros que ahora seguramente eran edificios...

Aunque notó la mirada aguda de Antonia puesta sobre ella, la mujer no se acercó hasta que Sofía hubo acabado de desayunar.

—¿Te ha gustado?

—Exquisito. Las mejores magdalenas del mundo.

Antonia perfiló una sonrisa de satisfacción y, pasando una bayeta por el trozo de encimera que la chica había ocupado, le aconsejó:

—Deberías descansar, niña.

Sofía se percató entonces del examen visual. Antonia, sin dejar de frotar suciedades, la atravesaba con la mirada sin inmutarse.

—¿Estás enferma? —insistió.

—No —negó sorprendida.

—Tienes la mirada abatida.

Sofía sonrió.

—Soy tendente a tener ojeras. La mirada cansada viene conmigo a todas partes. No puedo deshacerme de ella ni aunque duerma diez horas seguidas.

—Aun así, deberías echarte un rato. —Soltó el trapo y en un gesto atrevido estiró la mano y le retiró el mechón de pelo que escondía sus facciones—. Tus ojos me hablan.

Sofía se puso el flequillo tras la oreja y recibió la osadía con cariño.

—¿Y qué te dicen?

Antonia dio la vuelta a la barra y se sentó en el taburete de al lado. El resto de los clientes se habían ido. La cafetería de pronto albergaba un cariz íntimo.

—Mi madre solía decir que los ojos cuentan más de las personas que ellas mismas. Enseñan sentimientos, mentiras, intenciones. —Los suyos, achinados y avalando sus palabras, sonrieron—. También decía que los ojos de una persona cambian cuando esperan la muerte. El contorno se diluye, se emborrona. Deja de ser un trazado perfilado y firme. La mirada se entristece, pierde dirección, solo vaga sin intención de quedarse en ningún sitio por mucho tiempo.

—¿Todo eso te han dicho mis ojos? —preguntó incrédula.

La atmósfera se había pintado con tintes de irrealidad. Antonia no contestó. En lugar de eso, se limpió las manos en el delantal y luego arropó una de las de Sofía que, con evidente sorpresa, perdió por un momento el aura intocable y la templanza exagerada. Lejos de sentirse incómoda, percibió la ternura, el cuidado, la actitud de una madre y pudo notar que la tensión desaparecía.

—Gracias por preocuparte —lo decía en serio.

Esta hizo un gesto restándole importancia.

—¿Trabajas hoy?

—Sí —respondió apesadumbrada.

Antonia se retiró dando por finalizada la charla y antes de perderse tras la cocina oculta para los clientes dijo:

—Ve con cuidado, Sofía.

En aquel momento la conversación no tuvo mayor trascendencia para ella, salvo por lo enigmático del mensaje y lo bien que la dueña de la pensión sabía verla bajo el disfraz. Tiempo después, se daría cuenta de cómo algo que en principio le pasó desapercibido adquiriría un significado inquietante. Llegado el momento, recordaría las palabras de la anciana con total frescura y mientras se precipitaba por un acantilado se preguntaría si, tal vez, ya tenía pintada la muerte en los ojos cuando entró en la pensión. Si la llevaba colgando de las pestañas antes incluso de poner a Luz Tornel en su camino. Si Antonia ya era conocedora entonces de su destino. No podría evitar preguntarse si todo lo que ocurrió después podría haberse evitado si en aquel preciso instante hubiera salido corriendo para siempre de Chiclana.

20

Rodrigo

Jueves, 5 de febrero

Diez días antes

Una ráfaga de viento zarandeó las copas de los olivos con enojo. El fuerte viento de poniente cargaba el aire con su frío. Las inmediaciones de la casa estaban rodeadas por una manta de hojas secas. El traqueteo de una de las ramas contra la ventana lo hizo volver en sí. Había dejado de barrer y de hacer cualquier otra cosa que no fuera pensar en el fortuito hallazgo emparedado en su despacho. Dejó de observar la apática estampa invernal para centrarse en la pantalla del ordenador, donde le esperaban logos, portadas y diseños que le resultaban irrisorios. De ahí, dirigió la vista al frente. La sensación de magnitud era inmensa. La antigua biblioteca había ganado dos metros y una ventana más. Ambas estaban abiertas, dejando salir toda esa toxicidad de la pintura que se le antojaba placentera. La obra estaba terminada.

Tenía los brazos engarrotados y agujetas en los cuádriceps. Del esfuerzo, de la postura sostenida. De enfoscar, pintar y recoger los escombros en un tiempo récord y tener veinte minutos de sobra para pensar en un nuevo escondite. Había cubierto la pieza con plástico de burbujas para embalar, de esos que habían usado para los objetos delicados durante la mudanza, y luego la había guardado en el único cajón bajo llave que poseía el escritorio. Era un escondite básico porque Adolfo se llevaba la palma en originalidad y efectividad. A la vista estaba. Todo encajaba ahora. Las pisadas en la pared, el allanamiento sin robo, la casa patas arriba. La teoría de la Guardia Civil era cierta. Buscaban algo. Adolfo sabía de su valor. Y se temía lo peor. Temía que se lo arrebatasen, que el día menos pensado su juguetito desapareciera. Por eso, había ideado un lugar secreto, oculto tras ladrillos. Donde nadie pudiera encontrarlo, aunque revolviera todas las habitaciones.

Y Rodrigo, en una carambola de la vida, había picado en la pared correcta. Era pensarlo y sentir algo vivo en el abdomen. Estaba nervioso. Ninguna tila de Luz había conseguido tranquilizarlo. Era imposible. Sentía los vasos sanguíneos contraídos y el ritmo cardiaco más acelerado de lo normal. No podía quitárselo de la cabeza ni centrarse en nada más. Había permanecido alerta, como si pestañear le fuera a despojar de su preciado tesoro.

Se vio en el reflejo de la ventana; ese mismo que el día anterior le devolvía la silueta de un obrero, esa mañana le mostraba a un hombre desgarbado y con ojeras. Se encontró cierto parecido con Gollum, ese personaje del universo Tolkien obsesionado con un anillo todopoderoso que lo llevaría a la locura. Se le escapó una carcajada impetuosa. No reconocer el peligro de lo que poseía hubiera sido una tontería. Atentaba contra la seguridad de su familia. No sobreviviría otro día sin dormir. Tenía miedo. La figura no estaba segura en un cajón. ¿Cómo Adolfo lo había soportado? Imaginó la basura llegando hasta el techo y a un hombre decrépito vagabundear de habitación en habitación. Tragó saliva y entendió la respuesta.

Todo era una nimiedad ahora que tenía un secreto que ocultar. Luz no lo apoyaría. Tendría un cortocircuito de los suyos. Pero ¿cuánto tiempo lograría mantenerlo? Se había escabullido de la vista incisiva de su mujer, pero no era tonta. Rodrigo tenía un pasado. En palabras de Luz: era muy pájaro. Y estaba actuando raro, esquivo. Con la excusa del trabajo, había pasado las últimas horas en el despacho, pero no había abierto ninguno de los programas que usaba para diseñar. Una pregunta le había impedido pegar ojo o pensar en algo más: ¿qué había encontrado?

Tenía sobre la mesa los documentos de Adolfo. El antiguo propietario del tesoro se había documentado bien. Rodrigo lo imaginó como un lunático leyendo y leyendo sobre ello. No vio la similitud, pero ahora era él el que pasaba las páginas como ido. Observaba con detenimiento un artículo del antiguo director del Museo de Cádiz. Treinta y dos páginas que hacían referencia a los hallazgos de varias figuras de bronce en aguas cercanas al islote de Sancti Petri. Figuras que compartían tamaño, características y divinidad con el descubrimiento que acababa de hacer. Estaba solo en casa. Aun así, en un comportamiento anómalo, verificó en las grabaciones en directo de las cámaras que todo estaba en orden, que estaba en lugar seguro. Entonces, usando la diminuta llave que había escondido, en una paradoja que le resultó divertida, en la novela histórica *Un siglo llama a la puerta,* abrió el cajón del escritorio. Sacó la figura, le retiró el plástico protector y la escudriñó concienzudamente. Era una representación sobria y hierática de un varón con indumentaria y tiara del Alto Egipto en actitud de ataque con un arma en la mano derecha. Prescindía de la izquierda. Tenía un pie adelantado y otro a la espalda. De ellos se extendían dos protuberancias que no parecían pertenecer a la estatuilla. Rodrigo supuso que los pivotes encajarían en alguna peana que hiciera de soporte. La figura era de metal noble. La comparó con sus iguales. Observó las fotos una a una. No había duda. Era una de ellas. Dobló su espalda hacia delante y apretó los ojos. Quería saber, necesitaba saber.

Tenían nombre. Al parecer las estatuillas se llamaban «dioses combatientes». Representaban a un dios golpeador, Reshef o Baal Hommon de Tiro. La datación histórica oscilaba entre los siglos VIII-VII a.C. Abrió la boca y no por sueño. La antigüedad era exorbitante. Las figurillas ofrecían la imagen de la divinidad que tenía culto en el templo fenicio, la imagen de Melkart. Sintió frío. La corriente entrando por la ventana y levantándole cada vello de la piel. Su padre hubiera puesto el grito en el cielo. Las estatuillas pertenecían al santuario de Sancti Petri, aquel que Leonardo le había alabado a lo largo de las muchas historias que le contaba. Leyó que algunas de ellas sobrepasaban los cuarenta centímetros. Con un movimiento alborotado buscó una regla y se dispuso a medir su figura. Treinta y cinco. Era un tamaño importante. Volvió frente al documento. Estaban hechas de bronce y en la antigüedad habrían estado cubiertas por una fina lámina de oro, ya desaparecido y principal motivo de su expoliación. De ello probablemente provenían las roturas y desperfectos; la extracción de sus pivotes, que aún algunas conservaban en sus pies, rotos de extraerlas de sus peanas. Todo eso, indicaba Ramón Corzo, arqueólogo, historiador y autor del estudio, llevaba a pensar que el motivo de su agrupación y ocultación se debía al deseo de protegerlos de nuevos saqueos.

Las estatuillas de las fotos habían sido halladas de forma irregular a lo largo del tiempo. La información no era muy precisa al respecto. Solo decía que, en el verano de 1984, una draga de extracción de arenas que trabajaba en el caño de Sancti Petri removió una *favissa*, es decir, un depósito de exvotos o pozo sagrado, que se encontraba en una zona importante del santuario, en aquel momento sumergida por la erosión del mar. Al conjunto de cinco estatuillas que formaban parte de la exposición fenicia en el Museo de Cádiz se sumó una sexta, incautada a un submarinista de San Fernando. Las gotas de sudor se le escurrieron hasta el calzoncillo. Incautada. El balanceo incontrolado de su pie cogió velocidad. La información hervía en su cabeza. Otras dos figuras habían pasado a la Colección Municipal de Arqueología de San Fernando. Pero la serie de los bronces fenicios no estaba aislada en el panorama gaditano, tampoco en el peninsular. Se registraban otros hallazgos similares en la ría de Huelva y Sicilia, que hacían pensar en el papel del Mediterráneo durante el segundo milenio antes de Cristo, así como otras atribuciones no muy fiables a yacimientos muy conocidos como Itálica o Mérida. Sin embargo, la similitud entre ellas arrojaba cada vez más veracidad a lo que la arqueóloga Anna Maria Bisi propuso en 1980. Según ella, el taller común de los bronces fenicios habría estado en Gadir. Su teoría estaba respaldada por una evidencia irrebatible. El conjunto de piezas gaditanas era y sigue siendo el más copioso de todos los conocidos hasta la fecha, lo que obligaba a ver el castillo de Sancti Petri, llamado en su auge Herakleion, como el principal foco de producción y devoción de estas imágenes, más tarde difundidas por comarcas cercanas. Y él, que casualmente había ido a parar al refugio de una de ellas, que se había criado bajo el manto protector de Melkart, bebiendo de la sabiduría de su padre, otorgándole la relevancia que merecía a tal divinidad, había sido el elegido para tener entre las manos semejante vestigio.

Tras la exhaustiva lectura de documentos no se detuvo ahí. Su sed era insaciable. Buscó en internet. Algo se le había quedado enquistado en la memoria. Diferentes periódicos hacían mención del caso. El buzo de San Fernando al que le habían incautado la estatuilla acumulaba una deuda de más de doscientos mil euros por poseer infinidad de tesoros escondidos en su propiedad y un proceso judicial que seguía en curso. Suspiró hondo. Abrió otra noticia. El *Diario de Cádiz* recogía el hallazgo en 1984 de las dos primeras estatuillas aparecidas en Sancti Petri, expuestas hoy en el Museo de Cádiz y que confirmaban la fundación de Gadir hacía ya tres mil años. Se rascó la cabeza dejando en su frente varios mechones despeinados. Cuanto más descubría, más seguro estaba de su poder; lo que había encontrado podía causarle la ruina o llevarlo al mismísimo paraíso. La estatuilla era el pasaporte, el hilo de la madeja, solo tenía que desenredar el resto para llegar hasta allí. Escribió en Google «Museo de Cádiz», en el menú «Búsqueda simple». Con un clic se descargó las fichas de catálogo de los bronces. No era suficiente. Tomando una vía repentina buscó la institución en Facebook y escribió un mensaje. Se presentaba como un freelance interesado en realizar un documental sobre las estatuillas de Melkart y solicitaba una cita. Le facilitaron un correo electrónico. Mandó un e-mail. No le bastaba con verlas tras la vitrina. Deseaba indagar, ver lo que nadie veía. Cruzar la puerta de «Prohibido el paso a toda persona no autorizada». Descubrir las bambalinas del arte. Al cabo de una hora, recibió respuesta. Tenía una fecha y hora con la encargada de conservación del Museo de Cádiz.

Algo dentro de él cobraba forma y se alimentaba de los resquicios que le iba echando, como un animal que espera alimento y nunca está satisfecho.

21

Alfredo

Jueves, 26 de febrero

A Alfredo le bastaron veinticuatro horas para tomar una decisión que lo cambiaría todo. Sofía se le había presentado en sueños, incluso había intercambiado palabras con ella. Habría sido complicado explicárselo a Rosita, su madre. Y luego estaba la bolsa con el mensaje que marcaba el camino. Le había estado dando vueltas desde que fue consciente de lo que podría significar. Quizá allí hallaría las respuestas a sus preguntas. Fabio le diría que estaba loco y puede que lo estuviese. Al menos, así se sentía desde que el huracán Sofía arrasara con su vida. Actuaba de manera irracional, dejándose llevar por impulsos y obviando la luz de la lógica. Pero ¿qué habría sido lo correcto? ¿Avisar a su amigo, el cabo, para que le diera otro rapapolvo por excéntrico? No. Lo había aprendido recientemente. La única manera de salvarse era actuando por cuenta propia, sin pedir permiso ni dar explicaciones.

Sin más preámbulos, le dijo a su madre que había quedado con Fabio y salió de casa. Con Google Maps activado no fue difícil encontrar la pensión. Al llegar, la fachada lo decepcionó porque esperaba un edificio siniestro y oscuro, de techos altos y columnas almohadilladas. Un lugar del que huir, que cambiara el surco de las vidas de los que por allí pasaban. Sin embargo, encontró una casucha de pueblo y sobre la puerta principal un cartel que rezaba: LA PENSIÓN DE ANTONIA.

Una mujer de cabello color estaño lo recibió. Por el aspecto de las manos y el cuello, intuyó que debía de ser bastante mayor. Tenía la mirada endurecida, de vuelta de todo.

—Buenas tardes, joven —lo saludó con un timbre dulce y amigable que desentonaba con su expresión.

—Hola, ¿qué tal?

No se le ocurría cómo seguir. Socorro. Alerta roja. Posible situación embarazosa. Evacuación inmediata. Giró sobre sí mismo y entreabrió la puerta para salir por donde había entrado. Entonces, recordó por qué estaba allí. Por ella. Y por él mismo. Contó hasta tres mentalmente. Dejó salir todo el aire, se armó de valor y afrontó la situación.

—Lo siento, pensé que me había dejado el coche abierto.

Antonia lo miraba sin pestañear.

—¿Una habitación?

—En realidad estoy buscando a alguien.

Antonia lo animó a continuar con un gesto que solicitaba más información expeditiva.

—Puede que comiera aquí o que pasara alguna noche. Tengo pocos datos sobre ella. Solo sé que se llama Sofía. —Mientras hablaba, observó la cafetería y las escaleras que supuso llevaban hasta las habitaciones.

Si la conocía, debía disimular muy bien, pues nada cambió en su actitud. Hizo como que pensaba y luego dijo:

—Verá, hijo, esta es una pensión pequeña, pero, en contra de lo que pueda parecer, por aquí pasa mucha gente.

—¿Podría mirar el registro?

No se le había escapado el detalle del libro viejo y amarillento sobre el mostrador. Antonia atravesó con su mirada intuitiva los cristales de las gafas de Alfredo y este creyó que, de la impresión, se caería en redondo.

—Claro —cedió.

Pasó páginas con parsimonia y señaló en un momento dado con el dedo huesudo un nombre.

—Sofía Baturone.

—Baturone —repitió Alfredo memorizando el apellido.

—Puede que busque otra Sofía.

—Mirada verde, ojos lánguidos —intentó describirla con una voz que le salió sola.

Antonia cruzó las manos por encima del mostrador.

—¿Por qué la busca? —La lacónica pregunta desconcertó a Alfredo. Estaba pensando qué contestar cuando ella se adelantó—: ¿Eres Tony? Desde luego no eres el de la foto. —De pronto lo tuteaba.

—No soy Tony. No sé quién es ese tal Tony. Solo quiero asegurarme de que está bien.

Ella permaneció callada un momento y luego vomitó toda su ansiedad en palabras.

—Estoy muy preocupada. Hace algo más de una semana que no sé nada de ella. Me pagaba por adelantado, pero hace unos días tuve que vaciar y limpiar la habitación porque ya se había cumplido su estancia. Incluso se dejó el equipaje. No es la primera vez que me pasa. La gente se deja cosas continuamente, pero me tiene intranquila. No encontré ese armatoste de cámara con la que iba a cuestas todos los días. Trabajaba mucho, puede que haya tenido que ausentarse por trabajo. ¿Le ha pasado algo? No estará relacionado con la chica muerta que han encontrado en Sancti Petri, ¿no?

Chiclana no era una ciudad en la que todos sus habitantes se conociesen ni muchos menos, pero no acostumbraba a sufrir tragedias. Las noticias se extendían fácilmente y más si aparecía alguien muerto.

—Eso estoy tratando de averiguar.

No se atrevió a adelantarse a los acontecimientos. Por ahora tan solo sabía que la chica del whisky había dicho que se llamaba Sofía y que trataba de ahogarse con una bolsa de aquel antro. Ahora resultaba que una chica con el mismo nombre había dormido allí y se había marchado sin recoger sus pertenencias.

—Lo sabía —soltó la anciana lamentándose.

Alfredo, que no pudo disimular su asombro, la instó a que se explicase.

—¿Qué sabía?

—La chispa de la vida está en los ojos. Eso es lo que nos diferencia de los muertos: la mirada. En ella podemos apreciar cuándo una persona está a punto de morir.

El tiempo se detuvo por un momento.

—¿Está diciendo que vaticina la muerte por la mirada de una persona?

Antonia tomó aire con gesto hastiado. No era la primera vez que lo explicaba.

—Estoy diciendo que tenía la mirada apagada, triste, cansada. El iris parecía derramarse, manchar la esclerótica. Los contornos habían perdido nitidez. La pupila, fuerza. Una mirada puede decirnos más que las palabras. O que un médico o un psiquiatra. No lo supe al principio, pero Sofía no tenía escapatoria. Su cuenta atrás había empezado. Cuando la muerte te señala, nadie puede salvarte. Los ojos lo saben: han perdido la luz y la chispa. Es cuestión de tiempo que se cierren por última vez.

Alfredo se limitó a asentir, a digerir lo oído y a disimular su mueca de espanto.

Carraspeó.

—¿Puedo ver su habitación?

—Oh, lo siento. Eso va en contra de la política de privacidad de la pensión. —Se mostró renuente al respecto.

—Entiendo.

La conversación fue interrumpida por los alaridos de un borracho que pedía otra ronda en la cafetería. La llamaba Antonia. Así supo Alfredo que estaba hablando con la dueña de la pensión.

—No la molesto más.

—¿Eres amigo suyo? —inquirió saliendo de detrás del mostrador.

¿Lo era? ¿Era amigo de Sofía?

—Supongo que sí.

—Si la ves, dile que le guardo la maleta y que me encanta la lámina. La he colgado justo aquí, en la entrada.

Señaló a su espalda una fotografía de setenta por ciento diez que ocupaba toda la pared. Era la imagen en blanco y negro de la fachada que había estado contemplando hacía unos minutos; es decir, de la pensión.

—Por supuesto —concedió, sintiéndose abyecto por mentir.

Estaba a punto de marcharse cuando una corazonada le hizo esperar a que Antonia desapareciese de su campo de visión para poder subir los escalones hacia la planta superior. Como había imaginado, allí estaban las habitaciones. No eran muchas. Tal vez siete. No tenía ni idea de cuál era la de Sofía. Tampoco era importante. Antonia le había dicho que la habían vaciado y limpiado. Solo necesitaba el cuarto de limpieza o aquel donde guardasen las pertenencias olvidadas. Al fondo, vio una puerta diferente al resto. Más pequeña. Forzó el picaporte y, al estar abierta, casi se cayó de bruces. Estaba dentro. Un hormigueo comenzó a subirle por la espalda. ¿Qué estaba haciendo? ¡Buscar el equipaje de Sofía! Sí, eso es. Se movió como loco por el habitáculo moviendo trastos: cubos de fregona, paquetes de papel higiénico, bayetas, productos de limpieza... Y, al fondo, una bolsa deportiva azul. Con el pulso acelerado la abrió. Ropa de mujer. ¿De quién era aquello? Nada podía asegurarle que fuera de Sofía. Igual estaba rebuscando entre la ropa de la encargada de la limpieza. El corazón le bombeaba como nunca. Se puso la mano en el pecho. ¿Era un infarto? Se sentía flotar. Supuso que aquello era efecto de la adrenalina. Metió la mano hasta el fondo y la movió a ambos lados queriendo detectar con el tacto lo que la oscuridad le negaba a la vista. Percibió algo cortante. Un papel. Escuchó ruidos. No pudo discernir si venían de la habitación de al lado, de abajo o era Antonia que subía la escalera. No iba a soportar que lo pillaran.

¿Qué hacía hurgando en la ropa de alguien como un pervertido? Imaginó la cara de su madre cuando se lo comunicaran. «Hemos pillado a su hijo oliendo ropa interior usada de los huéspedes». Se mordió el labio hasta hacerse sangre. Quiso leer la nota, pero estaba muy oscuro. Se la metió en el bolsillo y con la velocidad de un guepardo bajó los escalones de dos en dos. Corrió, corrió mucho. Pasó de largo su coche, porque necesitaba huir, de lo que fuese, hasta sentirse preparado. Entonces, extendió la bola de papel arrugada y húmeda por el sudor y leyó con avidez: «Rodrigo Vázquez, diseñador gráfico (freelance)». Más abajo, escrita con letra minúscula y fuente Courier, una dirección.

22

Rodrigo

Viernes, 6 de febrero

Nueve días antes

—¿Dónde vas tan temprano? —le preguntó Luz antes de coger el abrigo y salir de casa.

Rodrigo no contestó de inmediato. Soltó la tostada sobre la isla de la cocina y apremió con aspavientos a sus hijos.

—Alejandra, los dientes.

—Ya me los he lavado.

Se acercó a besar sus mejillas rosadas.

—Hoy te traeré un regalito —le susurró al oído.

Ella rio por lo bajo y se puso el chaquetón.

—¿Dónde está tu hermano? —Se dirigió al hueco de la escalera y vociferó—: ¡Pablo!

—¡Ya bajo!

El adolescente pasó por la cocina, cogió algo que desayunar por el camino y todos se aglomeraron en la entrada. Entonces, Rodrigo dio un beso a su mujer ante la atenta mirada de los niños.

—No voy a ningún lado, cariño. Tengo la suerte de quedarme la casa para mí.

—¡Qué cara! —se quejó Alejandra.

Salieron en manada, atropellados como siempre por las agujas de un reloj que iba contracorriente. Y, luego, el silencio. Rodrigo adoraba ese cambio brusco. Todas las mañanas Villa Adolfo era invadida por correcaminos que llegaban tarde a todos lados. La pausa posterior era deliciosa. No estaba hecho para madrugar. Su mujer lo sabía. Por eso le extrañaba verlo tan despierto y enérgico a esas horas. Y estaba en lo cierto. Leyó en una revista científica, en alguna sala de espera, que nuestros cerebros tienen una predisposición genética que nos obliga a estar en un bando u otro. Somos alondras o lechuzas. Los primeros se levantan temprano y están activos desde primera hora. Los segundos se despiertan más tarde y son igual de activos que los primeros en horas más tardías. Por eso no culpaba a su esposa de sospechar, pues se encontraba en el segundo grupo, el de las lechuzas, pero si hubiese estado en la cama un minuto más hubiese sido matador para él.

Tenía planes. Había quedado con la encargada de conservación del museo en hora y media. Terminó de asearse y vestirse y salió de casa. Hizo una pequeña parada en una tienda de juguetes y compró una baraja de cartas. Era un nuevo juego de moda entre niños. Alejandra le había hablado en repetidas ocasiones de él y hacía días que no tenía un detalle con ella. Luego, enfiló la salida de Chiclana y puso rumbo a la capital. Solo un privilegiado encontraría aparcamiento a esas horas en Cádiz, así que, sin complicarse demasiado, fue directo al aparcamiento de Santa Catalina. Desde allí y pasando por el Gran Teatro Falla, lugar de culto al carnaval gaditano, anduvo quince minutos hasta la plaza de Mina. Y, entre árboles centenarios con raíces del tamaño de su propio cuerpo, Rodrigo llegó a su destino. Una escalinata salvaba el desnivel hasta la puerta, que culminaba en un arco de medio punto. Estaba extasiado mirando a su alrededor cuando una vigilante le habló.

—La mochila por delante, caballero.

Rodrigo la miró sorprendido y giró las asas sobre sí mismo. Había metido un cuaderno y un boli por si acaso necesitaba apuntar algo. No sabía en realidad a qué iba, pero supuso que, si tenía previsto hacer un documental, como bien había dicho, tendría que tomar notas. Atravesó el pasillo de la izquierda pasando de largo la sección destinada a la prehistoria para ir directamente a la fenicia. Antes de cruzar la puerta arqueada se paró frente a un cartel que avisaba de la entrada a la sala dos: CÁDIZ Y LA COLONIZACIÓN FENICIA. Unos metros más allá, la vitrina que buscaba. Observó perplejo las seis estatuillas de bronce. Eran idénticas a las fotos que había visto, aunque al tenerlas delante la impresión fue mayor. A algunas les faltaba la cabeza, los brazos e incluso las piernas. Todas representaban a Melkart. Varias en actitud ofensiva, menos la última en llegar al museo: la incautada. Esa figura portaba una flor de loto que sostenía a la altura del pecho. En efecto, algunas aún llevaban en los pies los pivotes. Tuvieron que emplear mucha fuerza para arrancarlas de los soportes. Por un momento, las imaginó doradas, bañadas en oro. Su color bronce apagado quedaba eclipsado por dos sarcófagos fenicios que acaparaban toda la atención de los visitantes en el centro de la sala. Dio un paseo por los pasillos del museo deteniéndose y observando con distintos ojos aquello sobre lo que había leído no hacía mucho. No es que no hubiese estado allí antes, pero, desde luego, no con esa perspectiva.

Volvió sobre sus pasos.

—Por favor, caballero…

—Sí, la mochila. —La giró sobre su cuerpo—. Tengo una cita con la encargada de conservación.

La vigilante, escéptica, se retiró a hacer una llamada. Al momento, regresó con otro semblante.

—Mi compañero lo llevará al despacho —anunció.

Un joven le sonrió y le indicó el camino con un gesto. Anduvieron en silencio, subieron unas escaleras y se pararon en un ala del edificio desconocida para Rodrigo.

—Espere un segundo.

Se perdió tras una puerta y escuchó un cuchicheo.

—Enseguida le atiende —dijo antes de irse por donde había venido.

—De acuerdo, muy amable.

Rodrigo curioseó por el lugar. Bajó tres escalones que lo separaban de una sala y observó que de ella salían otras tres habitaciones. En algunas se oían voces. Todas daban a un patio interior. El calor allí dentro, pese a ser febrero, era sofocante. Se secó el sudor de la frente con la manga de la camisa que se había puesto para causar buena impresión. Estaba barajando sacar o no el cuaderno cuando de uno de los despachos salió una mujer. Era alta, joven y despierta. Lo miró con ojos curiosos y le estrechó la mano.

—Buenos días, perdone la espera. Soy Jimena Olivar, encargada de conservación.

—Buenos días, no se preocupe —convino.

—Está usted investigando las estatuillas de Sancti Petri para un documental, ¿no es así?

—Así es.

—Tome asiento, por favor. —Le señaló uno de los escritorios a su derecha—. Ahora vuelvo.

Escuchó el ruido de una impresora, papeles y pasos.

—Aquí tiene el registro de las estatuillas. —Dejó sobre la mesa un libro enorme y ajado abierto por una página en concreto, con el número nueve en el lomo y grabada la palabra «etnología». El aspecto del papel y el garabato de la tinta habían envejecido. Marcó una línea con el dedo índice—. Aquí están. Y esta es la información que puede conseguir en la página web del museo o en la red digital de colecciones de museos de España.

Dejó algunos folios más sobre la mesa y lo miró expectante. Rodrigo echó un vistazo. Era la misma información que se había descargado el día anterior. Y, en cuanto al libro, indicaba la fecha de ingreso, que no tenía por qué corresponderse con la fecha de llegada, sino con el día en el que fue registrado; el número de entrada; el número de inventario general; la descripción del objeto, donde figuraba de forma escueta: «Estatua de bronce, Reshef»; las dimensiones (en blanco); la conservación; la procedencia; la forma de adquisición, y las observaciones, donde leyó «Sin indemnizar». En total eran cinco. Se aclaró la garganta.

—Falta una.

Ella arrugó la frente.

—No, están todas.

—Son cinco. En la vitrina hay seis —aseguró displicente.

—Ah, espere.

Jimena dio un respingo y regresó a su despacho. Al salir llevaba otro enorme libro entre las manos, esta vez con el número once.

—Esta llegó más tarde —dijo.

Rodrigo lo sabía. Era la estatuilla incautada al buzo de San Fernando. Estaba distraído estudiando las fechas de registro: dos en 1984, otras dos en 1985, otra en 1989 y la última en 1991. Era asombroso. Las fechas eran muy recientes. Demasiado recientes, teniendo en cuenta que las figuras tenían tres mil años. Dio una sacudida cuando Jimena dejó algo más sobre la mesa, algo que no había previsto. Era un documento por rellenar y firmar que registraba la hora de entrada y salida y los datos del interesado y que dejaba constancia de la consulta presencial de instrumentos documentales de los fondos museográficos. En ese caso en concreto, de los libros de registro de la colección estable número nueve y número once y de las fichas del catálogo DOMUS de las piezas CE17004, CE17005, CE17006, CE17007, CE17008 y CE33588.

—Cuando pueda necesito que lo firme.

—Claro, por supuesto. —Hizo como que buscaba el boli en la mochila—. ¿Puedo hacerle unas preguntas?

—Adelante.

—Como sabe, estoy investigando para hacer un pequeño documental, algo de bajo presupuesto. He oído hablar de que la sexta estatuilla fue incautada a un buzo isleño. Me interesa saber cómo debe proceder un ciudadano cuando encuentra algo así, una estatuilla de este estilo.

—Lo adecuado es, primero, no tocar la figura. Cualquier contacto puede descontextualizarla. Lo que le da valor a una pieza es su contexto histórico. Los museos miran más allá de su valor estético. Al final —hizo aspavientos dando fluidez a su discurso—, los museos cuentan historias. Es por ello por lo que las piezas que aquí se muestran deben tenerla. Si no la tienen, no disponemos de información sustanciosa para exponerlas al público y pasan a otra sala aparte.

—De acuerdo, no tocar.

Era una exageración, por supuesto. Su figura estaba en buen estado, dados los tres mil años de antigüedad que tenía, claro. Supuso que Jimena, como responsable de conservación, debía ser muy estricta en este punto.

Sacó el cuaderno y simuló escribir todo cuanto le parecía relevante.

—Lo segundo que debe hacerse es llamar en un plazo de veinticuatro horas al Servicio de Protección de la Naturaleza, especialistas de la Guardia Civil en proteger el Patrimonio Arqueológico. Generalmente, en el museo tratamos con ellos. No obstante, me consta que esto puede variar según cómo se organice la Guardia Civil en cada provincia y municipio. En este caso, el SEPRONA junto a la Unidad Central Operativa del Grupo de Patrimonio Histórico del Museo de Arqueología, Bellas Artes y Etnografía de Cádiz agilizan su entrada y catalogación en el área de restauración. Un museo es un espacio dedicado a la conservación, investigación, comunicación, difusión, administración y gestión del arte y, como tal, debe ofrecer esos servicios.

—Este señor tiene problemas con la ley.

—Es un delito contra el patrimonio que además depende del volumen de afectación de la pieza —dijo como si fuera obvio—. Está pendiente de requisa judicial.

—¿Y si no lo sabía? ¿Y si se quedó los tesoros porque pensó que eran suyos?

—La ignorancia no exime del cumplimiento de la ley —argumentó de forma aprendida.

—Ya. —Esbozó una sonrisa de complacencia—. No siempre fue así, tengo entendido.

Se había informado. Claro que lo había hecho. No estaba tan chiflado como para colarse allí en pañales.

—Está en lo cierto. En España, a partir de la ley de Protección del Patrimonio Histórico Español de 1985, cualquier hallazgo, casual o no, debe ser notificado. Todo lo que hay de valor bajo tierra o en el mar pertenece al Estado.

«Y un cuerno», pensó.

—¿Y las indemnizaciones?

—No son fáciles. Los expolios han existido toda la vida. Así se explica la aparición de lucernas romanas en enterramientos fenicios con el único interés de sacar ajuares. Imagínese el expolio masivo al que, sin duda, sería sometido el país si pagaran por ello. Estaría todo lleno de cazatesoros. Y no hay que olvidar que esas indemnizaciones las pagamos todos, no hay un dinero reservado para eso. —Sus ideales estaban sobre la mesa—. Hay todo un entramado de pasos burocráticos y judiciales que suelen prolongarse en el tiempo. Para emprender el procedimiento habría que acudir a la Consejería de Cultura que, conforme a la ley de Patrimonio, determinaría si se indemniza o no. Si, ante la negativa, la persona interesada quiere insistir, puede llevar el asunto a los tribunales. Si finalmente lo consigue, la pieza es valorada por una Comisión de Valoración constituida por profesionales de prestigio reconocido. La indemnización consiste en un cincuenta por ciento del valor y, de ese cincuenta, un veinticinco le corresponde al dueño del terreno y el otro veinticinco a la persona que lo halló. Pero ya le digo que es un proceso difícil.

—Vaya, cómo ha cambiado la historia.

—¿Ha dado una vuelta por el museo?

—Sí, claro.

—Habrá visto algunas de las piezas fenicias que fueron encontradas antes de esta ley de protección. Entonces, el que la encontraba se la vendía al museo.

—Increíble.

Jimena dejó salir una media sonrisa.

—Los descubrimientos eran de lo más inverosímiles, casi de película. En 1958 hallaron en la playa de la Caleta un capitel fenicio, que probablemente perteneció al templo dedicado a Cronos, entre los escombros de una obra de restauración del castillo de San Sebastián. El vigilante del Museo de Cádiz de aquel entonces, en uno de sus días libres, dispuesto a pasar una mañana de pesca de lo más habitual, halló entre los restos que los albañiles habían apartado, pensando que era una piedra sin importancia, uno de los capiteles fenicios del santuario. Y dicho capitel fue vendido al museo. ¿Ha visto el emperador divinizado Adriano? Fue pescado en una red por pescadores en aguas de Sancti Petri en 1905. Otro caso curioso es el de la escultura de bronce del emperador, la que solo conserva el tronco. La Thoracata saltó por los aires en la explosión con dinamita del escollo de Rompetimones en 1925. Suscitó el interés de los medios que se hicieron eco de la noticia, aludiendo que podía pertenecer a la estatua del Hércules fenicio, esa que según las crónicas señalaba el camino a los navegantes.

Rodrigo no daba crédito, pues, mirando su hallazgo desde esta diáfana perspectiva, entraba dentro de la normalidad de cómo dar con una reliquia. Él había derribado una pared con un martillo compresor y había descubierto así la estatuilla.

—¿Podría acceder al área de restauración?

—Pregunto y le digo.

Rodrigo esperó impaciente tamborileando sobre la mesa hasta que Jimena volvió para acompañarlo hasta otra sala que bien parecía un taller. La mayor parte de esta la ocupaba una mesa enorme con piezas extraordinarias de contextos históricos dispares.

—Carlos, él es...

—Un estudioso que quiere hacer un documental —le cortó.

Se estrecharon las manos.

—¿En qué puedo ayudarlo? —preguntó Carlos que parecía impaciente al haber sido interrumpido en una tarea laboriosa.

—Quisiera saber el proceso de restauración de una pieza nada más entrar en el museo. Las condiciones que necesita para permanecer en buen estado.

—¿Proviene de un entorno subacuático? —soltó sin anestesia.

—Es probable. Estudio las estatuillas de bronce de Melkart.

—Las de Sancti Petri —apoyó Jimena.

—Entonces lo primero es someterla a un tratamiento de cloración o salazón, ya que al provenir de un medio submarino las sales de las que se ha impregnado el material son perniciosas. En el caso de los metales desencadenan una corrupción por picadura, por cloruro.

—Esos puntitos verdes que habrá observado por ejemplo en la escultura de Adriano que le comentaba. Por detrás está espléndido porque estaba apoyado en la arena, pero por delante está corrompido por el cloruro —añadió Jimena.

—Los cloruros —continuó el encargado de restauración— se sacan de las piezas sometiéndolas a unos baños prolongados. A su vez, se realizan mediciones para controlar la disminución de sales y se realizan gráficas, como esta —le mostró un dosier—, para ver si avanza o disminuye. Cuando se estabiliza, se detiene el tratamiento. Es entonces cuando se hace un secado prolongado y se aplican unas capas de protección con una serie de productos químicos: nitrotiazol, resina acrílica y cera mineral.

—Ajá —fue capaz de decir—. ¿Y esto dura…?

—Un año mínimo.

—¿Y… —le tembló la voz— qué sería lo básico? Me refiero para poder conservar una pieza sin productos químicos.

Carlos lo miró con reticencia.

—Al menos protegerla de la luz, del polvo y la humedad.

—Es la función de las vitrinas —aportó Jimena.

—Pues han sido de mucha ayuda, la verdad. —Se despidió con prisas—. Muchísimas gracias por su tiempo.

—Lo acompaño —dijo Jimena caminando a su lado.

Disparó otra pregunta.

—Jimena, ¿y en cuanto a la tasación de una pieza?

—Nosotros no tasamos, solo a nivel de seguro. Le recomiendo que busque subastas en internet para orientarse.

Ya lo había hecho.

—He dado con piezas del siglo I d. C. valoradas en más de un millón de euros. Teniendo en cuenta que las estatuillas son mucho más antiguas, no es desorbitado pensar que estuviesen mejor valoradas, ¿no?

—Como le digo, nosotros no tasamos. —Lo fulminó con una sonrisa elocuente.

Habían llegado a la puerta de salida.

—Un placer.

—Igualmente.

Salió disparado a la plaza de Mina. No había firmado el documento con sus datos. Rodrigo había abierto la veda de un mundo para él hasta ahora desconocido y, por alguna razón que aún ignoraba, no quería dejar ni el más mínimo rastro. Miró hacia atrás para ver si Jimena se había retirado y echó un vistazo a su alrededor. No le apetecía encontrarse con nadie. Pasó junto a una chica que comía pipas en un banco, juraría que ya la había visto antes, andando ausente por la calle Arrecife.

23

Rodrigo

Viernes, 6 de febrero

Nueve días antes

Los balonazos de Pablo contra la fachada hicieron que Rodrigo levantara la vista de la pantalla del ordenador. Estaba leyendo un artículo sobre el Patrimonio Arqueológico Subacuático en el islote de Sancti Petri o lo intentaba, porque de seguir oyendo ese sonido tan irritante iría fuera de un momento a otro a pinchar la maldita pelota. Soltó un pequeño gruñido, a punto de perder la paciencia, y solo el canturreo de Alejandra logró tranquilizarlo. Salió del despacho y se dejó guiar por el alegre tarareo. Llevaba algo entre las manos. Encontró a su hija tumbada en el sofá mientras veía alguna serie de moda en la tele. Se sentó a su lado, recogió sus pies, que colocó con cariño en las perneras, y comenzó a masajearlos.

—¡Ay! ¡Me haces cosquillas!

Rodrigo rascó con más ahincó y Alejandra dejó escapar una carcajada. Después, llegó el silencio, solo interrumpido por el repiqueteo de la suave lluvia contra la cristalera.

—Estás trabajando mucho —soltó ella.

Rodrigo la miró sorprendido, porque no estaba trabajando nada.

—Sí, siempre te digo que debemos esforzarnos cada uno en lo nuestro. Tú, en el cole. Yo, en el diseño.

Alejandra asintió y, cuando parecía de nuevo distraída con la serie de televisión, preguntó:

—¿Eso no hace que mamá y tú paséis menos tiempo...?

—Shhh. —Rodrigo la mandó callar—. Mamá y yo tenemos una cita mañana. Le he preparado una sorpresa. No tienes que preocuparte por eso, Alejandra. Son cosas de mayores, ¿vale?

—Ajá —añadió sin mucho convencimiento.

—Tengo algo para ti. —Los ojos de su hija lo miraron, expectante—. Esta mañana he pasado por una juguetería... —Alejandra abrió la boca—. Y he recordado aquel juego que me dijiste.

—¡No! ¿En serio, papá?

Rodrigo sonrió ilusionado y sacó de debajo del cojín el juego de cartas. Alejandra lo abrazó, espontánea, y besó la mejilla de su padre, agradecida.

—¡Eres el mejor! ¡El mejor!

Se sintió calmado y no pudo evitar esa sonrisa bobalicona que siempre le sacaba su hija. Entonces reunió fuerzas para salir al jardín, pero Pablo ya no jugaba al balón.

—¿Qué ha pasado? ¿Me han oído los astros y se te ha pinchado esa pelota del demonio?

—No te vas a librar tan fácilmente. Se me ha colado en la casa del vecino.

—Vaya por Dios.

—¿Vas tú? —ladeó la cabeza.

—Sí, pero métete dentro. Te acabarás acatarrando y tu madre me mata.

Pablo sacó las manos de los bolsillos para abrazarlo por detrás.

—Papá...

—¿Sí, hijo?

—¿Cuándo va a llegar la primavera?

El jardín estaba envuelto en sombras. Las nubes bajas se habían afincado a media altura, formando una espesa cortina de humedad. El suelo estaba cubierto de charcos, que reflejaban un cielo grisáceo, que furioso no paraba de moverse. Daba la sensación de que, al igual que el verano había tardado en marcharse, tampoco el invierno quería hacerlo y que luchaba por mantener los meses fríos, pese al movimiento de las estaciones en el calendario.

—Nos merecemos unos días de sol —susurró Rodrigo algo sombrío, pero cambió rápido el tono y dijo con seguridad y aplomo—: Pronto vendrá el buen tiempo, ya verás.

Fue un diálogo inadvertido, casual, casi vacío de significado, pero no para Rodrigo, que había sentido al hablar con sus hijos la añoranza de una familia unida.

Salió de casa dispuesto a recoger el balón de Pablo. No tuvo que llamar al timbre. Tropezó en la acera con el vecino, que enseguida se lo devolvió.

—Vaya, muchas gracias. —Le tendió la mano—. No hemos tenido tiempo de presentarnos. Me llamo Rodrigo.

—Encantado. Yo soy Guillermo. Y enhorabuena por la casa, ¿ya estáis instalados?

—Gracias, hombre. Así es… ¿Cómo la ves? Le hemos dado un buen lavado de cara, ¿eh? —Se giró y miró orgulloso las ventanas altas y el tejado de su humilde morada.

—Y que lo digas. Parece otra. Mi mujer y yo estamos encantados de que seáis una familia… normal y corriente. —Rodrigo asintió, a pesar de no estar muy seguro de qué significaba—. Las hemos pasado canutas con Adolfo. No me gusta rajar, pero… ha sido terrible. He llegado a ver ratones correr por el jardín desde el sofá de mi casa. Y el olor… —Hizo una mueca teatral—. Vivir en un vertedero hubiera sido lo mismo.

—Ya me han contado. Tuvo que ser toda una experiencia. Por eso supongo que no os quedó otra que denunciar.

Guillermo se quedó helado.

—¿Denunciar? Qué va, hombre. Tampoco es eso. Nunca le hubiera hecho esa putada al viejo. Estaba mal de la chota, pero no queríamos echarlo de aquí. Somos buenas personas.

—Ah, pensé…

—Qué va, qué va —insistió—. Ningún vecino de la calle lo denunció. Solo queríamos que tuviera la casa más arregladita, ya sabes. Por higiene.

—Entiendo —repuso Rodrigo valorando la noticia.

—¡Me dejaba el sueldo en ambientadores! —Estalló en una carcajada, le dio un manotazo amigable en el antebrazo y se volvió para despedirse—: En fin, bienvenidos. Para lo que necesitéis estamos al lado.

Rodrigo se quedó solo en la acera. Dio vueltas al balón en sus manos, como también las daba su cabeza. Así que los vecinos no habían denunciado Villa Adolfo por olores nocivos a la Guardia Civil. Sin embargo, esa era la información que le había comunicado la inmobiliaria. Empezó a llover, más bien a granizar. Corrió a refugiarse bajo el porche pisando algunos de los charcos que encontraba a su paso. La sospecha cada vez era más nítida: querían a Adolfo fuera de la casa. Pero ¿quién? ¿Los vecinos? A ellos prácticamente podía descartarlos después de haber charlado con Guillermo. ¿El agente inmobiliario? ¿Un tercero desconocido?

Un escalofrío le levantó los vellos de los brazos. Y eso lo resumió todo, porque el cuerpo es a veces más receptivo y veloz que el cerebro. Lo preparaba para algo, para detectar amenazas y ponerse a buen recaudo. Rodrigo se sintió amenazado. Recordó una angustiosa película española que vio hace unos años. En ella, Carmen Maura interpretaba a una agente inmobiliaria que encontraba por azar una cantidad irracional de dinero en un piso. El resto de los vecinos, en una carrera enfermiza para conseguir el tesoro, encabezada por el presidente de la comunidad, la acosaban. La similitud fue como un golpe en la nuca. Miró a los lados con recelo, sobre todo, a la casa del tal Guillermo, y luego cerró el portón de su casa.

Echó la llave.

24

Rodrigo

Sábado, 7 de febrero

Ocho días antes

Habían salido temprano de casa para ser testigos, como decía la invitación, del mejor atardecer. Rodrigo conducía por la urbanización Atlanterra, en concreto subía y bajaba las calles estrechas y empinadas que lindaban con la playa de los Alemanes. Dicha playa tenía unos mil quinientos metros y estaba situada entre el cabo de Camarinal y el de Plata. Era conocida por la arena dorada, el agua helada y el curioso origen del nombre que tenía. Cuentan que los alemanes nazis al finalizar la Segunda Guerra Mundial buscaban el anonimato y se instalaban en este sereno y discreto lugar. Rodrigo tenía puesta toda la atención en el volante. No era para menos. Había escrito la dirección de la casa del importante empresario Saúl Salvatierra y esperaba instrucciones de la voz irritante y robotizada de Google Maps.

Se había bebido dos cafés que no surtieron efecto. Los ojos le pesaban, fruto de haber pasado más horas de las debidas pegado a la pantalla del ordenador. Había curioseado diferentes páginas de subastas y anticuarios. Se había encerrado en el despacho hasta el punto de olvidarse de comer. Algo insólito en él. Luz había tenido que interrumpirlo varias veces llamando a la puerta del nuevo despacho. Rodrigo siempre había reaccionado igual, bajaba la tapa del portátil con un movimiento veloz. En ese momento, Luz estaba sentada en el asiento del copiloto, vestida con un elegante mono rojo de pata de elefante que la hacía resplandecer aún más. Se había recogido la melena de una manera que le realzaba la forma de la cara. Decir que estaba radiante era quedarse corto. Y ese olor... Su perfume. Siempre había sido una de las debilidades de Rodrigo. No pudo evitar romper el hielo.

—La gran noche.

Grande o no, era la cita que tanto se había hecho de rogar. El punto de inflexión que le daría la vuelta al matrimonio volviéndolo a poner del derecho. Al menos, eso es lo que le había asegurado Vicente y lo que él esperaba. Sabía que había dado un paso al frente y dos hacia atrás, porque los últimos acontecimientos lo habían alejado de su mujer, privándolo de la opción de ser cien por cien honesto con ella, pero no podía compartir todavía esa carga. Había tenido veinticuatro horas para dar el aviso. Lo había dicho Jimena Olivar, la encargada de conservación del Museo de Cádiz. Y lo decía la ley de 1985 de Patrimonio Histórico Español. No se encontraba dentro de los márgenes estrictamente legales. Solo estaba esperando el momento de romper el vínculo con la figura. No se había sentido cómodo dejándola en el cajón bajo llave de su escritorio, así que había retirado el filtro del aire acondicionado de su despacho y la había metido dentro. Pablo y Alejandra estaban en casa y les había pedido que dejasen la llave del portón principal echada. Y Villa Adolfo, para más inri, se encontraba bajo la vigilancia de las cámaras de seguridad veinticuatro horas al día. Tenía que intentar relajarse. Esperó que sirvieran buen champán en la fiesta. Le apretaba el traje de chaqueta. Solo tenía uno para los distintos eventos. Tal vez había engordado. Se acomodó en el asiento y soltó el volante un instante para desabrocharse el botón del pantalón. Luz lo observaba con el rabillo del ojo. Se esmeraba en mantener una actitud fría y distante, pero Rodrigo sabía que estaba emocionada. Era una amante del arte. Sabía que su mujer adoraba el proceso creativo del artista, lo que nadie veía. Ese esfuerzo previo que había detrás de cada obra.

—Estás guapísima —insistió.

La sucesión de personas vestidas de gala y la acumulación de vehículos les indicó que habían llegado. Aquello impresionaba de verdad. Se notaba el dinero y el poder.

—Creo que he visto a Javier Bardem —dijo Luz entre risas.

Vaya. Ahora sí que hablaba. Rodrigo la miró perplejo. Percibió que la inundaba la ilusión de una niña, esa que nunca se pierde. Le encantaban las patitas de gallo que le salían alrededor de los ojos. ¿Cómo pudo dejar de mirarla de ese modo?

—¿Entramos? —le sugirió agarrándose de su brazo.

No pudo negarse.

—Claro.

Casi de forma inmediata se sintió fuera de lugar entre tanto vestido de satén, pajarita y canapé, pero la situación le fue haciendo gracia a la tercera copa de champán. La secuencia se repetía una y otra vez. Luz paseaba saludando aquí y allá, conversando de cosas que a él se le escapaban pese a que por sus estudios no era ajeno al arte, solo que su mundo estaba más unido a la técnica y al método. No al de la creatividad. Estaba allí por ella y verla en su salsa lo justificaba todo.

La casa era alucinante. Minimalista, de un blanco nuclear y con tres plantas, impresionaba el jardín escalonado en tres niveles. En el primero, había una piscina enorme y, junto a ella, el impresionante salón de la casa. Lo habían adaptado retirando los muebles y ahora parecía una sala diáfana, con el suficiente espacio para instalar un pequeño escenario y el equipo de sonido. Los camareros se acercaban continuamente para ofrecerle sus servicios. Tampoco hubiera podido soportar el evento sin algo que beber.

—Ese es el dueño. Lo he visto en los caballetes publicitarios que hay por toda la casa —murmuró su mujer.

Un hombre fornido, de unos sesenta años, con barba blanca impecable hablaba y sonreía repartiendo saludos a todos los invitados. Debía tener una fortuna. ¿Quién puede permitirse una casa así como segunda vivienda? Lo miró con admiración. Dominaba la situación, estaba encantado con ser el centro de atención y el traje le quedaba como un guante, no como a él, que parecía un muñeco de nieve vestido a la fuerza.

—Vamos a acercarnos.

Rodrigo disimuló su sorpresa con un gesto amable.

—¿Estás segura?

—Claro.

Lo empujó literalmente hacia el dueño de aquel circo y esperaron de forma ridícula el momento de interrumpirlo.

—Buenas noches, esto es espectacular. Queríamos darle la enhorabuena —soltó Luz sin tapujos.

Miró a su marido en busca de colaboración.

—Buenas noches, sí, es precioso y la caída del sol, una maravilla.

No le salían las palabras.

—Muchísimas gracias por venir. Espero que se sientan cómodos y puedan disfrutar de esta magnífica velada.

Una campanita los salvó de la situación embarazosa. Entraron como ganado al salón y esperaron que empezara una representación. Un caballero de esmoquin con acento italiano dio un breve *speech* y presentó a Saúl Salvatierra. Este, entre aplausos, subió al escenario, agradeció la gran acogida y expresó el cariño que tenía a las veinticuatro piezas que esa noche se exhibían y, en especial, a las tres que iban a ser subastadas con fines benéficos. Rodrigo no pudo quitar ojo a la procesión de cuadros que fueron presentando en la sala. Todos de arte abstracto y a cada cual más colosal. No entendía lo suficiente para apreciarlos, pero lo que es bello es bello. Las personalidades que habían acudido a la subasta fueron levantando los brazos subiendo una cantidad que desde el precio de salida a Rodrigo le pareció desorbitada e inalcanzable. Luz no podía controlar una sonrisa radiante. Le apretó la mano y él agradeció el gesto. Le gustaba sentirla cerca, aunque estuviesen, en realidad, a diez mil millas el uno del otro en el plano personal. No hubiera podido comprar ni el marco de ninguno de aquellos cuadros, pero él ya tenía una obra de arte y estaba sentada a su lado.

—¿Quieres levantar la mano? —le preguntó cuando trajeron el último cuadro que se subastaba.

—¿Estás loco? —Luz contuvo la risa.

Rodrigo no hizo caso y alzó el brazo. El hombre del esmoquin lo señaló.

—El caballero sube a ocho mil quinientos. ¿Alguien da más?

Fueron los cuatro segundos más largos de su vida.

—La señora del fondo sube a nueve mil.

Luz soltó una carcajada.

—Estás chalado.

—Hubiera tenido que vender el coche.

Y ahí estaba, esa conexión que no se pujaba ni se subastaba.

Cuando la subasta de arte acabó, volvieron los camareros. Les deleitaron además con música en directo. Los invitados comenzaron a dispersarse. Algunos preferían conversar bajo las estrellas, y otros, resguardarse en el salón de aquella impresionante casa.

—¿Ese no es el escultor Antonio Mota?

Luz le tiró de la manga.

—Sí, es él.

Esta vez fue Rodrigo quien la empujó a ella. Quizá las numerosas copas de champán le animaron a ello.

—Buenas noches, Antonio. Mi nombre es Rodrigo. Ella es Luz. —Miró a su mujer de forma inadvertida—. Somos unos enamorados de tus obras.

—Buenas noches —los saludó risueño.

Sin preverlo, se vieron envueltos en una charla intensa y minuciosa en la que Mota les iba explicando curiosidades de las estatuas de casi tres metros de altura que había esculpido en representación de Melkart y que en 2021 fueron colocadas por diferentes puntos de Chiclana para recordar la ruta sagrada fenicia.

—En el proyecto tardé un año y medio aproximadamente. La parte de ejecución fueron diez meses, pero el proceso creativo de idear el personaje y esbozarlo duró casi el mismo tiempo.

—¿En qué te basaste para representar esa deidad? —lo interrogó con sumo interés Rodrigo.

—En las estatuillas de Melkart que aparecieron en la zona de la punta del Boquerón y que actualmente se muestran en el Museo de Cádiz. ¿Las conocéis?

«Y tanto», calló Rodrigo.

—Sí, claro, nos fascina la arqueología —admitió Luz.

Su marido observó la ilusión de su mujer.

—¿Habéis reparado en las cuencas vacías de los ojos? —continuó Mota. Luz asentía haciendo una escucha activa—. Existe una teoría que defiende que estas piezas adornaban el hueco de los ojos con materiales nobles: piedras preciosas, oro… En los saqueos era lo primero que arrancaban. Para los fenicios era un desprecio a su dios. Y, por este motivo, han llegado las estatuillas hasta nosotros con esas oquedades en los ojos. He querido respetar ese detalle.

Luz hizo algún comentario halagador. Rodrigo intentó visualizar las cuencas vacías del bronce que había hallado y agradeció de inmediato que la deidad no tuviera ojos para castigarlo con su mirada.

—Pese a ello, he intentado humanizar el personaje suavizando un poco ese hieratismo tan marcado egipcio que solían tener las representaciones fenicias: la mirada al frente, la cabeza recta, el paso rígido. Observaréis que mis estatuas mantienen ambos brazos, el faldellín hasta el suelo y tienen la cabeza inclinada, lo que otorga a Melkart una actitud más afable de cara al espectador.

—¿De qué están hechas, Antonio? —preguntó Luz.

—Están hechas de fibra de vidrio y sucesión de extractos de fibras de poliéster. En náutica y embarcaciones son materiales muy usados y duraderos. A no ser que intervenga la mano del hombre, claro.

—Creo haber percibido diferentes tonos, ¿es posible?

Mota sonrió por la apreciación de Luz.

—Así es, he optado por las imágenes policromadas.

Rodrigo no tardó en aburrirse. Demasiados detalles que no le llamaban la atención.

—Salgo a tomar el aire.

Sus pies empezaban a ir por libre y la tarea de sincronizarlos se volvió peliaguda. Anduvo hasta el jardín huyendo del alboroto de voces y jazz. Las farolas perforaban la oscuridad con un efecto mágico que permitía vislumbrar la humedad del mar. Soltó la copa en una mesita de exterior y se apoyó en la barandilla que separaba el primer nivel del jardín del segundo. Le entraron ganas de vomitar. Luz jamás se lo perdonaría. Tendría que conducir ella de vuelta si no querían acabar despeñados en algún tramo.

—¿Se encuentra bien?

Una voz a su espalda le hizo controlar la compostura. Al girarse, comprendió que estaba frente al empresario del año, Saúl Salvatierra.

—Oh, sí. Es solo que… Hace mucho calor ahí dentro. —Hizo que se abanicaba con la mano.

Él sonrió y se puso a su lado.

—¿Le importa que fume?

—En absoluto.

Trató de erguirse, apoyándose en la barandilla.

—¿Le ha gustado?

—Sí, hemos disfrutado mucho. Nunca había asistido a un evento de este tipo, así que ha sido todo un descubrimiento.

—Un cuadro, una escultura, una moneda, restos arqueológicos... A veces hacemos más evidente el valor artístico de estas obras poniéndoles precio.

Rodrigo notó el calor en las mejillas y se dio cuenta de que llevaba la camisa por fuera del pantalón; para disimular se cerró la chaqueta.

—Mi padre solía decir que los restos arqueológicos nos permiten tener en las palmas de las manos toda la historia del ser humano: la economía, las corrientes estéticas e incluso la mitología.

—Sobre todo la mitología —puntualizó Saúl.

—Decía también que no hay mejor forma para entender una sociedad perdida en el discurrir de los siglos que verla y tocarla. Solo así entendemos quiénes fuimos.

—Un hombre sabio tu padre.

—Lo era. —Miró al frente inundado por una nostalgia repentina y, al hacerlo, se dio cuenta de que veía doble. Se rascó el entrecejo y dijo—: He observado los carteles publicitarios repartidos por el jardín y déjeme decirle que podrían mejorar. —Definitivamente, llevaba unas copas de más.

—Ah, ¿sí? —Saúl apretó los labios.

—Si alguna vez necesita un diseñador gráfico más orgánico, debería llamarme.

El hombre sonrió por su atrevimiento.

—Me gusta su desparpajo —reconoció dando un sorbo al cóctel.

—Saúl —lo llamó el joven italiano del discurso.

—Discúlpeme un segundo —rogó.

Se retiraron a escasos metros y hablaron en susurros. Rodrigo no pudo evitar poner la oreja. Por alguna razón, el alcohol le agudizaba el oído. Pilló palabras sueltas: intermediario, valor económico, Oriente Medio. Un mes atrás no hubieran tenido sentido para Rodrigo, pero, en ese momento, agradeció haber invertido tantas horas leyendo foros. Cuando Saúl regresó a su lado, tuvo la osadía de soltarse de la barandilla.

—Perdóneme —se excusó Salvatierra—. Negocios.

—Entiendo… —Se puso las manos en las caderas tambaleándose ligeramente—. Para ser un hombre de éxito hay que tener alianzas hasta en Oriente Medio.

El empresario congeló una sonrisa y lo miró de forma condescendiente.

—En Oriente Medio se maneja mucho poder adquisitivo y son grandes amantes de la belleza —dijo solemne.

Rodrigo le mantuvo la mirada. De haber estado sobrio hubiera bajado la cabeza, lo hubiera pasado por alto y nunca se hubiera atrevido a semejante disparate, pero ya había perdido el control. Estaba casi convencido de qué iba aquello. Solo tenía que soltar el cebo y ver si picaba. El clima, hasta entonces relajado, destilaba una tensión mordaz.

—¿Y si tuviera algo que ofrecerle? —Saúl le pidió con la mirada una explicación tácita—. Algo para un jeque árabe —insistió.

Este rio a carcajadas.

—Ha visto usted muchas películas, caballero. Si me disculpa…

Rodrigo lo agarró del brazo en un gesto brusco. Saúl se soltó de un aspaviento. Cuando lo miró de nuevo, la expresión le había cambiado. Ahora era furibunda.

—He podido escucharlos —susurró con voz ronca.

Saúl se tomó un momento para recolocarse las mangas de la chaqueta y, luego, lo puso a prueba.

—Y, dígame, ¿qué cree que ha oído?

Rodrigo miró a ambos lados antes de hablar.

—Creo que no es del todo limpio, señor Salvatierra.

El empresario dibujó una sonrisa de medio lado.

—¿Quién es usted? ¿Acaso es de la Secreta?

Rodrigo comenzó a reír como un loco, haciendo que las personas de alrededor lo miraran y contagiando a un desconcertado Saúl, que le siguió bien por nerviosismo o por educación.

—Es una broma. —Cortó de golpe la risa y tosió un poco.

Luz apareció y le agarró el brazo. Estaba preocupada por si su marido estuviese haciendo el tonto. Para entonces el señor Salvatierra había recuperado su mirada afable.

—Rodrigo, espero que no... —intentó disculparse Luz.

—No se preocupe, señora. Su marido y yo estábamos pasándolo muy bien. —En ese momento empleaba un tono calmado. Se dirigió a Rodrigo—: Tome mi tarjeta. Mándeme algunos de esos diseños y veré si me interesan.

Se despidieron con un apretón de manos ante la atenta y sorprendida Luz.

—Me despisto un momento y te encuentro fortaleciendo relaciones con peces gordos.

—Soy un hombre con muchas facetas —soltó burlón.

Luz lo miró intentando adivinar qué había detrás de esa sonrisa jovial. Él sintió en esa mirada que, a pesar de que había sido una noche maravillosa, su esposa seguía distante. Los tratamientos de hipnosis para dejar de fumar le enseñaron que cuando alguien vence el vicio siempre queda un espacio en su cerebro para la nicotina, como el drogadicto que aun limpio siempre piensa en su droga. Un pensamiento torturador del que sigue siendo dependiente. Estaba seguro de que en la cabeza de Luz todavía había un espacio reservado al recelo que no la dejaba disfrutar del todo. Y es que, la confianza, una vez rota, difícilmente puede repararse.

Caminaron de la mano hasta el coche ignorando que habían abierto una puerta. La puerta a la tormenta. Rodrigo, como una planta que hubiese sufrido por la sequía, alargaba con renovado vigor sus hojas al llegar el agua. Tras el sufrimiento, tras la escasez, se erguía con más firmeza, con más fuerza. Pero ¿qué ocurriría si llegaba la tormenta? Mucha y constante agua no iba a hacer bien a la planta.

25

Sofía

Domingo, 8 de febrero

Siete días antes

Aquella norma había sido fijada para no cumplirse. «Oops!... I Did It Again» sonaba en su móvil en el asiento del copiloto. Era Luz, que rompía por segunda vez el acuerdo, pero no fue eso lo que la sobresaltó, sino un golpe en la chapa del coche. Bajó por instinto los prismáticos a sus muslos escondiéndolos de la vista de la señora que golpeaba ahora en la ventana.

—¡Esto es un paso de peatones! ¡Aprende a conducir!

Sofía levantó la mano en señal de disculpa.

—Lo siento —dijo mientras arrancaba.

Rodeó el edificio y aparcó en la retaguardia. Desde allí no le alcanzaba la vista, así que bajó del coche y se acercó a la valla del jardín. Pese a no ser tupida, estaba semioculta por la vegetación, lo que la ayudó a camuflarse con el entorno. La zona era bastante solitaria. El complejo turístico Novo Sancti Petri, líder en plazas hoteleras, apartamentos vacacionales, rotondas idénticas y palmeras interminables triplicaba los habitantes de Chiclana en verano, pero entonces, en pleno febrero, solo ella y algún deportista recorrían las calles. Llevaba puesto un jersey de cuello alto que se bajó para tocarse la nuez dolorida. Si seguía así le saldría un moratón. Estaba corriendo más riesgos de los habituales y eso la estresaba. Se llevó los dedos a la boca. Morderse los padrastros le daba calma. Casi estaba convencida de que Rodrigo la había reconocido en la plaza de Mina. Sus ojos habían conectado una milésima de segundo disfrazada de eternidad. Era cierto que había bajado la guardia, acercándose demasiado a la propiedad e incluso coincidiendo con el susodicho en la calle, pero era imposible que la relacionara. Sofía vestía de negro, no llamaba la atención. Y algo le decía que Rodrigo estaba bastante ocupado como para fijarse en una transeúnte. Lo veía agitado, con la mente en otra parte.

Haría apenas media hora lo había visto salir de casa, a toda prisa, sin detenerse a hacer caso a los estímulos de alrededor. Portaba, igual que en el museo, una mochila que, víctima de tanto énfasis, golpeaba una y otra vez contra su espalda. Lo perdió de vista bajo el parasol de su coche un minuto y acto seguido arrancó como si lo persiguiera el mismísimo diablo. Tanto fue así que Sofía tuvo que mover con agilidad el volante para no perder su rastro. El tráfico era inexistente, así que mantuvo una distancia prudencial. Lo vio mover el espejo retrovisor varias veces. Mirarse, peinarse. Tenía claro adónde iba. No dudó. Aparcó en una maniobra y dando zancadas se perdió tras la puerta.

De nuevo, Britney Spears sonaba en aquel maldito aparato. Esta vez aceptó la llamada.

—Perdona que te moleste, Adela.

Vaya. Ahora había lugar para disculpas.

—No es molestia —contestó con voz glaciar.

Sofía supuso que la llamaba para recordarle que el plazo había concluido. Los cinco días de propina que le había dado llegaban a su fin aquel domingo, como si se le fuese a olvidar tal fecha.

—Quería pedirte perdón por cómo te hablé en nuestro último encuentro. Quizá pagué contigo lo que llevo dentro.

—Sofía estaba sin palabras. ¿Dónde quedaban los formalismos? ¿Ya no se hablaban de usted?—. Pero no te llamaba por eso.

A Luz le costaba lanzar la bomba, aceptar el mal trago. Estuvo en silencio tanto rato que Sofía pensó que había colgado.

—Rodrigo oculta algo —dijeron a la vez como una sola mente.

La mujer del investigado se quedó de piedra. No había visto venir aquella coincidencia. Su intuición le decía ahora que no estaba loca, que ella también lo había notado. Lo recibió como un efecto balsámico para las heridas que se había lamido sola.

—¿Has visto algo? —balbuceó.

Sofía perfiló una sonrisa maliciosa. Volvía a tener la sartén por el mango. Controlaba la situación. Podía dilatar la investigación.

—Aún no —dijo con la única intención de sacarle más dinero a la aristócrata de pelo rubio como el oro.

Notó que aspiraba al otro lado recuperándose del susto.

—¿Por qué lo dices entonces?

—Es algo que huelo, indicios que percibo. He visto casos similares anteriormente.

—¿Indicios? —Su voz sonó a punto de rasgarse.

—Está tenso, bajo mucho estrés.

—¿Estrés? Ninguno. —Sofía percibió que ese era un motivo recurrente de pelea entre ellos—. Vive como un marajá, pero sí que lo he notado muy raro desde el robo. Es como si hubiésemos retrocedido. Vuelve a existir una separación entre nosotros. No es del todo sincero conmigo. Lo sé porque ya lo he vivido. Es un instinto que me he visto obligada a desarrollar. —Cogió aire—. Dice que está trabajando y, cuando entro en su despacho, apaga el ordenador. Su escritorio siempre ha sido un desastre, todo lo deja por medio, bocetos, pruebas de impresión... Ahora está reluciente. Ni un triste papelillo. Déjame decirte algo: no está trabajando. Es tan tonto que piensa que puede engañarme. Creo que está volviendo a pasar.

Sofía se permitió unos segundos de suspense antes de responder. Disfrutaba de su nueva posición.

—No negaré que ha estado inquieto, pero si me pides mi opinión después de un robo me parece bastante normal que esté algo nervioso.

—¿Y sus salidas? ¿Adónde ha ido?

—Fue a una tienda de juguetes y al Museo de Cádiz.

—¿Al museo?

Sofía no vio su cara, pero la imaginó circunspecta al otro lado. Supuso que un museo no entraba en «lugares convencionales donde poner los cuernos». Luz dejó ir un prolongado suspiro.

—No lo entiendo. Estoy convencida de que algo está ocurriendo delante de mis narices y no consigo verlo. ¿Dónde está ahora? ¿Ha salido de casa? —El ruido de una sirena disminuyó la claridad del mensaje.

—Está en casa. No ha salido.

El estridente sonido avisaba del inicio de la cata de vinos en la bodega en la que trabajaba Luz.

—Tengo que dejarte. —Le pareció escuchar que se desplazaba a un lugar más silencioso—. Sé que te di cinco días, pero me gustaría volver a ampliar el plazo. Veamos qué pasa en un par de días. —Ante la no respuesta se vio obligada a añadir—: Si estás de acuerdo, claro.

—Me parece bien, Luz.

—Nos vemos el martes en los aparcamientos y te doy el último pago. Misma hora que la última vez.

Y colgó.

Sofía tenía sentimientos encontrados. La ingenua niña de papá y mamá habría hecho partícipe a Luz del último movimiento de Rodrigo, pero la nueva Sofía, esa que era dueña de sí misma, que se adelantaba a los acontecimientos y pensaba en sacar la mayor tajada, prefirió ser cauta. Observar antes de hablar. El edificio que tenía delante rodeado de zonas verdes solo hacía sumar otro signo de interrogación. Confusa, se preguntó qué había ido a hacer Rodrigo en el centro residencial para mayores CK Novo Sancti Petri.

Tercera parte

La verdadera felicidad es la inquietud. Ir de caza, pero no matar al pájaro.

Umberto Eco

El anciano

Hubo un tiempo en la larga vida de Adolfo en el que fueron habituales los baños en el caño de Sancti Petri, pero, sin lugar a dudas, aquella fue una inmersión para el recuerdo. Tenía cuarenta y nueve años, cuatro más que Leonardo. Y los notaba. Se le resentían los músculos y no aguantaba tanto bajo el agua. Tiritaba de frío. Eso solo podía significar una cosa. Llevaba tiempo esperando y el cuerpo se le estaba enfriando. Apoyado en la boya amarilla que colocaban a conciencia para avisar a posibles embarcaciones de su posición, a Adolfo le pareció extraño que Leonardo se demorara tanto. Las gafas de buceo se le clavaban en la frente. Le dejarían marca durante horas. Se recolocó el cinturón de plomos en un gesto incómodo y esperó paciente. Se encontraban en un extremo de una de las arterias del caño Sancti Petri, donde el cauce alcanzaba los once metros en la bajamar viva escorada. Los mejores yacimientos de la costa chiclanera estaban localizados, pero ellos preferían ir por libre, dejarse sorprender por la fauna y la flora marina en distintos puntos de inmersión. Un remolino de espuma precedió la salida de Leonardo, que se quitó el regulador de la boca para coger aire sonoramente.

—¿Por qué tardabas tanto? ¿No has visto mi señal de ascensión? —Adolfo repitió el movimiento con el pulgar para acompañar sus palabras.

—He encontrado algo. Baja conmigo.

Adolfo miró la caída del sol. La luz de la tarde emitía sus últimos destellos. Bajo el agua, apenas alumbraría. Suspiró.

—Más te vale que merezca la pena.

Se sumergieron a la vez y dejaron que el peso de los lastres y la absorción del mar los hundieran. Adolfo echó un último vistazo a la boya desde abajo, por precaución, por tenerla situada, y siguió a Leonardo dando golpes de cadera para no cansar las piernas. Se aproximaron a una zona rocosa, una que ya habían inspeccionado docenas de veces. Vio cómo su amigo removía piedras. Luego, le hizo una señal para que se acercara. Adolfo se puso a su lado y siguió con los ojos lo que el dedo índice de Leonardo le señalaba. Entre los pedruscos del arrecife, percibió un resplandor. Volvió a mirar achinando los ojos. El sol apenas llegaba a esa profundidad y pronto se escondería tras la punta del Boquerón dejándolos completamente a oscuras, pero a Leonardo no parecía importarle. Rodeó con las manos una roca de grandes dimensiones y le indicó a Adolfo que hiciera lo mismo. Entre los dos intentaron levantarla, pero fue inútil. Numerosas burbujas salieron de sus suministros. Leonardo levantó la palma de su mano en señal de espera, buscó una navaja en el cinturón y la introdujo a modo de palanca bajo la roca. Cuando Adolfo hizo lo mismo con la suya, repitieron la maniobra. Esta vez la roca se movió un poco. Se detuvo unos segundos en los que no pudo evitar preguntarse qué estaban haciendo. Leonardo gritó del esfuerzo. Adolfo no pudo oírlo, pero lo vio en su rostro. Estaba perdiendo el juicio. Siempre lo había sospechado. Su obsesión por descubrir los mataría algún día. Y ese día había llegado.

Morirían bajo el agua tratando de mover un peñasco para encontrar ¿qué? ¿Un trozo de vidrio? Leonardo dejaría a su mujer viuda y a su hijo Rodrigo sin guía. No podía permitirlo. Tenían que volver antes de que la noche los sorprendiera allí abajo. Sumó todas las fuerzas en un último intento por complacer a su compañero de inmersiones. Adolfo sintió un escozor en el tobillo derecho. La arena se levantó y durante un momento no pudo ver nada. La roca le había golpeado la aleta al caer del montón. Se limpió las gafas en un acto reflejo y, una vez disipada la cortina, observó cómo su amigo se introducía por el tubo de rocas. Unos segundos después salía de él con algo entre las manos. Se lo enseñó con énfasis. Adolfo tardó un instante en reaccionar, en entender qué diablos tenía delante de las narices. No tuvo oportunidad de demostrar interés, de expresar cualquier afección, pues Leonardo ya buceaba de vuelta a la boya.

—Quiero verla —rogó Adolfo entusiasmado.

Leonardo dejó el descubrimiento sobre la arena y aprovechó para quitarse el neopreno de cintura para arriba. Adolfo se postró ante él, primero en una señal de cansancio, luego de máximo respeto. Notó que la boca se le abría, que las manos le temblaban. Deslizó sus yemas por el hallazgo, extasiado.

—Es preciosa —concedió.

—Lo es. —Se sentó en la arena imitando a su amigo—. Es como una de esas estatuillas que encontraron hace unos años, solo que mucho más grande de lo que habría imaginado.

—Y pesada.

—Y más bonita —añadió.

Se miraron en un momento cómplice que culminaron con un abrazo fraternal.

—¿Qué vamos a hacer con ella? —preguntó Adolfo ilusionado.

El otro se rio.

—¿Vamos?

Adolfo no contestó. Era común en él cuando se sentía sobrepasado. Esperó a que su interlocutor fuese más explícito. Leonardo lo miró con gesto adusto.

—Querrás decir que qué voy a hacer —enfatizó.

Adolfo negó con la cabeza, confundido.

—Te he ayudado a mover la roca.

—Una roca que no hubiéramos movido si yo no hubiese visto algo. Te recuerdo que has estado abrazado a la boya la mayor parte de la inmersión.

Adolfo contraatacó con la valentía de aquellos que no tienen nada que perder.

—¿Por qué no haces algo diferente por una vez? Algo revolucionario.

—¿Cómo qué? —preguntó Leonardo emulando su sonrisa más estudiada.

—Como decir la verdad.

—¿Y qué verdad es esa?

—Que, si yo hubiera encontrado la estatuilla, mantendrías el trato: ambos somos los descubridores, pero, como te has topado tú con ella, ahora no te interesa. Te llevas toda la gloria y me quieres retirar del hallazgo.

Leonardo le puso la mano en el hombro.

—Si quieres, mañana volvemos aquí y encontramos otra para ti.

Adolfo rehusó el gesto de un manotazo.

—¿Te crees que soy tonto? Los barcos visitantes tiraban ofrendas al mar de forma fortuita. O, tal vez, algún fenicio previsor se deshizo de la figura ante un ataque y esta quedó sepultada durante milenios. —Se llevó las manos a la cintura—. No encontraremos nada.

—Hay mucha roca ahí abajo —contradijo Leonardo con aire soñador.

Se puso de pie y perdió la mirada en un cielo que, pronto, luciría estrellado.

Adolfo vaciló un momento. Acarició la estatuilla. Qué bella era. Cuánto valor histórico albergaba. Se incorporó, poniéndose a la misma altura que su amigo.

—¿Crees que hay más?

—No lo creo, estoy convencido —dijo con firmeza.

Adolfo dejó escapar una media sonrisa. Una repleta de esperanza. Leonardo volvió a poner la mano sobre su hombro y este no la retiró.

—¿No te das cuenta de que podemos haber encontrado algo mejor? La hipótesis de los estudiosos es que el mar se ha comido a bocados la arena, es decir, la zona en la que hemos buceado bien podía estar próxima a la orilla. «La isla donde se yergue el santuario es de su misma amplitud; y no hay una sola piedra tosca que se encuentre en ella, pues toda ella ha adquirido la forma de una plataforma regular», lo dijo Filóstrato. «Del lado de allá de las columnas está Gadira, el Herakleion se encuentra al otro lado, al este, por donde la isla se aproxima más al continente, estando separada de este por un estrecho de alrededor de un estadio»...

—Estrabón —se adelantó Adolfo citando al autor.

Leonardo sonrió. En los dos se había desatado la misma fiebre.

—Según los escritos estaría situado en una península, quizá separado del continente por un canal. Por tanto, que hayamos encontrado la estatuilla es compatible con lo que recogen los textos clásicos.

—Es una conjetura —rebatió.

—Una muy razonable. —Alzó el dedo en un gesto intelectual.

—¿Adónde quieres llegar? —Adolfo perdía la paciencia.

Leonardo se tomó un momento para soltar las palabras que había retenido como un secreto.

—¿Y si estuviésemos cerca de la ubicación del templo de Melkart?

Adolfo rio a carcajadas.

—Ya está. Mucho has tardado. Se te ha ido la cabeza.

Leonardo no se ofendió. Al contrario, acompañó la hipótesis con una gran sonrisa.

—¿Por qué no? Estamos en una zona de marismas. El mar nos habla. Aún se inunda la punta del Boquerón. Hace doscientos años casi se dibujaba el pasillo de entrada del puerto interior que habría junto al templo. Cartago tenía puerto interior. No es un disparate. El arqueólogo Pelayo Quintero lo señaló. La cartografía histórica del siglo XIX a raíz de la aparición de la Thoracata ya lo sugirió. Podemos haber hallado otra zona de deposición de las estatuas. ¿Acaso crees que estarían alejadas de allí de donde provienen?

Adolfo no pestañeaba. Escuchaba embelesado. Leonardo había ganado la conversación con su sabiduría.

—El templo está aquí, amigo. No en el castillo de Sancti Petri, no donde los ignorantes creen. Sus cimientos están ante nosotros, bajo estas aguas —sentenció.

26

Rodrigo

Lunes, 9 de febrero

Seis días antes

—Le estoy diciendo que no soy familiar directo, pero claro que lo conozco. Era muy amigo de mi padre, desde que eran unos niños. ¿No tiene un teléfono al que llamar? Dígale, dígale, seguro que me reconoce y acepta la visita.

—Si no es familiar directo, tendríamos que pedir autorización a la familia, pero, en este caso, Adolfo no tiene familiares registrados y tampoco está bien cognitivamente. Debe esperar a que el equipo valore la decisión. —La administrativa tenía las mejillas encendidas de la tensión—. ¿Puede sentarse mientras hago una llamada y consulto a la coordinadora del Departamento Psicosocial?

Rodrigo siguió la dirección del dedo inquisidor y obedeció. Se dejó caer en una butaca de ante. Nunca había entrado en aquella residencia. En ninguna, a decir verdad. Era el jardín lo que quedaba a la vista de todos, pero el interior no tenía mala pinta tampoco. Paredes blancas, espacios luminosos. Había un ligero olor a desinfectante. Al fondo, un diván a juego con las dos filas de butacas enfrentadas. Nadie esperaba en la sala, solo él y las plantas de interior. Miró de reojo a la chica tras el mostrador mientras esta hablaba con alguien por teléfono a un volumen inaudible. Rodrigo aprovechó para repasar los acontecimientos que lo habían llevado a la residencia de mayores. Por un golpe de suerte, era poseedor de una reliquia de tres mil años de antigüedad. Había leído la documentación encontrada en la biblioteca de Adolfo —ahora suya—, había visitado el Museo de Cádiz en busca de algo más fidedigno, consistente. Incluso había observado detrás de una vitrina otras estatuillas como la suya. El bronce seguía la iconografía egipcia de un dios golpeador. Tenía en su poder la representación de Melkart en una figura de treinta y cinco centímetros y casi tres kilos. Y, aunque dueño de aquel tesoro, era consciente de que no era el único conocedor de él. Aparte del propio Adolfo, que había usado toda la maña de un cazador de tesoros para esconderlo, alguien más sabía de su existencia y paradero.

A Rodrigo no se le olvidaba ni un solo segundo que habían allanado su casa. Cuando encontró todas las figuritas de porcelana del salón por el suelo, no le dio mayor significado, salvo el mero afán de destruir. Ahora sabía que era eso lo que buscaban: una figura. Sintió que los nervios se le agarraban en la boca del estómago. A duras penas había metido la estatuilla de canto en el aire acondicionado. Era un escondite temporal. Sabía que allí no estaba segura, que podían volver. Cámaras de seguridad y una luz con sensor no detendrían para siempre al interesado. ¿O sí? Esperó con toda su ansia que nadie activara el aire. No sería bueno. Luz, polvo y humedad eran enemigos de la conservación de ese tesoro. Lo había dicho el experto en restauración.

—Necesito que me firme el acceso al centro. Todas las visitas quedan registradas —apuntó la administrativa.

Rodrigo se levantó de un brinco.

—Claro, por supuesto.

Firmó con un garabato y siguió a la mujer por los pasillos. La etérea presencia de su padre caminaba a su lado, acompañándolo en cada paso que daba, porque para bien o para mal lo había conducido hasta ese lugar.

—Cada residencia tiene una normativa diferente. Nosotros permitimos que las visitas se realicen en cualquier dependencia del centro. Aprovechando que la lluvia es fina e intermitente, la coordinadora psicosocial me ha sugerido que habléis en el jardín. El porche está techado y es muy acogedor. ¿Conoce la residencia, señor Vázquez?

Rodrigo la miró curioso.

—Es la primera vez que vengo.

—Tiene unos jardines preciosos, ya verá.

—¿Cuántas personas viven aquí? —inquirió.

—La residencia tiene cabida para ciento veinte personas dependientes e independientes. Todas las habitaciones cuentan con cama articulada, timbre de llamada y suelo antideslizante. Tenemos una clínica justo al lado que ofrece veinticuatro horas de urgencias. Este es el lugar más seguro del mundo.

—Ya, no me cabe la menor duda —dijo entre dientes.

—Adolfo padece principio de alzhéimer. Está bajo medicación y a veces experimenta momentos confusos. No se sorprenda si no lo encuentra como lo recuerda.

«Eso seguro», pensó Rodrigo. Una reminiscencia le golpeó en la frente. Adolfo con el pelo negro como el carbón, un chándal sucio y remangado y un tono de piel que variaba por partes. Los antebrazos y la cara morenos, el resto blanco rosado. A ratos pescando en su barca, a ratos con Leonardo. Manos ásperas y duras, de esas en las que los callos se quedan a vivir. Carácter fuerte, labrado por el mar. Hombre hostil e imponente.

—Estaba en el taller de memoria, pero lo hemos desplazado hasta la segunda mesa —añadió—. Por las circunstancias especiales de esta visita, varios compañeros supervisarán el momento. Supongo que no le importa. —Le regaló una de sus inmensas sonrisas y señaló un par de sociosanitarios que charlaban entre ellos a unos metros.

Habían llegado al umbral que daba al porche. Pese a la humedad, el ambiente era agradable. Apetecía ver la lluvia caer e inhalar el intenso olor a hierba mojada. Rodrigo se limitó a responder con un gesto asertivo de cabeza y salió al exterior. Varios residentes jugaban al dominó en mesas de piedra. Otros perdían la vista en la valla del fondo. Adolfo era uno de ellos. Una manta roja con pelotillas le cubría las piernas. Estaba en silla de ruedas. Un par de mechones desperdigados abrigaban su descubierta cabellera. Rodrigo lo miró esperando que el lenguaje corporal le anticipara algo, pero no fue así. Permaneció estático, como si estuviese observando algo llamativo para sus ojos cansados. El rostro color ceniza iba a juego con el jersey de lana. Se sentó a su lado y, tras unos momentos de contemplación de la zona verde, se giró hacia él.

—Perdona que haya interrumpido tu taller. —No pudo disimular la perplejidad al ver cómo había menguado aquel hombre de mar—. Y disculpa que aparezca aquí sin avisar y sin ser invitado.

Adolfo no se inmutó. El contoneo de los árboles seguía siendo más importante que lo que aquel desconocido le venía a contar.

—Mi nombre es Rodrigo, Rodrigo Vázquez —hizo una pausa—, hijo de Leonardo Vázquez y Cristina Bernal.

El cuello del anciano giró a cámara lenta. Posó la mirada en la de su interlocutor y entreabrió los labios agrietados, pero no dijo nada.

—Mi madre trabajó durante años como redera en la factoría. Hacía redes de cáñamo a todas horas para Sancti Petri, Barbate y Tarifa durante el invierno. Luego llegó el nailon. Mi padre lo odiaba porque las redes no pesaban ni se sumergían como antes. —Sonrió al recordarlo—. En verano, mi madre dejaba las redes y se convertía en estibadora, metía el atún en latas y mi padre y tú os echabais a la mar. Yo corría escaleras arriba y observaba la almadraba desde la iglesia. Los barcos encerraban en perfectos círculos los atunes que iban a ser pescados. Diez o doce por embarcación, pesados y llevados en carretilla hasta la fábrica. Una vez me contasteis que llegó uno de casi seiscientos kilos, qué fiesta. Todo el poblado en el muelle tocando palmas.

—Y las orcas —dijo Adolfo en un tartamudeo.

Rodrigo lo miró con emoción.

—Y las orcas, sí. Los atunes las veían y no querían ni acercarse. Tuvieron que sacarlas del copo. Menudo espectáculo. —De repente, se quedó muy serio—. ¿Te... te acuerdas de mí?

El anciano asintió. Rodrigo imitó el gesto.

—Siento no haber venido antes a verte. Si hubiese sabido...

Adolfo levantó una mano temblona para hacerlo callar.

—¿Cómo está tu padre? Dile que venga un día a verme —propuso el viejo arrastrando las palabras.

Qué doloroso revés de la enfermedad. Pasar mil veces por la pérdida de un amigo. Rodrigo se mordió el labio y se contuvo las ganas de decirle que ya no estaba; ni el almadrabero ni la redera y mucho menos el poblado.

—Le diré que se pase. —Esbozó una sonrisa llena de nostalgia y prosiguió con el tanteo—. Me fui de Sancti Petri con veintitantos y me mudé a Cádiz. Solo volví en contadas ocasiones de visita para ver el pueblo convertido en un club náutico. Pensé que no volvería a vivir por aquí, pero la inercia de la vida me ha devuelto al lugar donde nací y crecí. —Dudó en si maquillar más la noticia o ir directo al grano. Decidió lo segundo—. Me he comprado una casita en Sancti Petri, cerca del Punto Mágico del Templo de Hércules. No es el poblado, pero está cerca.

Los ojos de Adolfo lo miraban con atención. Seguía el hilo de la conversación y, no solo eso, reconocía el lugar. Rodrigo disparó sin contemplaciones.

—Me he comprado tu casa, Villa Adolfo. Ahora vivo allí con toda mi familia.

La mano derecha de Adolfo, manchada de pecas oscuras de la edad, le agarró la muñeca con poca presión. Sin embargo, estaba ejerciendo toda la fuerza que su anciano cuerpo le permitía. Intentó decir algo, pero espiró aire por el tajo fino de la boca.

—Es preciosa. Te prometo que la cuidaremos y la llenaremos de amor —añadió Rodrigo, que le envolvió la mano con las suyas en un gesto dulce—. Tengo entendido que tendías a acumular... pertenencias. —Bajó la voz en un amago de discreción fingida—. El chico de la inmobiliaria habló de síndrome de Diógenes, pero no tienes de qué preocuparte. Todo lo que necesitas lo tienes aquí.

El viejo apretó uno de sus dedos que estuvo a punto de torcer.

—No tengo el síndrome de Diógenes.

Rodrigo retiró las manos por instinto.

—Ah, ¿no? —Alzó una ceja condescendiente.

—No —negó tajante—. No quería salir de casa.

—¿Agorafobia? —insistió tratando de etiquetar.

—¡No!

Rodrigo miró alrededor. Los sociosanitarios habían dejado de hablar y lo miraban con gesto serio. Uno de ellos entró en el edificio.

—Está bien. Sin síndromes —concedió volviendo a un tono neutro—. Verás, Adolfo, voy a ser del todo sincero contigo. Mi visita encierra un motivo. Tengo muchísimas preguntas y creo que tú eres el único que puede darme respuestas. —Alargó el silencio creando una expectación no premeditada—. Lo he encontrado.

Adolfo lo perforó con la mirada. Rodrigo se removió en el asiento.

—Hice una pequeña obra, nada importante. Solo quería ampliar la biblioteca. Tiré el muro y descubrí tu secreto.

El hijo de Leonardo hubiera jurado que las rodillas del viejo temblaban bajo la manta roja.

—Sé lo que es. Sé qué representa. Y sé por qué lo escondiste.

Adolfo emuló una sonrisa triste y espetó:

—Tú no sabes nada.

Quiso incorporarse de la silla y el énfasis solo hizo que el tronco se contoneara unos centímetros.

—He leído toda la documentación que guardabas. Es una estatuilla fenicia —lo retó el otro—. Es Melkart.

Adolfo lo mandó callar con un gesto.

—¿De qué tienes miedo? —Rodrigo había percibido la alarma, el intento de reacción.

El hombre de mar rio con amargura.

—La pregunta es por qué no tienes miedo tú.

27

Alfredo

Viernes, 27 de febrero

Los desayunos con Rosita se habían convertido en pruebas de interpretación para alguna telenovela absurda y predecible. Su madre lo miraba por encima de la taza de café intentando descifrar algún enigma. Lo había estado siguiendo con lupa desde aquella confesión que solo le trajo náuseas y desconfianza. En casa no se había separado de él, siguiéndolo del dormitorio a la cocina y de la cocina al salón. Era una situación agobiante para Alfredo. Que fuera viernes y le tocara trabajar se le antojaba agradable. Supondría escapar del escrutinio materno, salir de casa, despejarse. Y volver a la casilla de inicio en esta carrera que la vida le había planteado. Eso también.

Un nuevo rostro se le aparecía en sueños. Aquella señora de tronco torcido y manos arrugadas. Pensar en dónde residía la chispa de la vida según la dueña de la pensión le ponía los pelos de punta. Era pura habladuría, cuentos de señoras mayores de pueblo. No creía en sandeces. Era un joven de ciencia, 2.0, como decían ahora. Sin embargo, el discurso de Antonia regresaba a su memoria cada vez que se iba a la cama. Entonces, las palabras sonaban nuevas y volvía a sorprenderse. «Cuando la muerte te señala, nadie puede salvarte». La voz de la vieja retumbaba en el subconsciente, áspera y lapidaria.

¿Cómo había llegado a eso? En su vida nunca pasaba nada. Todo era lineal, planeado, sin altibajos. Aspiraba a convertirse en *gamer* profesional y tener novia algún día. No había tenido mayores aspiraciones. Simplemente recibía lo que la vida le iba dando. Se sentía anclado y frustrado, pero tampoco es que hiciera algo por remediarlo. Solo había esperado un ápice de emoción, pero ahora no le cabía en las manos. El clima pausado y sereno se tornaba tenebroso e impredecible. Había mentido a su único amigo, a su propia madre, también había besado a una chica a la que apenas le quedaban unos minutos de vida y se colaba en la pensión de una señora con aires de pitonisa a rebuscar entre las cosas de una muerta. Su vida había dado un vuelco, sí.

Lo borroso se volvió nítido en un parpadeo y se asombró de estar mirando la cuchara que su madre removía de forma inconsciente, en ese gesto tan suyo y que delataba nerviosismo. Le daba pena que ya no hablasen de manera natural, como siempre habían hecho. Sí, es cierto que él nunca había sido muy expresivo ni comunicativo, pero con su madre siempre había permanecido atado al mundo y a la realidad. Se la veía preocupada y ni de lejos entendía lo que para él significaba la muerte de esa desconocida. Se había abierto una brecha entre los dos. Alfredo estaba empezando a caminar solo, a tomar las riendas, a solucionar sus problemas. Rosita golpeó sin querer la taza y parte del café se derramó por la cerámica. Fingió reparo y secó con una servilleta el estropicio.

—Esta mañana me he estado acordando de cuando fuimos a la playa de la Barrosa y te perdiste con nueve años, ¿te acuerdas? —Sonrió y enseñó migajas de pan entre los dientes—. Me llamaron por megafonía para que fuera a recogerte al puesto central de la Cruz Roja.

—Tenía nueve años, ¿cómo voy a acordarme, mamá?

Rosita imitó el efecto metálico de los altavoces:

—«Se ha perdido un niño que dice llamarse —alargó la pausa para que la actuación fuera magistral— Alfredo. Viste bañador azul. Se ruega a los progenitores que vengan a recogerlo al puesto de socorro». —Cerró con sonidos guturales de interferencia y rio sola.

—Ja, ja. Muy graciosa.

Tardó en borrar la sonrisa unos segundos a pesar del desdén de su hijo.

—¿Sabes qué siente una madre cuando no ve a su hijo en la playa?

—¿Que tiene que comprar una sombrilla más extravagante?

Rosita ignoró el comentario.

—Siente que el mundo se derrumba como un castillo de arena. —Soltó la cuchara que había sujetado hasta entonces—. No quiero volver a perderte.

—Qué tonterías dices. No me vas a perder. Estoy aquí mismo —dijo con sorna.

Se levantó de golpe, recogió la mesa y cargó en el hombro la bolsa con la ropa del trabajo. Tenía el pomo en la mano cuando Rosita le hizo varias preguntas seguidas.

—¿Ya te vas? ¿Tan temprano? No entras hasta las doce.

—He quedado con Fabio —mintió.

Rosita cogió aire y, con la suspicacia de una madre, le aconsejó:

—Ten cuidado.

Alfredo se marchó de la morada que siempre le había servido de refugio y no le hizo falta mirar a su madre para saber que esta no le había creído.

Una densa niebla se extendía por la calle Arrecife. Había llovido por la noche y el sol no planeaba salir aquel día, lo que hacía que las calles se vistieran del alquitrán más oscuro. El murmullo omnipresente de su madre se apagó en el momento en el que aparcó en la dirección exacta. El papel deteriorado que había hallado en la bolsa, supuestamente de Sofía, tenía un mensaje. Ya vería si revelador o no. De momento, estaba frente a una casa de tejado a dos aguas y dos plantas. Jardín delantero y trasero. Por la zona, turística y cerca del mar, puede que hubiese también una piscina. Familia burguesa. Adinerada pero no demasiado. Lo justo para permitirse vivir a cuatrocientos metros de la playa y tener una casa normal, nada que ver con las casonas estrafalarias de ricachones junto a los campos de golf. Estaba sopesando acercarse a la propiedad cuando el tímido golpeteo de la lluvia en la luna lo sacó de la cavilación. El agua sumada a los restos de suciedad que albergaba el coche hizo que su visión se dificultara un poco cuando activó el limpiaparabrisas y todo se esparció. Cogió el móvil e hizo la llamada que le había estado atormentando hasta ese mismo instante.

—Espero que tengas una buena razón para llamarme. Aún no me he recuperado de nuestro último encuentro —dijo un Fabio dolido.

—Tengo la identidad —se limitó a contestar.

El cabo de la Guardia Civil tardó en reaccionar.

—¿Cómo que tienes la identidad?

—Sé quién es la chica del acantilado.

El momento de asimilación dio paso a la histeria.

—¿No te avisé de que te alejaras de esto y que olvidaras el tema?

—Calla y escucha —le ordenó—. Necesito que compruebes en la base de datos el siguiente nombre.

Silencio al otro lado de la línea.

—¿Tienes papel y boli? —insistió Alfredo.

—Sí, espera.

Escuchó trastabillar a su amigo.

—Apunta: Sofía Baturone. —Y tuvo la sensación de que veía su rostro y aquellos labios que besó por primera y única vez.

Fabio estaba garabateando en un papel entre gruñidos.

—No sé en qué andas metido, pero, por favor, deja de hacerte el detective —rogó.

—Tú búscala y avisa a su familia.

Sabía que su amigo acababa de ser padre y pensaba que esta petición reblandecería su corazón. Estaba seguro de que iba a hacerle caso. Cuando habló de nuevo, notó un tono más suave, de disculpa.

—Siento cómo me puse el otro día. Si no has desayunado, podemos quedar durante mi descanso, antes de tu curro.

—No puedo —respondió sin más.

—¿Dónde estás?

Alfredo no soltó ni una palabra, casi se había hecho un experto en esquivar preguntas.

—Llámame cuando sepas algo —le pidió, huidizo.

—Estamos en contacto, camarada.

Alfredo dejó escapar una sonrisa. Había vuelto. Su amigo. Fabio lo había perdonado. Eso le dio energía para salir del coche y acercarse a aquella misteriosa casa apodada Villa Adolfo. Estaba convencido de haber hecho lo correcto. Si alguien podía dar con Sofía Baturone ese era Fabio. Podía usar esa base de datos mágica de la Guardia Civil, donde todo el mundo estaba registrado, hacer una llamada y contactar con los padres. Si la chica que se hospedó en la pensión estaba desaparecida, podrían realizar las pruebas pertinentes. Comprobar el ADN y esas cosas que hacían los polis. Si la muestra de Sofía coincidía con la chica del acantilado, parte del misterio estaría resuelto. Saldría de la cámara frigorífica para entrar en un ataúd. Intentó sustituir ese pensamiento por otro menos desagradable. Recordó la conversación con su madre. Se vio deambulando por la playa serpenteando sombrillas intentando localizar la que lo llevaba a casa. Ya no tenía nueve años ni un megáfono podía pedir auxilio por él, pero se sentía igual de perdido que entonces. No se dio cuenta de que, mientras fantaseaba y asomaba la cabeza por la tapia, la cámara del porche lo estaba filmando en un primer plano.

28

Rodrigo

Lunes, 9 de febrero

Seis días antes

Rodrigo abrió la cremallera de la mochila que había cargado. Sacó de ella las fichas del catálogo DOMUS que la encargada de conservación del Museo de Cádiz le había entregado y las esparció como un abanico en la falda del hombre. Señaló una de las estatuillas halladas durante el drenaje de arena en los alrededores del islote de Sancti Petri. La elegida representaba a un varón de barba troncocónica hasta el pecho y tocado *lebbade* sobre la cabeza. No tenía brazos. El cuerpo estaba cubierto por un faldellín decorado con pliegues verticales sujeto a la cintura. Solo tenía una pierna que hacía sospechar de su marcha frontal. Era asombroso pensar que aquella figurita la habían fabricado los fenicios.

—¿Debería asustarme tener una de estas? —soltó Rodrigo con tono insolente.

Adolfo empezó a leer los folios, tal vez ya había visto esas fichas en las webs de la Junta de Andalucía o del Ministerio, pero haría tanto tiempo de eso que se estaba concediendo unos segundos para volver a fascinarse por la información de esas hojas. Luego, cuadró los papeles sobre las piernas y quiso devolvérselos a Rodrigo. El movimiento se quedó corto y las hojas se cayeron, quedando esparcidas por el suelo.

—Por supuesto que no, puesto que no es la figura lo que atrae el mal, sino el hombre. —Rodrigo echó el cuerpo hacia atrás después de esas palabras—. Mira dónde te ha traído. ¿Quién sabe a qué otros lugares te llevará?

—¿Melkart?

—No —y con voz gangosa añadió—: La avidez.

Rodrigo perfiló una sonrisa irónica.

—¿Dónde la encontraste?

Hizo un esfuerzo por rescatar la información de su dañado cerebro, pero, justo cuando iba a hablar, apretó las facciones, como si hubiese recordado algo desagradable y dijo:

—Mariscando, por supuesto. Como sabrás, la antigua calzada romana es ahora un puñado de escollos. Las bocas de San Fernando pasean por allí a sus anchas. En una de esas, metí la mano entre los recovecos de una roca y en lugar de traerme un cangrejo me traje mejor pesca.

Rodrigo dejó que el viejo siguiera con la cantinela. Este se había erguido en la silla y acariciaba de manera inconsciente uno de los flecos de la manta que le cubría las rodillas. Observaba con paciencia la poca luz que el cielo regalaba esa mañana. Y, de pronto, como si la clarividencia se hubiese hecho un camino por su mente enferma, continuó articulando un discurso sorprendente.

—Hay lugares que favorecen la espiritualidad. Los fenicios lo sabían. No construían los santuarios por azar. Elegían epicentros eléctricos de mucha energía para erigir los templos de culto. ¿No te sorprende que diferentes culturas hayan escogido el islote para construir unos sobre otros lo que hoy es el castillo de Sancti Petri? Son espacios donde las energías se equilibran. Piensa en el punto más álgido de esa fuerza. Nuestros antepasados lo llamaban el fuego eterno y en él prendían el mal y el bien contenidos por las llamas. Los entendidos en tecnología y también en radiestesia perciben variaciones magnéticas y niveles de radiación que confirman esta teoría. Son los lugares ideales para llevar una vida plena, pero albergar tanta belleza conlleva una contraprestación.

Rodrigo lo miraba ensimismado. Aquellas palabras podrían haber sido de su padre. Alzhéimer o no, aquel anciano de ojos azules absorbía la atención de su entorno y hacía imposible dejar de escucharlo.

—¿Una contraprestación? —balbuceó.

—Los expolios —sentenció el viejo—. La avaricia saca lo peor del ser humano.

—Te recuerdo que eras tú el que tenía la estatuilla escondida en una pared.

—Las fuerzas telúricas que convergen en Herakleion impregnan aquello cuanto tocan.

—Me estás diciendo que el bronce tiene… ¿qué?, ¿energía? No creo en espiritualidades. Creo en lo que toco y en lo que veo —le contestó, impertinente.

—Dime, ¿has podido pensar en algo más desde que lo has encontrado? ¿Has hecho algo que no implicara saber más sobre aquello que posees y de lo que crees ser merecedor?

El silencio de Rodrigo lo delató. El viejo sonrió.

—Está en ti hacer lo correcto.

—¿Como tú lo hiciste?

—Yo quería inundar mi hogar de fuerza, de magnetismo y mira lo que conseguí. Acabé rodeado de escombros y con pánico a pisar la calle… —Iba a decir algo más, pero una tos lo impidió.

Rodrigo tomó conciencia de las últimas palabras.

—Era eso. Tenías miedo a salir, miedo de que te lo arrebataran. Por eso vivías en una pocilga. Para protegerlo.

—Fue un error. Él no necesita protección. —Llenó sus pulmones de oxígeno—. Pero tú sí la necesitarás si lo mantienes a tu lado.

—¿Qué quieres decir?

Estaba muy interesado en la respuesta.

—Ha ocurrido algo, ¿verdad? —quiso saber Adolfo.

—Bueno... Entraron a robar en la casa cuando mi familia y yo no estábamos.

Se le cambió la expresión.

—Tienes que salir de allí.

—¿Quiénes son? ¿Cómo se han enterado de la existencia de la figura? —preguntó con tono de preocupación.

—El fantasma —susurró Adolfo en un tono casi imperceptible.

—¿Cómo dices?

—A veces olvido con quién hablo o qué digo. —Sacudió la cabeza, mostrando que estaba enfadado consigo mismo.

El corazón de Rodrigo empezó a latir con fuerza.

—¿No les importa que viva gente dentro? ¿Qué son? ¿Bestias? —Rodrigo subió la voz, enfurecido.

—Son humanos como tú y como yo. Todos hemos cometido el mismo pecado y todos pagaremos por ello tarde o temprano. —Rodrigo negó con rabia—. La casa no ha pasado un periodo de luto. Salí yo, entró la inmobiliaria y después tú. No pararán.

Reconoció las palabras de Luz en las de aquel hombre. Ella había dicho: «Si realmente buscan algo, no se detendrán». De nuevo, se topaba con ese enemigo intangible sin rostro ni nombre. En algún punto del viaje había soltado el volante y se precipitaba al vacío. Sin frenos. Sin cinturón de seguridad.

La chica de recepción interrumpió la visita, invitándolo a abandonar la residencia.

—Señor Vázquez, tengo que pedirle que se vaya. —Uno de los sociosanitarios había dado parte de los comentarios subidos de tono—. Adolfo tiene que volver al taller matutino de memoria. Si es tan amable de firmar la salida...

—Sí, por supuesto. —Firmó—. Me iré inmediatamente, pero tengo una pregunta.

Ella lo miró con expresión aburrida.

—Usted dirá.

—¿Ha recibido Adolfo más visitas?

—Claro que sí.

—¿Lo tiene registrado?

—Como ya le he comentado, recogemos toda entrada y salida al centro.

—¿Me dejaría acceder a ese registro?

El rostro de la recepcionista se volvió reservado, discreto.

—No podemos hacer eso. Son medidas cautelares. Los mayores aquí están muy protegidos, no tiene de qué preocuparse. —Hizo un gesto con la mano y señaló la puerta—. Por favor...

Rodrigo recogió las fichas del catálogo que se habían caído al suelo y, antes de salir, miró a Adolfo.

—¿Sabes dónde está la energía esa de la que hablas? Aquí. —Se llevó la mano al corazón como muchos años atrás hizo con su padre—. Corre por mis venas.

La cara del viejo se tornó oscura.

—Dices que no crees en nada que no puedas ver o tocar, pero sí en que un dios te ha señalado. ¡Suenas como un loco!

—Sueno como mi padre —admitió.

Adolfo negó con la cabeza como el que riñe a quien no aprende.

—Señor Vázquez, tengo que insistir en que salga de aquí —intervino la joven.

—Ya me voy. —Y se dirigió decidido hacia la salida.

—¡Rodrigo! —gritó el viejo—. ¡Rodrigo!

Los dos sociosanitarios se acercaron nerviosos a Adolfo. Se había exaltado demasiado. Rodrigo se giró antes de cruzar la puerta. Vio la cara desencajada del anciano, que se removía en su silla, desesperado.

—¡Saca a tu familia de esa casa! ¡No hagas que paguen por tu codicia!

29

Sofía

Lunes, 9 de febrero

Seis días antes

Sofía había tratado de entender algo del lenguaje corporal de aquellos dos hombres. A la conversación de Rodrigo y aquel misterioso residente se habían unido varios trabajadores. Había dado un traspié al oír el último alarido del anciano. ¿Qué había sido eso? ¿Una advertencia? ¿Un consejo? Un hombre de ochenta y pico años en silla de ruedas no podía amenazar. Sin embargo, así había sonado. Observó a hurtadillas que Rodrigo realizaba un cambio de sentido haciendo chirriar las ruedas del Toyota y se perdía en la profundidad de la carretera del Novo Sancti Petri. Ella se quedó un tiempo más, el suficiente para ver que la administrativa recogía del suelo un papel y volvía refunfuñando al interior del edificio. Dos sociosanitarios empujaban la silla del hombre mayor de vuelta a la rutina.

Durante unos segundos no supo qué hacer. Sopesó distintas opciones: podía ir tras Rodrigo o indagar más. ¿Qué posibilidades tenía de descubrir algo si ponía en marcha esta última opción?

—¡Eh! —levantó la voz al tiempo que agitaba sus extremidades superiores como si llamara a un helicóptero de rescate.

Los residentes que continuaban una entretenida partida de dominó giraron las cabezas en su dirección para luego seguir como si nada.

Sofía repitió el ritual con más énfasis, dejándose las cuerdas vocales.

—¡Eeeeeeh!

Una señora de cabello tintado de rojo y vestido holgado la saludó con la mano. Genial, no conseguiría lo que quería llamando la atención de los mayores. Tendría que hacerlo ella misma. Rodeó la valla y entró en la residencia. La administrativa la miró por encima de la pantalla del ordenador.

—Buenos días, ¿puedo ayudarla?

Sofía fingió prudencia.

—Vengo con... —señaló hacia atrás— Rodrigo.

—¿El señor Vázquez?

—El mismo.

—Ajá, dígame.

—Creo que se ha dejado un documento en el jardín.

La chica evaluó su expresión con calma y, luego, concediéndole el aprobado, le extendió el folio que había recogido a regañadientes. Cuando estuvo a punto de cogerlo, hizo un amago de retirarlo.

—Dígale que no se moleste, pero ya sabe cómo está el patio. Los mayores son muy vulnerables. No podemos hacer público el registro.

Sofía la miró sorprendida.

—El registro —repitió.

—Sí, claro. El registro de visitas.

—Ah, ya. —Sonrió de oreja a oreja—. No se preocupe, se lo diré. —Hizo una pausa—. ¿Me lo da?

La administrativa permaneció unos segundos en silencio mientras lo pensaba. Luego, le entregó el documento y dijo resuelta:

—Que tenga un buen día.

Sofía salió a toda prisa de la residencia y no esperó a llegar al coche para echar un vistazo. El anciano, con su torpeza, había desperdigado los folios en un radio de cuatro metros quedando uno oculto bajo la mesa, que Rodrigo no había visto al recoger los demás. El revuelo había provocado que el diseñador gráfico quisiera salir rápido de allí, pero Sofía había reparado en él. La administrativa lo había recogido antes de abandonar el jardín. Y en ese momento estaba en poder de Sofía.

Retiró el último pliegue y ver el contenido completo la dejó confusa. Se trataba del inventario de una pieza arqueológica llamada CE17004. El texto venía acompañado de una foto. En ella se mostraba una figura del color de la cáscara de una castaña. Llevaba sombrero. Parecía un hombre de otra época. De una muy lejana. Vestía faldita y le faltaba un pie. Se detuvo ante varios grupos de palabras que le llamaron la atención: «Departamento de Arqueología», «Museo de Cádiz, planta baja, Sala II», «Gadir, ofrenda al templo de Melkart», «contexto Hierro Antiguo». Vale. Suficiente. Tenía en las manos el documento de identidad de una estatua de bronce expuesta, según la propia ficha de catalogación, en el Museo de Cádiz. Rodrigo se había tomado la molestia de llevarlo, junto a otros papeles de los que desconocía el contenido, para enseñárselo a un hombre mayor, de ochenta y tantos años, con el que la conversación serena y educada había dado lugar a una riña tumultuaria. Al parecer, por algo referente al registro de visitas. Mucha tensión para algo irrelevante.

Por lo que estaba averiguando, Rodrigo no pasaba por su mejor momento. Estaba intranquilo. Hasta Luz lo había percibido. Puede que la inquietud estuviera relacionada con aquel extraño descubrimiento o puede que ella ya acumulase demasiadas horas sin dormir como denotaban las ojeras ennegrecidas. Debía descansar. Antonia, la dueña de la pensión con la que había fraguado una relación amistosa en poco tiempo, se lo recalcaba cada vez que la veía bajar las escaleras con cara de zombi. Comer y dormir de forma adecuada pasaban a un segundo plano cuando vigilaba a alguien. Cualquier momento podía ser clave, incluso la hora que emplease para la siesta era decisiva si entonces a Rodrigo se le antojaba hacer un movimiento torpe. El instante más insospechado podía desencadenar que se le cayera la careta.

—Mierda —se le escapó.

Rodrigo llevaba en paradero desconocido más de veinte minutos. Dobló el papel y lo metió en el bolso. La lluvia apretó, así que corrió hacia el coche, cubriéndose la cabeza. Miró por prudencia a ambos lados de la calzada. El agua se le estaba metiendo ya en los ojos. Se cubrió el cuerpo con los brazos y frenó la carrera al ver a alguien junto al trastomóvil. Durante una milésima se temió lo peor. Rodrigo la había descubierto. Se le caería la cara de vergüenza y se cerraría el grifo del dinero. Espera. No. Conocía esa planta chulesca e intimidante. Metro ochenta. Hombros anchos. Flequillo al lado. Barba de unos días. Sintió el pellizco, la leve arcada.

No era posible. ¿Cómo la había encontrado?

—Sofía, Sofía, Sofía —dijo con voz cantarina.

Intentó sonar inofensivo, pero no la engañaba. Ya no. Él nunca tenía buenas intenciones.

—¿Qué haces aquí, Tony?

30

Alfredo

Viernes, 27 de febrero

Al ver el portón abrirse, se soltó de la tapia y cayó de bruces contra el suelo. Notó un dolor insoportable, gimió, pero, aun así, se puso de pie y apoyó una mano en la pared para intentar volver al coche. Se había torcido el tobillo. Los dueños de la casa no tardaron en alcanzarlo. La mujer era alta y esbelta. Derrochaba feminidad por cada poro de su piel. Llevaba puesta una camisa ancha y estilosa. La melena rubia le caía ondulada a un lado de la cabeza. Destilaba cierta aura opulenta. Irguió la espalda y permaneció un paso por detrás de su corpulento marido. Él debía de ser Rodrigo. Pensaba que iba a ser más joven. Rondaba los cincuenta. Se mantenía vigoroso a pesar de la edad. Con esos brazos podía cogerlo del cuello y lanzarlo a tres metros. Sujetaba por el collar a un labrador enorme. Tenían caras comunes. Puede que ya se hubiesen cruzado; en algún lugar, en algún momento. No era tan raro en ciudades pequeñas, y menos trabajando de cara al público.

Alfredo retrocedió dos pasitos y sonrió con aspereza.

—Buenos días —saludó, aprensivo.

Rodrigo lo interrogó con la mirada.

—¿Qué hacías asomado ahí? ¿Ibas a entrar a robar? —Su tono no daba lugar a una conversación amable.

—No, yo...

—Hay cámaras por toda la propiedad —le advirtió con una mirada intimidante.

Alfredo no pudo evitar pensar en la rapidez con la que habían salido. Los imaginó pegados a las pantallas de las grabaciones, vigilando todo el perímetro como dos niños asustados que se han quedado solos en casa.

—Perdonadme si os he alertado —repuso—, mi novia y yo estamos mirando casas por la zona. Nos encantaría mudarnos. Esta urbanización es maravillosa, ¿no? Lo tiene todo. Está cerca del *boom* de la playa, pero no demasiado. Me gustan los sitios tranquilos.

Los propietarios de Villa Adolfo se tomaron un momento para evaluar la veracidad de las palabras de aquel desconocido. Rodrigo no bajó la guardia.

—La casa no está en venta.

—Oh, ya, lo siento. Me llamó la atención desde fuera y solo quería ver el jardín. —Sabía que la excusa que estaba poniendo era estúpida, aun así, se giró y se puso a andar, rumbo a su coche.

—¿Vienes de parte de Fabrizio? —Oyó la pregunta pronunciada con cautela.

Con evidente sorpresa, Alfredo se volvió a mirarlos. Poco más se podía hacer. Estaba enredado de pies a cabeza. Se subió el puente de las gafas.

—Sí —dijo su parte inconsciente.

El efecto explosivo que había esperado no llegó. Luz pareció relajarse. Dejó caer ambos brazos a los lados del cuerpo. Rodrigo hizo un gesto con la mano invitándolo a acercarse. Alfredo obedeció. El sonido de sus pasos al regresar a la acera de Villa Adolfo era todo cuanto oía. El repiqueteo se volvió estridente, excesivo. No eran los pies, sino el corazón desbocado lo que oía. Solo cuando llegó hasta Rodrigo se dio cuenta de que le tocaba hablar y no tenía ni idea de quién era Fabrizio.

—¿Por qué habéis tardado tanto? —susurró Rodrigo sin tan siquiera mirarlo, pues estaba demasiado ocupado dirigiendo la vista a todas partes, creyéndose vigilado.

Alfredo tenía tres segundos para dar una respuesta creíble.

—Por seguridad —musitó firme.

Rodrigo asintió. Estaba de acuerdo.

—¿Cuándo lo haremos? —quiso saber.

El joven camarero mitigó el temblor de manos entrelazando los dedos.

—Pronto, sé paciente.

Alfredo estaba al borde de un desmayo. Rezó para que aquella conversación acabara, para que Rodrigo se diera por satisfecho y para que aquel nombre no saliera de su boca. Las nubes cubrieron el cielo oscureciendo aún más la escena.

—¿Y la chica? —preguntó con voz atonal.

El cuerpo del tal Rodrigo se encogió. De pronto, no parecía tan amenazante. La esposa ahogó un grito con una fuerte aspiración. Había dado en el clavo. Esas reacciones eran todo cuanto necesitaba.

—¿Qué chica? —El hombre negó con la cabeza dejando salir su mejor sonrisa.

—Sofía.

La mujer apoyó una mano en la tapia a tiempo para no desplomarse. Se mantuvo erguida a duras penas e intentó sonreír, pero todo cuanto consiguió fue mostrar movimientos espásticos con los labios. Alfredo podría haber añadido algo más, pero no lo hizo. Conciso y preciso, esperó que el mensaje surtiera efecto y ellos mismos se señalasen como sospechosos.

—¿Cómo sabéis…?

—Lo sabemos —lo interrumpió Alfredo apostándolo todo.

Rodrigo mantuvo el temple en un ejercicio de gran actor.

—Todo controlado —acertó a decir.

Alfredo lo miró directamente a los ojos, buscando más información. Su expresión era indescifrable. Tenía miedo, era obvio. Solo había que mirar a la mujer para saber que algo ocurría, que Villa Adolfo era el núcleo de la muerte de Sofía y que aquella pareja sabía más de lo que decía. Creyó que no iba a poder sostener más el paripé. Iba a desfallecer. Aquel hombre de brazos musculosos lo estrangularía en medio segundo y el perro le arrancaría la piel a mordiscos. Tenía que irse. Su papel como amigo de Fabrizio no podía alargarse mucho más.

—Tendrán noticias mías —advirtió.

Fingió entereza y caminó a trompicones hacia el coche. Arrancó sin mirar atrás y paró unos metros más allá, cuando ya perdió de vista a esa pareja. Apenas si podía respirar. Tenía lágrimas en los ojos. Cruzó los brazos y se abrazó en un gesto de puro terror. Encogido en el coche se sintió seguro. La pequeña ilusión se había precipitado al vacío. Rodrigo la había pisoteado con un juego de palabras. Sofía no se había caído por el acantilado. «Todo controlado». ¿Cómo se controla a una persona? ¿Quitándola del mapa? Ellos sabían algo. Ellos estaban implicados de alguna forma. Lo había notado en los cuerpos tensos de ambos. Quizá el matrimonio también notó su nerviosismo. Lo había sabido desde el momento en el que encontró el nombre del diseñador en la nota, pero verlo, escuchar las palabras incriminatorias era como caer junto a ella y chocar contra las rocas. Miró hacia atrás. Nunca había estado tan cerca de unos asesinos. Al menos no de forma consciente. No tenía nada para incriminarlos. Pensó en su única conexión con la Guardia Civil. Fabio acababa de perdonarlo. ¿Cómo le iba a contar todo esto? ¿No creería que era el fruto del desvarío de un loco? Puso las manos en el volante y dejó atrás la niebla negra que se había asentado en la calle Arrecife.

31

Rodrigo

Viernes, 27 de febrero

Rodrigo se mantuvo en la puerta de Villa Adolfo junto a su mujer. Miraba a ambos lados con ojos raudos, como si la función no hubiese terminado y otro acto se fuese a suceder en cuestión de segundos. Tenía la duda dibujada en la cara.

—Me sonaba de algo... —comentó de pronto en voz muy baja.

—¿Qué? —preguntó Luz.

No respondió. Apoyado en el marco de la puerta, miraba el punto exacto en el que aquel visitante había tropezado, pero no sintió lástima por él, sino por sí mismo y su mujer. Se vio junto a Luz viviendo en una casa que se le antojaba por momentos misteriosa. Si las creencias del viejo Adolfo eran ciertas y el islote de Sancti Petri compilaba energías, también debía haberlas entre aquellas paredes, pues reunir en un mismo lugar tanto espanto no podía ser casualidad, sino cosa de las fuerzas magnéticas del mal. O quizá es que los fenicios tenían razón y es mejor no enfurecer a los dioses robando sus ofrendas.

—No tenía acento italiano —dijo Luz con una voz nacida de su parte más infantil.

Rodrigo la mandó callar con un gesto violento. Se miraron en silencio, desconcertados.

—¿Cómo podían saberlo? —preguntó este en un susurro.

—Y yo qué sé Rodrigo. Tienen ojos en todas partes.

—Si tienen ojos en todas partes, ¿por qué solo ha preguntado por ella?

—¿Cómo dices? —Luz encorvó su cuerpo a causa de un escalofrío.

—Y, si no venía de parte de Fabrizio, ¿por qué nos ha seguido el juego?

Mientras intercambiaban miradas confusas, la borrasca se instaló sobre la casa. Tal vez, los elementos climáticos castigaban a aquellos que rebasaban la línea de los horrores. Rodrigo agarró el quicio de la puerta y al tocar el frío metal entendió cuánto mal albergaba en aquella vivienda. El viejo se lo había advertido y él no había escuchado. En lugar de eso, había puesto a su familia en una situación irrevocable. Villa Adolfo atrapaba en su tela de araña a todo aquel que se dejaba enredar.

—Esto no ha acabado —dijo entrando en la casa maldita—. Estamos en peligro.

Luz se llevó la mano al corazón.

32

Sofía

Martes, 10 de febrero

Cinco días antes

Si lo miraba cinco minutos seguidos, no era tan guapo. Tony había perdido el magnetismo que la había mantenido cautiva durante algún tiempo. No soportaba su olor. Ese intenso perfume con el que se rociaba el cuello le estaba dando arcadas. No pudo entender que alguna vez le pareciera sexy. Abrió la ventanilla y ventiló el interior del coche. Era alucinante, sencillamente alucinante. Lo tenía sentado en el asiento del copiloto como si no hubieran pasado las semanas.

El camino era oscuro y sinuoso. Uno de los faros del coche se había fundido y no vislumbraba con claridad las curvas de la carretera. El viento soplaba por rachas, desplazando el vehículo y obligando a Sofía a coger el volante con las dos manos. Pese a que no llovería durante las próximas horas, el frío se colaba ya por debajo de su ropa. Apretó la mandíbula para controlar el castañeo de los dientes. Cualquier cosa menos verse envuelta en esa fragancia.

A su mente acudieron los esbozos de su encontronazo el día anterior. Ninguno de los dos fue capaz de mantener las formas, como tantas veces había ocurrido durante su corta relación.

—¿Qué haces aquí, Tony?

Él había golpeado la chapa del coche con los dedos emitiendo una melodía, se había relamido el labio inferior y había abierto las fosas nasales como un caballo. Esa era una de las consecuencias de aquella nueva red social en la que todos se creían guapos y seductores. Sofía soportó las ganas de darle un puñetazo. Le parecía ridículo cómo se comportaba Tony, ni tenía quince años ni era agradable que cada cuatro segundos se lamiese los labios de esa manera.

—Soy de los que no aceptan un no por respuesta.

—Por favor, ¿dónde has leído eso?

Sofía intentó abrir la puerta y él la cerró de un manotazo. No iba a poder escaquearse de la conversación. Tony juntó las dos manos en un ruego.

—Estamos hechos el uno para el otro. «Tú y yo contra el mundo» —repitió por enésima vez.

—En serio, cambia el repertorio, Tony.

—¿Cómo puedes ser tan fría? —le espetó dolido.

—Dijiste que volvería a ti en una semana —prolongó la pausa— y eres tú el que está aquí. Te he dejado, Tony. No estamos juntos. Asúmelo.

Ella intentó esquivar el abrazo y tocó la manivela de la puerta. Él volvió a interponerse y aprovechó para meterle la mano en el bolso.

—¿Qué haces?

Sofía manoteó intentando quitarle de las manos el papel doblado.

—¿Qué estás haciendo aquí? ¿Ahora vigilas ancianos? ¿Es ese tu último trabajo? ¿Ese después del cual dejarías este mundo? No puedes. Somos iguales. Nacimos para caminar al margen de la ley.

—¡Devuélveme eso!

Su metro sesenta no era suficiente para recuperar la ficha del catálogo. Tony dio un giro de ciento ochenta grados y estiró el deteriorado papel. Tres líneas surcaron su frente. Lanzó una mirada cargada de interrogantes a su expareja.

—¿Qué es esto? —Había abandonado el tono mezquino—. ¿En qué andas metida?

Sofía dejó de saltar y lo miró muy seria.

—¿Me lo devuelves?

Tony la ignoró, hizo una lectura en diagonal y se cogió el labio en una pose intelectual.

—Dime qué es y te lo devuelvo.

Suspiró. Sabía que no recuperaría la ficha si no le daba una explicación. Una breve, en todo caso. Se encogió de hombros.

—Eso intento averiguar.

—Creía que estabas persiguiendo a un marido infiel y sacándole pasta a una ricachona, como haces siempre.

—Yo también, pero en algún punto esto se ha torcido. Me atrevería a decir que no es una infidelidad lo que interfiere en este matrimonio. —Tony la animó a seguir con un cabeceo—. Este hombre oculta algo y tiene que ver con ese papel.

Sofía se sintió aliviada al decirlo en voz alta. Sentaba bien compartir teorías con alguien conocido, aunque ese alguien fuera un capullo.

—Esto es peligroso. No deberías vigilar a ese tipo sola. Déjame acompañarte.

Sofía no pudo evitar quejarse.

—Sé cuidarme solita, gracias.

—Es que no te queda otra. Si no me dejas ayudarte, voy ahora mismo al cuartel de la Guardia Civil e informo de lo que haces. No sé qué pensarán de que ejerzas sin licencia y estafes a señoras melancólicas.

—Yo no engaño a nadie —exclamó.

—¿Sabe ella que estás aquí? ¿Sabe acaso que su marido no anda con otra, sino que va por ahí con —miró la ficha— esto?

—No voy a darle una información precipitada.

—Ya, ya —alargó la vocal más de lo necesario—. A mí no puedes ocultarme nada. Te conozco. Andas detrás de esto. Tienes olfato. Te he formado bien.

—No digas estupideces —espetó haciéndose en un descuido con la ficha.

—¿Cuál es tu teoría? Compártela conmigo. De acuerdo, igual como pareja no somos afines, pero sabes que si sumamos tus cualidades a mis habilidades formamos el equipo perfecto. —Le puso un dedo en la barbilla de forma cariñosa—. Lo sabes. —Ella lo apartó y se pasó un mechón empapado tras la oreja—. Conozco tus gestos, cómo pestañeas y te retiras el pelo. Aún sientes algo por mí —insistió.

Ella negó con la cabeza.

—Es la lluvia, Tony. Me retiro el pelo porque llueve y se me pega a la cara. —Miró hacia la derecha como si allí estuviera la decisión acertada—. Aclaremos una cosa. Si acepto que entres en esto, tenemos que dejar de lado la parte romántica.

Él levantó las palmas en señal de defensa y se retiró de la puerta. Era un sí. Ambos entraron en el coche para refugiarse de la lluvia y Sofía explicó por primera vez qué pensaba que estaba ocurriendo.

—Creo que Rodrigo es un cazatesoros. —Tony abrió mucho los ojos—. Puede que conozca la ubicación exacta de un yacimiento o tal vez tenga una reliquia en su poder y no sepa qué hacer con ella.

—Porque devolverla no es una opción. No para él —añadió este.

—¿Qué harías si te encontraras con una pieza arqueológica del siglo VII a. C.? —Tony alargó el cuello en un gesto sobreactuado de sorpresa—. Lo pone aquí. Es una ficha de catalogación de una estatuilla fenicia. Creo que Rodrigo tiene una como esta o similar. ¿Se la entregarías a su dueño legítimo, el Estado, o tratarías de entender su valor histórico?

—¿Para quedársela?

Sofía asintió. Tony se rascó la barba de manera compulsiva.

—¿Estás segura de esto?

—No, pero no le encuentro otra explicación.

—Sofía, esto es gordo. No es ofertar un trabajo de detective en Mil Anuncios, es un delito contra el patrimonio.

Ella se inclinó hacia delante y se agarró la cabeza con las manos. No era una decisión para tomar a la tremenda. Sin embargo, Tony respondió por los dos:

—Vamos a hacerlo.

Había insistido en conocer a Luz y, a pesar del peligro añadido, ella había aceptado. Tony se había desplazado de Puerto Real a Chiclana y ahora giraban en la última rotonda antes de llegar al aparcamiento. Detuvo el motor bajo el techo de chapa y esperaron en silencio. Él miraba nervioso a su alrededor esperando el coche de la esposa engañada. Ella se mordía las cutículas de los dedos. Le sangraban. Se los estaba destrozando. Era contradictorio. Tenerlo allí la ponía de los nervios y a la vez le daba seguridad. Sin embargo, aún había algo que no entendía.

—¿Cómo me encontraste? —soltó sin rodeos.

Él dio un respingo en su asiento. Sonrió, nervioso.

—Si tienes el móvil encendido, conectado a internet, mantienes activados los servicios de localización y además los compartes conmigo, porque me encargué de que así fuera; mi iPhone puede localizar tu dispositivo.

Sofía iba a replicar cuando él la mandó callar con el dedo. Los faros de un coche atravesaron la oscuridad. Aparcó a unos cincuenta metros.

—No te muevas de aquí —le advirtió Sofía en tono gélido.

Se cubrió la cabeza con la capucha de la sudadera y se metió las manos en los bolsillos. Se acercó a Luz, que esta vez no se había bajado del coche y la esperaba con un sobre en la mano. Se ocultaba tras unas gafas de sol gigantes.

—¿Qué tienes?

Nada. No pudo prolongarlo más. Si Rodrigo estaba metido en algo, desde luego no era en un lío de faldas.

—Siento decepcionarte, Luz, pero Rodrigo no ha hecho movimientos extraños en estos dos días...

Luz la cortó con un suspiro profundo.

—¿Cómo va esto? ¿Me das un informe, un par de fotos...? —Ante la negativa, continuó hablando—: Supongo que te he sobrevalorado. Ten. —Le ofreció el dinero—. Esta será la última vez que nos veamos. Creo que he sido flexible. Terminamos aquí.

—Hasta la vista —alcanzó a decir antes de que arrancara y se marchara.

Sofía se quedó quieta observando cómo el coche de su clienta salía del aparcamiento. De nuevo, esa forma altanera de dirigirse a ella, como si el poder adquisitivo le diera carta blanca para tratar a las personas como le viniera en gana. Estaba cansada de ese tipo de gente. Los que pisoteaban a los demás por puro ocio, por sentirse más que ellos. Contuvo el grito de impotencia y bañó su cara de crispación. Tony apareció a su lado.

—Te dije que te quedaras en el coche.

—Muy simpática tu amiga —dijo risueño.

Las dudas se habían despejado. Luz merecía que su destino se truncara. No le vendría mal recibir de su propia medicina.

—Lo haremos —sentenció con contundencia.

—Es todo una teoría —contradijo Tony.

—Si no tienen la reliquia, robaremos todo lo que haya de valor en esa casa.

—Me sorprendes —admitió.

—He cambiado.

Él le bajó el cuello del jersey en un movimiento rápido y vio la rojez.

—No tanto... Proyecta todo ese dolor contra ellos y no contra ti.

Ella lo envolvió con su mirada de ojos verdes.

—No quiero lo que me toca, lo quiero todo.

La rotundidad de su afirmación coincidió con el estruendo de un trueno que quebró el cielo.

33

Rodrigo

Martes, 10 de febrero

Cinco días antes

Durmió, con sentimiento de culpa, hasta las once de la mañana. Una pérdida de tiempo inevitable que solo hacía restarle horas a aquello que había ocupado su mente los últimos días. Los sueños en los que volvía a sentarse en la orilla junto a su padre a observar el paisaje recortado a cuchillo lo acompañaron hasta que abrió los ojos. Ojalá pudiese recibir el consejo de Leonardo y tomar el camino que él le brindara. Se tomó un café con la mirada posada en algún punto de la chimenea. El crepitar de la madera lo tenía hipnotizado, pero esa paz no duraría siempre. En unas horas volverían los niños, Luz… y Virginia. Su mujer le había dejado una nota en la mesita de noche antes de irse a la bodega. Seguía conservando esa romántica forma de comunicarse a través de un papel, aunque el mensaje no fuese precisamente agradable.

> Mi madre viene a comer.
> Que tengas una mañana productiva.
>
> LUZ

Justo lo que necesitaba. Los comentarios dañinos de su suegra para terminar de adornar el día. Rodrigo era consciente de la mala cara que tenía. Estaba seguro de que Luz le notaba ausente y alterado. Lejísimos quedaban los almuerzos familiares que conseguían evadirlo de la rutina y arrancarle sonrisas. Se habían convertido en una sucesión de conversaciones vacías y anodinas sin más. Adolfo debía espiarle por algún agujerito, porque sabía el lugar omnipresente que ocupaba el hallazgo en su día a día. Ese era el efecto que causaba. Trastocar las vidas de los afortunados.

El timbre lo hizo volver en sí. Se acercó a la puerta arrastrando las zapatillas y envuelto en una bata de franela. Aún sujetaba la taza en una mano. No había tenido tiempo de peinarse. Tampoco había encendido el ordenador. La mañana se esfumaba volando y no tenía terminado ni un diseño. Al abrir la puerta descubrió a su amigo Vicente que lo miró estupefacto.

—¿Te ha atropellado un camión? —fue su saludo.

Rodrigo arqueó las cejas y lo dejó pasar.

—Me he levantado hace poco. ¿Quieres un café?

—Estoy trabajando. No tengo mucho tiempo. Mejor una cerveza si tienes por ahí.

Rodrigo lo acompañó hasta la pérgola y salió al minuto con un tercio de Cruzcampo. Se sentaron a la mesa.

—¿Estás enfermo? —preguntó Vicente.

—Anoche me acosté tarde.

Era verdad. Había salido de la cama a las tres de la madrugada cansado de dar vueltas y leer de nuevo el artículo de Ramón Corzo le había llevado dos horas.

Vicente asintió, visiblemente preocupado por su amigo.

—Vengo a recoger las herramientas. Las necesito para un trabajillo.

—Ah, lo siento. Iba a llevártelas a casa, pero he estado muy liado.

—No importa. ¿Qué tal con tus diseños? Luz le ha comentado a Araceli que no paras, que pasas horas en tu despacho.

—Soy muy perfeccionista, ya me conoces.

Vicente dio un trago y estudió el rostro de su amigo. Unas ojeras violetas le rodeaban los ojos. Un mechón de pelo grasiento le caía despreocupado por la frente. Bata, zapatillas. ¿Era así como lucía un diseñador gráfico consumido por el trabajo?

—¿Por qué tengo la sensación de que no me estás contando toda la verdad?

Rodrigo soltó la taza.

—He ido a ver a Adolfo.

Vicente se atragantó y se limpió la boca con la manga.

—¿A Adolfo? ¿A la residencia?

—Sí... Fue un trago amargo enterarme de su estado y me prometí ir a visitarlo. —Cogió aire—. No queda nada de lo que fue. Me ha dejado tocado verlo tan debilucho.

—El alzhéimer estará ya muy avanzado, ¿no?

—Principio de alzhéimer —lo corrigió—. Que lo haya visto débil no significa que no lo haya encontrado lúcido. Ha tenido momentos.

—Son vaivenes.

Rodrigo tardó en responder. Estaba pensativo. Acababa de decidirlo. Lo soltó sin más:

—Creo que es justo que esta casa conserve su nombre.

Vicente asintió.

—¿Cómo se tomó que ahora seas tú el que vive aquí?

Rodrigo puso cara de circunstancias.

—No sabría decirte. Mejor que la tenga yo a cualquier otro, supongo.

—Pobre hombre —añadió Vicente poniéndose de pie—. Oye, no me has enseñado tu nuevo despacho.

Los dos amigos entraron en la casa. El cambio de temperatura hizo que se desprendiera de la bata. La chimenea había esparcido un olor a buenos recuerdos, a Navidad lejana. Cruzaron el salón y atravesaron la antigua biblioteca. Vicente sacó de las estanterías algunos libros que le llamaban la atención. Rodrigo lo observó desde la puerta. Se tomaba su tiempo, porque estaba apreciando una belleza invisible ya para los ojos del diseñador. Su amigo se paró en lo que hasta hacía unos días había sido la despensa. Agarró su barbilla con una mano y examinó la obra de Rodrigo.

—Ha quedado bien. Tengo que felicitarte. ¿Tuviste algún problema?

Rodrigo negó con la cabeza, orgulloso. Vicente se giró y señaló el portátil.

—¿Es aquí la centralita del visionado de las cámaras?

—En realidad puedo verlas desde cualquier dispositivo.

—Buah, tecnología punta. Esas cosas se me escapan. Yo soy más de cincel y ladrillo. ¿Me ayudas con las herramientas?

—Sí, claro.

Salieron de la casa por el jardín delantero. El césped crecía a parches. Los agujeros que Trufa se empeñaba en escarbar estaban llenos del granizo de la mañana. Vicente sujetaba el martillo compresor con una mano y con la otra el picaporte de la puerta que le permitía salir a la calle.

—Pensaba que la cita con Luz te levantaría el ánimo —dijo.

—Solo estoy estresado.

El *coach* del amor compuso una mueca de desazón. La lluvia no daba más margen a la despedida.

—Hablamos.

Salió corriendo hacia su furgoneta y se perdió tras una cortina de agua. A Rodrigo no le importó mojarse. Igual su actitud se justificaba si de verdad enfermaba. Las largas matas de césped le humedecían el bajo del pijama. Luz lo mataría. Tenía que ocuparse de la casa. Trabajar. Arreglar el jardín. Hacer algo útil. Se agachó y pasó la mano por la hierba que sobresalía de una de las calvas. Vicente había embarrado todo el camino con sus pies de gigante. La impronta de las suelas de sus zapatos estaba ahí. Las botas de trabajo eran inequívocas. Se irguió y fue hasta la tapia del jardín. Blanco impoluto. Había aprovechado la pintura del despacho para limpiar la pared. Sacó el móvil. Buscó en la galería. Estaba seguro de haber fotografiado las huellas. Pasó su dedo a velocidad de vértigo y se detuvo en una foto. Comparó las pisadas. Eran las mismas. La persona que había saltado la tapia de su casa compartía el mismo número y zapato que su amigo. Esa hubiera sido la conclusión ilusa. La otra, la que de verdad le golpeaba en el pecho, era que Vicente, su mejor amigo, se había colado en el jardín. Trepó por su tráquea una criatura hiriente que ansiaba salir de su boca.

—Hijo de puta —susurró.

Abrió la puerta que daba a la calle y corrió hasta la furgoneta que Vicente estaba arrancando. El cabello le caía por encima de los ojos. Aporreó la ventana con cara de lunático. Vicente, sorprendido al otro lado, bajó la ventanilla al tiempo que Rodrigo metía sus brazos por el hueco y le agarraba el cuello. Los ladridos de Trufa se mezclaron con el sonido de la lluvia.

—¡¿Qué haces, joder?! —Para defenderse volvió a subir el cristal y Rodrigo casi se quedó atrapado.

Se puso frente al capó. En pijama. Chorreando. Con los brazos en alto.

—¿Te has vuelto loco? —exclamó Vicente.

—¿Por qué estaban tus pisadas en la pared de mi casa? —gritó aporreando el capó fuera de sí.

Vicente no se movió. Tardó un poco en asimilar que no tenía escapatoria. Rodrigo farfulló:

—Quizá quieras volver a entrar.

Su amigo, turbado, se retorció las manos antes de ceder y salir de la furgoneta.

34

Alfredo

Sábado, 28 de febrero

Era un día soleado y parecía que la jornada no iba a ser de las duras. Alfredo tenía uno de esos turnos partidos que lo dejaban molido. Acababa de terminar de servir los almuerzos en Los Pescadores, eran las cinco de la tarde y no entraba hasta las ocho y media. Barajó volver a casa, darse una ducha y enfrentarse a la mirada de su madre. Últimamente parecía tensa cada vez que estaba junto a él. Temía que Rosita pensase que era un potencial asesino en serie, un psicópata. Podía leer la duda en sus ojos, como si no se hubiese creído nada de lo que le había contado.

Por eso, Alfredo retrasó el momento de volver a casa y enfiló la calle Asunción. Siguió recto por la calle Hércules y dobló hacia Arrecife. El restaurante Los Pescadores quedaba a menos de cinco minutos de Villa Adolfo. Una vez allí, no se movió. La música sonaba en el coche, aunque había dejado de escucharla hacía un rato. Miró su móvil por enésima vez. Sin noticias de Fabio. Seguramente tenía casos serios que resolver, mucho más importantes que jugar a los detectives con su amiguito, ese que tenía tanto tiempo libre como para vislumbrar conspiraciones y ver culpables en preciosas casas costeras de Sancti Petri. Estaba a punto de irse cuando Rodrigo salió. Se agachó por instinto golpeándose la cabeza con el volante. Asomó sus gafitas por encima del salpicadero y vio cómo se subía al coche y salía de la urbanización. Alfredo miró la hora. Eran las cinco y veinte. Un escalofrío le recorrió el cuerpo. La humedad del mar lo obligaba a estar encogido. Arrancó y puso la calefacción y, como ya el motor estaba en marcha, soltó el embrague, pisó el acelerador y siguió al Toyota Corolla del hombre que lo había confundido con un secuaz de un tal Fabrizio.

No fue premeditado. Simplemente iban en la misma dirección. Circularon en línea recta sorteando distintas rotondas hacia la salida de Chiclana. Alfredo iba varios coches atrás. El tráfico era abundante, así que no tuvo problemas para camuflarse con el resto de los vehículos. Rodrigo se desvió e hizo una parada en uno de los supermercados de la avenida del Mueble. No fueron más de diez minutos. Luego, ambos se incorporaron a la autovía de la Costa de la Luz. Intentó no exaltarse cuando se dio cuenta de que Rodrigo se dirigía a San Fernando. Él vivía allí, en un adosado de Camposoto. Por un momento, tuvo la loca ocurrencia de que aquel hombre corpulento había quedado con Rosita. Se sentarían alrededor de la mesa camilla a beber té en tazas de porcelana y hablarían de en qué empleaba el tiempo el introvertido y vulnerable Alfredo. Pero no. Continuó recto en dirección a la playa. El joven camarero disminuyó la velocidad hasta detenerse por completo. Dejó que Rodrigo se alejara. El flujo de circulación era casi inexistente. Apagó la radio, que lo había acompañado, y soltó un maullido quejumbroso. Si giraba la glorieta y tomaba la segunda salida, iría a casa. Si continuaba recto, averiguaría qué hacía Rodrigo en su pueblo natal. Volvió a ponerse en marcha tomando la misma carretera que él. Accedieron a la calle sin salida que recorre la playa de San Fernando. Solo tres coches más, de jóvenes buscando intimidad para darse los primeros besos, circulaban por allí a esas horas. Deseó con toda su alma que Rodrigo aparcara. Si llegaba al final y giraba en la rotonda, casi podrían darse la mano en direcciones opuestas. Sacudió la cabeza y apretó el volante. Las manos blanquecinas de ejercer más presión de la necesaria en el cuero le sudaban. Fingió estacionar a la derecha, admirar el horizonte. Observó que Rodrigo aparcaba en una de las últimas plazas disponibles, abría el maletero, sacaba la bolsa de la compra y se adentraba en la playa.

Alfredo esperó un momento. Imaginó qué ocurriría si aquel hombre de metro noventa lo pillaba siguiéndolo. Las carcajadas resonaron en el espacio reducido de su coche. Se tapó la boca con las manos. Su risa era la de un loco. Con razón su madre lo miraba con recelo. Con razón Fabio había desdeñado cotejar el nombre de Sofía Baturone en la base de datos. Alfredo no actuaba usando la razón. Perseguía a un hombre que había hecho la compra y se encaminaba, probablemente, a ver el atardecer en un lugar mágico. Pensó dejarlo pasar, pero ya estaba allí. Cerca de casa. No le podía pasar nada. Tenía una coartada. Él sí vivía en San Fernando. Todos los días después de trabajar paseaba por la playa. Por supuesto. ¿Quién podría negarlo? Su madre apoyaría su versión. No estaba haciendo nada extraño. Aparcó a unos treinta metros del Toyota y comenzó a andar.

La pasarela de madera recorría uno de los paisajes más bellos del Parque Natural de la Bahía de Cádiz. A la derecha, los sistemas dunares poblados de vegetación adaptada a terrenos arenosos e inestables adornaban la puesta de sol. A la izquierda, las marismas de suelos fangosos, especies halófilas y bocas de San Fernando. Se trataba de un camino de dos kilómetros y medio a través de la flecha litoral. Una chica que paseaba a su perro fue la única persona con la que Alfredo se cruzó. Venían de vuelta de la playa canina. A los diez minutos tanta soledad comenzó a inquietarle. No veía a Rodrigo. La ventaja que le había dejado lo salvaba de ser descubierto, pero también hacía imposible que Alfredo supiera si este había abandonado el camino desviándose a la arena o seguía caminando por la pasarela. El sol estaba escondiéndose y solo la penumbra lo ampararía. Pero la playa es un paisaje para disfrutar de día, no de noche. De poco serviría el olor agradable a mar penetrando en las fosas nasales si, al salirse del sendero, Alfredo pisaba tierra blanda y se hundía en el fango. Comprobó la cobertura del móvil, la señal se iba debilitando a medida que se adentraba en el paraje natural. Eso lo puso aún más nervioso. Miró hacia atrás. Estaba solo en una lengua de arena plagada de vegetación siguiendo a un hombre presuntamente peligroso. El corazón le palpitaba en las sienes. El frío era intenso. El relente cargaba el aire con su peso haciendo que sintiera la piel húmeda y helada. Movía las piernas de forma mecánica. Ni muy rápido ni muy lento, pues no sabía el ritmo del hombre al que perseguía. Se subió la cremallera de la chaqueta y resopló en sus manos para darse calor. El camino intercalaba tramos de arena con otros de pasarela, por lo que, en poco tiempo, Alfredo tuvo los zapatos llenos de tierra. Miró la hora. A las ocho y media tenía que estar sirviendo platos de gambas y no creyéndose James Bond. Su cuerpo se puso en alerta al ver que la vegetación disminuía. A partir de ahí podrían verlo a metros de distancia. Tensó la musculatura. Aspiró aire intentando tranquilizarse. Apuró el paso hacia el final del sendero.

Había llegado a la batería de Urrutia. Al patio de armas. A la retaguardia de la defensa. El aspecto era ruinoso. Comido por la arena, el edificio había menguado. Alfredo subió al segundo nivel por una rampa. Desde allí tendría una visión privilegiada. Una rama de las muchas retamas que atravesaban los merlones le arañó la cara. Aguantó el impulso infantil de gritar. El trompeteo áspero y agudo de una garza en su espalda le hizo mirar hacia atrás, preso de una descarga eléctrica. Tenía la sensación paranoica de que alguien lo seguía. «Soy yo, soy yo el que sigue a alguien», repitió para sí. Se llevó la mano al móvil. No era un arma, pero le hacía sentir seguro. Vio algo desde arriba de la batería. Rodrigo rodeaba la orilla. No había abandonado el camino. No se había sentado a ver el cielo ámbar. Seguía la caminata con paso decidido. Alfredo salió de la fortificación y agazapado detrás de un barrón abrió mucho los ojos. La estampa era idílica. Los barquitos del caño de Sancti Petri a la izquierda, las dunas del Monumento Natural Punta del Boquerón a la derecha. En otras circunstancias se hubiera sentido relajado y en paz contemplando tal belleza, pero no era ese el mensaje que su cuerpo le transmitía. Por las pantorrillas se le colaba un pánico indómito que le hacía temblar y retorcerse. El frío cortante estaba ya en sus carnes.

Se atrevió a salir de detrás del barrón y siguió los pasos de Rodrigo. Atravesó un camino circundado por dunas de al menos seis metros de altitud. Y cuando estaba perdido, sin saber adónde acudir, oyó las plantas. Esas mismas que lo habían arañado ahora le indicaban quién pisaba sus raíces. Se ocultó tras ellas y vio cómo el dueño de Villa Adolfo rodeaba la vegetación hasta llegar a otra de las baterías de la línea defensiva del siglo XVIII. Su estado era peor que el de la anterior. La batería de San Genís había sido semisepultada por las altas dunas que el viento había traído hasta las piedras. Eso mismo, la hacía estar resguardada y protegida de ojos indiscretos. Cesó su movimiento cuando Rodrigo miró a todos lados antes de inclinarse para entrar por el hueco de la puerta. Alfredo, en cuclillas y con el corazón en un puño, esperó tras la asalvajada flora dunar. A los cinco minutos, Rodrigo salió y tomó el mismo camino a la inversa. Alfredo lo siguió atento hasta que salió de su alcance de visión. Ya no llevaba la bolsa. Aguantó un minuto más, por si la había olvidado dentro y regresaba.

Pero nada ocurrió. Salvo que los mosquitos despertaban al atardecer y le picaban con insidia a través de la ropa. El zumbido en los oídos se volvió angustioso. Los notaba volar por su cabeza, acecharlo como un animal que sería cazado. Salió de entre las plantas dando trompicones y sacudió el aire con las manos. Miró a su alrededor. Estaba solo. Pronto el cielo oscurecería. Nadie sabía que estaba allí. Tenía que volver. No podía demorarse más. El camino de vuelta ya casi sería a tientas. Se giró hacia la batería. Su entrada austera le resultaba fantasmagórica. El subconsciente le gritó que corriera, que volviera sobre sus pasos y se alejara de aquella construcción abandonada.

Tarde. Su parte más viva y curiosa ya asomaba por el hueco de la puerta. El pequeño habitáculo había perdido el techo y daba acceso al polvorín a través de otra puerta inexistente. Pese a tener dos diminutas ventanas, la habitación destinada a almacenar pólvora era oscura e inquietante. No iba a entrar. Solo echaría un ojo. Asomó la cabeza en la negrura y creyó ver algo. Hurgó en el bolsillo, sacó el móvil y activó la linterna. Se le cayó al suelo en un movimiento torpe. Lo recogió y sacudió la arena al tiempo que decía algo malsonante. Apuntó al frente con la máxima expresión de miedo representada en su cara. Intuyó una forma. La silueta de una persona.

—¿Hola? —La voz le salió débil y quebrada.

No recibió respuesta. Dio un paso hacia delante. Lo suficiente para ver que se trataba de un hombre. No se movía. ¿Respiraba? Estaba sentado con la espalda apoyada en la fría pared construida de arena, piedra y lodo. La bolsa de la compra que Rodrigo había traído estaba a su lado. El corazón se le salía del pecho. Tenía que dar el aviso, volver al camino hasta tener cobertura. Se dirigió a la salida cuando el sonido gutural más escalofriante que había oído en toda su vida lo fulminó como un rayo.

—Ayuda...

El grito se quedó atorado en la garganta. Los pies no le respondían. Como en una pesadilla, en la que no se aúlla ni se corre lo suficiente, su cuerpo estaba paralizado. El hombre agonizante, oculto en el polvorín de la batería, alzaba los brazos en su dirección en señal de socorro.

Cuarta parte

Moribundo y solitario en una buhardilla de Ítaca en Nueva York,
le dijo Wittgenstein a la casera: «¡Dígales que
ha sido maravilloso!».

Martin Seligman

El anciano

Una mentira solo se sostenía con otra mentira. Por eso, cuando un Adolfo de cuarenta y tantos años picaba con martillo y cincel en la pared abriendo una redola de algo más de treinta centímetros, se convencía de que aquello era lo correcto. Proteger el exvoto de la corrupción del ser humano se le antojaba lo más valioso e importante que había hecho en su vida. Una misión para la que había estado preparándose sin tan siquiera saberlo. El deber de proteger ese rico legado. El deber de un descendiente fenicio tres mil años después del apogeo de una civilización que marcó un hito en la historia. Algo así no podía ser casualidad. Algo así no sucedía sin más. Alguien arriba le había señalado. Estaba marcado y destinado a eso. De repente, se había convertido en el afortunado que había tomado una decisión trascendental: interrumpir la rueda de la avaricia.

El sudor le empapó el rostro una vez se detuvo. Había dado el último brochazo de pintura blanca. Respiró. Gateó de espaldas, apoyó su cuerpo en los pies del sillón y abrió una lata de cerveza mientras contemplaba su obra. Lo había logrado. La imagen de culto a Melkart estaba a salvo. Y Adolfo protegido bajo su amparo. El perímetro de su gracia tenía el epicentro en la pared de la biblioteca. Se miró la mano dolorida y, con la otra, recorrió los bordes de la herida. Se había raspado con algún ladrillo. Los arañazos en su piel se borrarían, pero las cicatrices más dolorosas no dejarían marca visible, se llevaban dentro y nadie podría verlas excepto aquel que las portaba.

La maraña de canales de agua marina que discurrían por las marismas era presidida por el caño de Sancti Petri que, de forma tortuosa, recorría once millas hasta el interior de la bahía. Su cauce variaba de doscientos cincuenta metros en bajamar a quinientos en pleamar. Esto, sumado a las peligrosas corrientes de hasta cinco nudos, lo convertía en una red peligrosa repleta de escollos y aterramientos cambiantes. Bajo estas aguas se escondían secretos; algunos descubiertos, como el navío francés Fougueux, participante en la batalla de Trafalgar, desarbolado por la tropa inglesa y arrastrado por un temporal contra los bajos rocosos de Sancti Petri. No estaba solo. Descansaba en un cementerio de barcos, unos hundidos intencionadamente con el objeto de obstaculizar la navegación y otros a consecuencia de desastres navales. Pero lo que verdaderamente enriquecía este enredo del mar eran los secretos que no se veían, los que aún reposaban, esperando ser hallados. Tsunamis, borrascas, retiradas anormales del mar descubrían y cubrían material constructivo, ánforas, desechos de cocción que hacían sospechar de la fuerte presencia humana a lo largo de distintas épocas en todo el litoral.

—La has traído. —Adolfo sentía admiración ante aquella maravilla.

—No me separo de ella. Me da miedo que alguna alimaña del poblado me la robe mientras duermo, qué sé yo. Aunque nadie lo sepa, prefiero llevarla siempre encima.

—¿Me dejas verla?

Asomó la cabecita en la bolsa que portaba Leonardo y pasó su dedo por el arma que sujetaba la figura en la mano derecha. Tenía pequeños puntitos corrosivos.

—La sal ha hecho de las suyas —apuntó Leonardo.

—Igualmente es impresionante.

Leonardo cerró la bolsa y emprendió la ardua tarea de embutirse en el traje de neopreno.

—¿Y dónde empezó todo? —preguntó Adolfo calzándose las aletas.

—¿Te refieres al primer descubrimiento? —Leonardo se tomó un tiempo en responder. Comprobó las botellas de oxígeno, le tendió las gafas de bucear a su amigo y se quedó otra para sí. Escupió en el cristal y expandió la saliva con el dedo, método que usaban para limpiar las lentes—. Allá por 1700. Sin embargo, solo se conocen dos láminas que su dueño, el marqués de la Cañada, mandó dibujar. Eran unas estatuas preciosas. —Marcó con los brazos la envergadura de un metro—. A partir de ahí se sucedieron otros hallazgos: monedas, anclas, estatuas... Era frecuente que los pescadores de Gallineras vendieran ánforas a cantinas de barrio. Si reuniéramos todo lo encontrado, estaríamos hablando del museo más valioso de España. —Suspiró, soñador—. Sin embargo, los permisos y el dinero marcan el ritmo de todo. Nos tenemos que consolar con reconstruir la historia nosotros, amigo, a base de brazadas y aletazos.

Se dedicaron una sonrisa amistosa y se ayudaron mutuamente a cerrarse los trajes.

—He estado leyendo sobre las estatuillas. No te creas que eres el único tío culto aquí —soltó Adolfo.

—Ilumíname.

—El revuelo de la prensa y los titulares viene dado por la antigüedad que conceden a Cádiz. Obviamente, pertenecen a la época de la colonización fenicia. Siglo...

—VIII y VII antes de Cristo.

—Exacto. Fueron obtenidas en dragas, ya sabes, extracciones de arena para recuperar calado. Las entregaron a la Delegación de Cultura de la Junta de Andalucía. ¿Y sabes dónde se realizaron las dragas? —Leonardo, que había estado ajustándose el traje, lo miró curioso—. Los areneros estaban reacios a concretar más por las restricciones y esas movidas, pero acabaron diciendo que por Rompetimones. —Su amigo dibujó una sonrisa taimada, sabedor de lo que significaba antes siquiera de que Adolfo lo dijera en voz alta—. Lo que quiere decir que somos los primeros, que se sepa, que encuentran figuras de culto en otra zona.

—Tú lo has dicho, que se sepa. El número de estatuillas encontradas jamás podrá fijarse. Sabes, tan bien como yo, la cantidad de submarinistas aficionados a las antigüedades que hay por aquí. Y sabes los rumores que circulan sobre su venta en el mercado negro, en subastas.

—Yo jamás la vendería —increpó Adolfo, ofendido.

—Nunca digas nunca. —Leonardo se amarró la botella de oxígeno y ayudó con la suya a Adolfo—. Lo único que saco en claro de lo que has dicho es que la figura nos acerca más al templo. Lo hemos sabido siempre y nunca hemos escuchado. Ya el fraile Jesús Fita de la Real Academia de la Historia señalaba la creencia de que el templo estaba sumergido, pero estábamos ocupados mirando en el sentido equivocado —señaló el castillo de Sancti Petri— y no quisimos verlo. Haber encontrado una pieza fuera de aquel conjunto solo puede significar que hemos buceado cerca de una *favissa*, que puede acercarnos a la ubicación real del templo. Ya te lo dije.

—Continúas empeñado en eso, ¿eh?

—¿En hacerme rico? —Rio de forma histriónica—. Claro, ¿y quién no?

—Iba a decir en creerte Indiana Jones, pero, vale, eso también sirve. Aunque sigo pensando que yo no la vendería.

—¿No? ¿Y qué vas a hacer? ¿Entregarla a un museo? ¿Ponerle un altar en el salón?

—Pues, mira, sí, me la quedaría. Volvería en cierta medida a la peana de la que fue separada.

Leonardo negó con la cabeza.

—¡Y yo me consideraba bohemio! Vamos, anda.

Tras marcar la zona con la característica boya amarilla, los amigos se zambulleron bajo las aguas del océano en busca de la supuesta *favissa*, depositario de exvotos. Enseguida, la luz se volvió tenue; las formas, etéreas, y el ruido, inexistente. Eso era lo que más fascinaba a Adolfo del mundo marino. Su silencio. Tanto exterior como interior, todos los ruidos se apagaban. Todo quedaba en pausa, en un estado ilusorio entre la realidad y otro mundo tan desconocido como sorprendente. La sensación de presión en los pulmones lo hacía sentir vivo. Mucho más que en la superficie. Sin embargo, después de bucear media hora sin hallar la zona rocosa, la paz se había esfumado. Los movimientos de los buzos eran impulsivos y torpes, como dos niños nerviosos que tratan de abrir un regalo y no encuentran cómo. Cuando el cansancio fue evidente, Leonardo hizo el gesto de ascensión y volvieron a la superficie. Lo intentaron hasta tres veces más con el mismo resultado. El aterramiento había desaparecido.

Con la respiración entrecortada llegaron a la orilla. Adolfo se quitó las aletas y las lanzó con rabia a unos metros de distancia. Leonardo apoyó las manos en las rodillas y dio una bocanada de aire. Observó cómo el otro regresaba con las aletas bajo el brazo, arrepentido por el arrebato. Quiso calmar las aguas y habló en tono apaciguador:

—Estos fondos están sometidos a un continuo desequilibrio de dunas. La dinámica de los sedimentos es muy activa. El tapado y destapado cambia sin cesar. La fuerza de la marea es quien decide si encontramos algo o no. No te preocupes y vámonos. Seguiremos otro día. Con otra luna, otra marea.

—La suerte no señala dos veces a la misma persona.

Leonardo, que ya había emprendido el camino de vuelta por la orilla, se giró.

—¿Qué?

—No vamos a encontrar una segunda figura ni existe ningún depositario. He sido un tonto. —Se lamentó cubriéndose la cara con las manos.

—Hablaré contigo cuando te tranquilices.

—Podemos compartirla. —Casi fue un ruego.

—¿Cómo? ¿Me lo explicas? Si tú no la quieres vender…

—He cambiado de opinión. Podemos ir a medias. —Su tono fue quebradizo—. O venerarla, lo que tú decidas, pero no puedes excluirme así como así.

—¡Ah! Ahora sí estás dispuesto a venderla.

Leonardo ladeó la cabeza en un gesto de extrema ternura. Le dio la mano. Adolfo vio la compasión en sus ojos. Se apiadaría de él. No le fallaría. Eran casi hermanos. Habían compartido todo en la vida: desgracias, ilusiones, objetivos y una obsesión enfermiza. No le haría algo así.

—Lo siento mucho, Adolfo. Tengo una mujer y un hijo de veintidós años que aún no se ha independizado.

Su tono fue tajante, como también lo fue el dolor. Tardó varios segundos en recomponerse. Tuvo que trotar para alcanzar a Leonardo.

—¿Y yo no soy familia?

Leonardo sonrió.

—Sabes lo que quiero decir. Por favor, entiéndelo.

Continuó caminando. Adolfo se paró en seco.

—¿Y ya está?

Este se detuvo y se volvió a mirarlo.

—¿Qué quieres que te diga? —Alargó los brazos para gesticular—. No he encontrado una estatua de oro. Joder, es una figurilla de bronce. Somos tres en una casa ocupada. Si fueras padre, lo entenderías.

—He criado a tu hijo contigo. He criado a los niños del poblado como si fueran míos. A Rodrigo, a Vicente, a todos, hostia. Aquí nos ayudamos. —El tembleque de su labio fue evidente. Iba a llorar si seguía hablando—. Yo la hubiera compartido contigo.

Leonardo apretó las mejillas para decir un último:

—Lo siento.

Le dio la espalda y caminó de regreso al poblado.

Adolfo asintió, cabizbajo, asimilando lo acontecido. Quien creía su hermano le había apretado el corazón hasta convertirlo en papilla, le había negado la última brizna de aire de una botella de oxígeno, lo había tirado del barco que hasta ese momento habían tripulado juntos. Se sintió traicionado. Negó de forma vehemente, incrédulo. Se giró hacia el castillo de Sancti Petri para ocultar la emoción. El neopreno le apretaba el pecho, no podía respirar. Se arrancó el traje con coraje y se soltó el lastre. No pudo reprimir más el llanto. Creía que estaba solo, pero lo sintió a su lado. Lo miraba mientras dibujaba en su boca una sonrisa con un matiz diferente, que desconocía. Su amigo lo contemplaba con una expresión de superioridad. Adolfo no pudo soportarlo. Tampoco pensó el siguiente movimiento, simplemente obedeció el deseo de venganza. Golpeó con el cinturón de plomo la cabeza de Leonardo, que no lo vio venir, y en el acto se cayó, desconcertado. El quejido fue de sorpresa más que de padecimiento. Zarandeó las manos de forma desmañada. Con el siguiente golpe, opuso resistencia, pero el plomo llegó antes a la frente que su antebrazo. Inconsciente, Leonardo murió ahogado, con la cabeza enterrada en la orilla, recibiendo suaves sacudidas de una marea suave, y la mano de su asesino aferrada a su cogote.

Adolfo tardó una hora en arrastrar el cuerpo al mar para que fuese a parar a alguna zona rocosa. Dejó caer un par de pedruscos sobre él. Su rostro hinchado y manchado de sangre quedó sepultado bajo ellos. Tenía preparado su relato. Se les vinieron encima cuando se aventuraron a buscar antigüedades bajo aquellas piedras. Eso diría y nadie podría demostrar lo contrario. A fin de cuentas, sus pulmones se habían llenado de agua antes de palmarla, por lo que el ahogamiento accidental sería la causa de la muerte. Para entonces, la noche había inundado el cielo, alejando a cualquier testigo. Adolfo apretó la figura contra su cuerpo en un intento de protección que repetiría cientos de veces a lo largo de su vida. Una vida perseguida por la culpa. Miró al frente sin ver nada, en estado de enajenación. No quería permitirse tener sentimientos. No en ese momento. Debía tener la mente despejada. Mantener el temple. El mar lo relajaba. Solo necesitaba un momento para reponerse. Permaneció en la playa hasta que el agua salada limpió la sangre.

Porque el mar, como él bien sabía, te quitaba y te daba, te enfermaba y te sanaba, y tenía el superpoder de hacer volatilizar tanto un tesoro como un asesinato.

35

Rodrigo

Martes, 10 de febrero

Cinco días antes

Tenía ganas de matarlo. Estrangularlo con sus propias manos. Estaban sentados alrededor de la mesa de la pérgola donde hacía un momento habían conversado amigablemente. Sin embargo, el ambiente ahora era hostil. Apenas podía controlar su respiración desbocada. Tragó saliva. Y fulminó con la mirada más oscura al que fuera su amigo tres minutos antes.

Vicente se tocó el cuello dolorido.

—Tienes que prometerme que no volverás a abalanzarte sobre mí de esa forma.

Rodrigo no contestó. No hacía promesas huecas. El albañil trató de explicarse, sabía que esa conversación no iba a ser fácil.

—Antes de nada, quiero que sepas que de verdad he venido a por las herramientas.

—Tienes suerte de que estén en tu furgoneta y no las tenga a mano —dijo Rodrigo sin pestañear.

No hacía falta haberlo vivido antes. Rodrigo reconocía la traición. Todo se había vuelto absurdo ahora que la verdad había salido a la luz. Se sentía humillado, desconfiado, y eso sacaba su lado más agresivo. De pronto, su amistad caía rota en mil pedazos mostrándole la realidad. Vicente mentía. Tenía intenciones ocultas. No era de fiar. Agudizó sus cinco sentidos. No caería en sus artimañas una segunda vez.

—No sé por dónde empezar —musitó Vicente cabizbajo.

—Explícame qué hacían tus huellas en la pared de mi casa.

El otro sonrió en una mezcla de confusión y disimulo.

—Mis huellas estaban en la pared por la misma razón por la que tú has ido a ver a Adolfo.

Rodrigo lo interrogó con la mirada.

—¿Qué quieres decir? No estás en posición de jugar conmigo.

—Rodrigo, ambos hemos crecido en el poblado de Sancti Petri. Los dos conocemos las historias con las que nos criaron durante años. La importancia del vínculo familiar, la pesca, la almadraba... Todos a una arrimando el hombro para comer, para vivir. Pero no es solo eso. —Se lamió los labios resecos—. Tu padre y Adolfo contaban cuentos a todos los niños del poblado, no solo a ti. Los fenicios hicieron de Herakleion una maravilla del mundo en aquella época. Con esa edad no es difícil fantasear con que eres uno de ellos y navegas por el Mediterráneo. Adolfo y yo mantuvimos el contacto por unos años. Venía a verlo de vez en cuando. Nos sentábamos al refugio de la chimenea y recordábamos anécdotas. En esta misma casa, antes de su deterioro. Creo que fui su único contacto con el mundo en los últimos años. Comencé a ser testigo de sus despistes. Olvidaba cosas. Se quedaba paralizado mirando un punto. Vivía momentos de desorientación.

—Ya, bueno, ¿y qué? —espetó con frialdad.

—Tú estabas demasiado ocupado trabajando, teniendo líos con mujeres, formando una familia. No tenías tiempo ni interés en venir a verlo. Por más que yo te contara cómo lo estaba desgastando la vejez, te daba igual. Sabías que vivía por Sancti Petri, pero nunca te importó dónde exactamente. No tenías intención de volver a verlo. Y vas y te compras su casa —Vicente rio ante el rostro serio de Rodrigo—. Ay, amigo... Creo que en el fondo te duele que él esté vivo y Leonardo no... —No lo desmintió. Tuvo que retirar la mirada un momento. Alguien había puesto nombre al sentimiento que lo había acompañado hasta ese momento. Vicente se tomó unos segundos y continuó—: Solo has ido a molestarlo cuando has encontrado la estatuilla.

Hizo un esfuerzo por contener la sorpresa, pero una pregunta surgió en su cabeza. La más importante: ¿cómo sabía Vicente de la estatuilla? El viento hacía que la lluvia entrara perpendicular en la pérgola. A ninguno de los dos pareció importarle. A fin de cuentas, ya estaban empapados y la tempestad había estallado entre ellos.

—En uno de esos momentos vacuos en los que estaba perdido me contó su secreto —continuó Vicente—. Hace más de treinta años encontró buceando una pieza fenicia de bronce.

—Buceando... —repitió en un susurro, consciente del embuste de Adolfo, pues a él en la residencia le había contado que encontró la estatuilla mariscando en la antigua calzada romana del castillo. ¿Acaso le había dicho la verdad a alguno?

—Todos conocemos las historias de expolios en la provincia de Cádiz. Si te pillan, el que encuentra la reliquia y no la entrega nunca acaba bien. Adolfo siempre ha sido un hombre espiritual. Tu padre también lo era. Se trataba de otra época, de otra educación. Él pensaba que, si mantenía cerca el bronce, su casa se llenaría de buena suerte o algo así. Un amuleto, qué sé yo. —Negó con la cabeza—. Me lo contó. Conocer una ofrenda a una deidad de hace tres mil años te hace verla como realmente es.

—Como un tesoro —intervino Rodrigo.

—Exacto. Esa sensación es inexplicable y sé que tú la has experimentado.

—Ni siquiera la has visto... —susurró—. Hubieran podido ser los desvaríos de un enfermo.

—No lo eran —replicó sin ambages—. Lo conozco, sé identificar cuando se dispersa.

—Yo también lo conozco —intentó dar firmeza a su voz.

—Nunca hubieras ido a ver a Adolfo de no ser por ella, por la figura. —Vicente esbozó una sonrisa que desapareció al instante—. Tengo la espalda hecha polvo. No sirvo para otra cosa que para poner ladrillos. Nunca podré comprarme una casa como esta ni ofrecerle a Araceli las cenas que merece. Adolfo estaba perdiendo la razón. Era cuestión de tiempo... Tenía una segunda llave. De esas que dejas a alguien por si un día te las olvidas dentro. —Rodrigo lo vio venir. Se le erizó el vello al pensar qué más hubiera ocurrido si no hubiese cambiado las cerraduras, si no hubiese arreglado el cierre manipulado de la cristalera, y Vicente, sin más dilación, lanzó su bomba—: Entraba a hurtadillas por las noches. No estoy orgulloso, pero, joder, no podía desperdiciar la oportunidad, esa figura se iba a quedar ahí sepultada. No había suerte en esa casa ni la hay ahora. La suerte sería mía si la encontraba. Busqué por toda la casa durante días. Una noche, el viejo se despertó. Me pilló encapuchado y se volvió loco. Lo denunció a la Guardia Civil. No habían forzado la puerta y él era un hombre de ochenta y tantos con pérdidas de memoria. Nadie lo creyó. Y yo tampoco paré de buscarla, pero nunca hallé nada. Él perdió la cabeza. No quería salir. Se quedaba vigilando la propiedad. Llegado el momento no tuve más remedio que denunciar su estado.

—Fuiste tú —murmuró— quien se quejó a las autoridades de olores nocivos.

—No podía seguir viviendo solo. Lo hice por su bien.

—Permíteme que ponga en cuarentena esa afirmación. Dudo mucho que algo de lo que hicieras le ocasionara algún bien. Le provocaste paranoia, avivaste su enfermedad.

—No me la hubiera entregado nunca.

—No es tuya.

—Tampoco tuya, Rodrigo —se atrevió.

La tensión creció entre los amigos.

—Sabía que la estatuilla estaba aquí, en alguna parte. Lo he visitado alguna vez en la residencia..., pero jamás desvelaría su paradero. Ni siquiera a mí... Ese secreto se lo iba a llevar a la tumba con él. Por eso, estoy convencido de que tú la has encontrado solito. ¿Dónde estaba? —Sus ojos refulgían ilusión y lo invitaron a ser explícito.

—Estaba emparedada en la biblioteca.

Vicente empezó a reírse como un pirado. Rodrigo pugnó por reprimir una sonrisa que amenazaba con asomar. Él también había sentido esa euforia.

—Entonces, es real... —Dibujó una mueca grotesca—. Es un mago del ingenio. Imposible dar con ella.

—Sigue —lo instó Rodrigo.

Este suspiró pesarosamente.

—Cuando se lo llevaron a la residencia, pensé que por fin llegaría mi momento. La casa vacía, imagínate. Podría desvencijarla a mi antojo. Pero no. Llegaste tú. La compra fue muy rápida. Cuando me quise dar cuenta, ya la estaban limpiando y pintando. Aun así, lo intenté de nuevo y salté la tapia. De ahí mis pisadas en la pared. Había soñado con ese momento durante meses. —Hizo una pausa que agregó fuerza al retomar su discurso—. Aproveché que todos habíais salido a coger los kayaks para entrar.

Rodrigo tragó saliva.

—Allanaste mi casa.

—Lo siento mucho. —Sepultó su cara bajo las manos, avergonzado.

Su actitud imploraba perdón, pero Rodrigo se sentía atropellado. Apretó los nudillos. Eso le impidió atravesar la mesa y partirle el cráneo a la persona que tenía delante.

—¿Lo sabe Araceli?

Vicente alzó la cabeza.

—Ella no sabe nada. No ha participado en esto.

—Nuestras mujeres hablan casi a diario. Has usado su amistad para informarte, para enterarte de nuestras salidas y entrar en mi casa como un ladrón. —Recordó algo que le dolió aún más—. Me invitaste a la exposición de Salvatierra. La famosa cita. Me preguntaste si se quedaban los niños en casa. ¿Estabas buscando que no hubiera nadie en Villa Adolfo? ¿Esas eran tus intenciones realmente? Ya no puedo confiar en ti. —Rio amargamente—. ¿Cómo he sido tan lerdo? Tenía al culpable delante de mí.

Puso los brazos en cruz y se los llevó a la cabeza en un gesto de desconsuelo.

—Sé que no puedo decir nada en mi defensa.

—Pues no. Mejor no digas nada. —Rodrigo sonrió mirando a Vicente—. Podría denunciarte. Por si tu cabeza maquiavélica está tramando algo, quiero que tengas algo en cuenta. —Y pronunció estas palabras con contundencia—: No dudaría en denunciarte si veo que no puedo fiarme de ti.

—¿Eso significa que no vas a entregarla?

—Eso significa que lo que ocurra con la estatuilla a partir de ahora no es de tu incumbencia. Nunca ha sido asunto tuyo.

—Es fácil señalarme como el malo, pero tú tampoco juegas limpio, Rodrigo. Estás cometiendo un delito.

—Me he demorado más de lo previsto, pero pienso notificarlo al Ayuntamiento o a la Delegación Provincial de Cultura, es solo que...

Vicente sonrió amenazante. Rodrigo calló al instante.

—No lo harás. No la has entregado antes y no lo harás ahora. En el momento en el que la encontraste, la meciste en tus brazos y la creíste de tu propiedad, tomaste una decisión inesperada. Los dos defendemos nuestras decisiones egoístas, pero no son más que eso..., puro egoísmo. ¿No lo ves? No somos tan distintos.

Rodrigo lo señaló con bravura agitando el dedo índice.

—Yo no soy un ladrón ni una persona despreciable que ha alimentado la locura de un hombre. Yo no he traicionado a un amigo ni le he mentido en la cara.

—Está bien. —Vicente expandió sus manos en forma de triángulo—. ¿Quieres medir el rasero de tu maldad? Tus actos responden por ti. Mientes a tu mujer, a tus hijos, al pobre de Adolfo y a la memoria de tu padre por querer quedarte un regalo de nuestros ancestros para ti solo.

Rodrigo se puso de pie. La vena de su cuello amenazaba con explotar.

—No hables de mi padre.

—Él hubiera compartido cualquier hallazgo con sus amigos —lo desafió con recelo.

—Eso es lo que quieres. Una tajada. Tu parte del premio. —Inclinó la cabeza y le lanzó su mirada más glacial—. Él te hubiera matado con sus propias manos —convino.

Vicente rio con malicia, apoyó los antebrazos en la mesa y lo miró a los ojos.

—Estamos en una situación complicada. Ambos tenemos secretos que guardar. Merezco mi parte tanto como tú.

Rodrigo vociferó al cielo de rabia. Destensó los músculos rígidos de su mandíbula, arañándose la cara. Demudado y pálido volvió a sentarse y apenas un susurro salió de su boca:

—Ochenta-veinte.

Vicente se mostró implacable.

—Setenta-treinta.

—Hecho.

Estrecharon sus manos por encima de la mesa en ese gesto rural y arcano mantenido hasta nuestros días. Simple para ellos y de absoluta honestidad para los ganaderos de la época romana según los testimonios epigráficos. Cerrar tratos comerciales bajo el ojo de Melkart, posteriormente llamado Hércules Gaditano, aseguraba a los comerciantes la fiabilidad del otro, pues nadie en su sano juicio osaría enfadar al señor de la ciudad.

Vicente se marchó satisfecho y Rodrigo ahogó la ira con alcohol. Ninguno de los dos reparó en la machota que habían olvidado apoyada en la fachada de la casa.

36

Sofía

Martes, 10 de febrero

Cinco días antes

—¿Dices que son amigos? No lo parecen —dijo Tony sacando conclusiones de la riña enardecida que había tenido lugar delante de sus narices.

Rodrigo había golpeado el capó de la furgoneta del albañil hasta hacer que este saliera de la misma y volviera a entrar en Villa Adolfo. Después de una conversación en la que debían de haber llegado a algo, el obrero salía con paso firme, aunque igual de tenso. Tony lo vio marcharse y se quedó mirando un punto fijo.

—¿Puedes, por favor, hacer eso que tengas que hacer rápido? Nunca he estado vigilando tan cerca —pidió Sofía.

—Para esto necesito concentración y estar al menos a cincuenta metros de la propiedad.

—Pues concéntrate.

Tony siguió con el trabajo. Había compartido los datos de su móvil para tener internet en el ordenador. Tecleaba números y letras de manera aleatoria.

—¿Has hecho esto antes? —quiso saber ella.

—¿Que si he robado antes? Sí.

—Que si has alterado las cámaras de un hogar.

Tony la miró ofendido.

—Por favor, no valoras lo que tienes al lado. —Hizo un gesto de falsa modestia y siguió tecleando mientras hablaba—. No todo lo que hay en el mercado es igual de efectivo. Mi especialidad son las cámaras de vigilancia y es lo que nuestro amigo Rodrigo ha instalado en su casa. Estas cámaras están continuamente enviando aquello que graban al disco duro. Son como los ojos de esta propiedad. Las imágenes pueden verse en directo y además quedan registradas en el grabador. El problema para Rodrigo es que voy a hackear su IP y contraseña, saltándome el cortafuegos y accediendo a su grabador. —Miró un momento a Sofía y luego volvió al trabajo—. Detengo las grabaciones y tenemos el campo libre. Últimamente hay empresas que instalan cámaras fotovolumétricas o vídeos volumétricos que tienen autoinhibidores. De esta forma, en el momento en el que alguien camufla la frecuencia envían un chivato, pero no hay de qué preocuparse, no es nuestro caso. Tu queridísimo Rodrigo seguirá viendo la grabación de las cámaras y confiando en su efectividad, pero poca utilidad va a tener. Nada va a quedar registrado. —Apretó los ojos con fuerza—. Y esto ocurrirá en tres, dos, uno… —Dirigió la vista hacia Villa Adolfo y sonrió triunfante—. Cámaras desactivadas.

Sofía lo miró atónita. Lo cierto era que Tony no dejaba de sorprenderla.

—¿Lo dices en serio?

—¿Quieres probar? —la animó de guasa.

—¿Tan fácil?

—Solo es fácil si cuentas con un experto. Seremos silenciosos como unos leones intentando cazar.

—Son las leonas las que cazan.

—Como quieras. —Se encogió de hombros—. Tengo un pasamontañas. Lo haremos cuando salgan de casa.

Sofía sintió el nudo en el estómago. Se retorció en el asiento. Tony le cogió la mano.

—No tengas miedo. Nunca más volverás a pedirle dinero a tus padres ni tendrás que esperar las limosnas de rubias empoderadas. Tendremos para empezar de cero en cualquier parte. Cuando la cosa esté tranquila, cada uno cogerá su camino y si te he visto no me acuerdo. —Ella no dijo nada—. ¿Has sabido algo de ellos?

Encogió su cuerpo y negó con la cabeza en un gesto delicado e infantil.

—Ahí tienes tu respuesta.

Tony observó la enorme casa e imaginó las ganancias que podrían sacar vendiendo los ajuares de valor. Todo ello sin contar con la estatuilla. De encontrarla cantarían bingo para toda la vida. Su hambre voraz de tener más y más era ya imparable.

37

Alfredo

Sábado, 28 de febrero

Alfredo estaba tan consternado que no era capaz de pensar con claridad. Solo sabía una cosa: el hombre de la batería pedía auxilio. Se acercó y se agachó para ponerse a su altura. Tenía sangre apelmazada en el pelo y restos de ella por toda la cara. La costra de la cabeza no tenía buena pinta. A pesar de su ignorancia en curas, casi podía afirmar que la herida estaba infectada. Lo miraba con ojos entornados y alicaídos. Su estado era débil y miserable. El hombre le mostró las muñecas. Las tenía atadas con nudos. Tampoco sabía del tema, pero no parecían nudos normales. Debían ser nudos marineros o algo así.

—¿Quién te ha hecho esto? ¿Ha sido Rodrigo?

No contestó. Solo sacudió sus antebrazos para que le desatase. Alfredo sujetó el móvil con la boca. A duras penas iluminaba con la linterna aquel entramado de cuerdas. Se dejó las uñas. Cuando no supo qué hacer, usó la boca. Imposible. Dejó caer su cuerpo hacia atrás para coger aire y descansar las piernas que habían soportado todo su peso en cuclillas durante demasiado tiempo. Al hacerlo, se clavó algunas conchas en el trasero. Eureka. Dos segundos después se encontraba rasgando con el borde afilado de una de ellas la cuerda. Fue un minuto tedioso y con mucha tensión. Las gotas de sudor resbalaban por su rostro. Notaba la desesperación y el desfallecimiento del hombre. La última hebra quebró cuando el sol tenía ya parte de su esfera en el otro hemisferio. El desconocido se señaló entonces los pies. Rodrigo le había atado todas las extremidades. Por un momento, Alfredo se sintió inseguro, pues no sabía cuál de los dos individuos era más peligroso. No conocía a la persona que había seguido, como tampoco tenía ni idea de a quién estaba desatando y mucho menos por qué estaba allí, en una flecha litoral alejado de la civilización y oculto en una fortificación abandonada.

Dejó a un lado las dudas y repitió el proceso. Rasgó la cuerda que unía los pies del extraño y que le impedía escapar. Una vez suelto, el hombre se tocó la cabeza para saber la gravedad de la herida. Tenía rastros de sangre tanto en la cara como en la ropa. Alfredo aprovechó para mirar su móvil y comprobó que estaba sin cobertura. Estaban en la punta del Boquerón, a dos kilómetros y medio de la carretera, algo más de una hora a pie. No tendrían que llegar hasta allí para tener señal, pero sí aproximarse. Ayudó al desconocido a ponerse de pie y se pasó un brazo por el hombro. Salieron de la batería. Fue entonces cuando Alfredo vio su cara por primera vez, la mirada asustada, el dolor en sus arrugas a cada paso. Si volvían por la pasarela, tenían posibilidades de toparse con alguien rezagado que hubiese estado paseando por la playa canina. Es por eso por lo que decidió volver sobre sus pasos en lugar de regresar por la playa. Tardaron treinta minutos en alcanzar la batería de Urrutia. A partir de ahí las luces del club náutico de Sancti Petri quedaban demasiado alejadas y tuvo que abrirse paso en la oscuridad. Caminaban muy despacio. Tardarían una eternidad. Los jadeos de Alfredo se mezclaron con los aullidos de dolor del hombre de la batería con el que no había cruzado palabra. Bajaron de la pasarela entre las retamas para comenzar un tramo arenoso. Los pies del joven se hicieron un lío y ambos cayeron de bruces. Gritó de rabia. Ayudó a su acompañante a ponerse de pie y lo miró a los ojos.

—Vamos demasiado despacio. Voy a adelantarme hasta que haya cobertura, llamaré a la policía y volveré a por ti.

La expresión fruncida del hombre se desdibujó dando paso a un gesto de desconcierto. Alfredo le puso una mano protectora en el hombro.

—No voy a dejarte aquí —dijo.

El desconocido asintió y observó cómo su salvador se alejaba. No corría, pero andaba más rápido y no cargaba en su costado a un hombre de ochenta kilos.

Alfredo se paró en un puente de madera que cruzaba una ría de la marisma. Apoyó sus antebrazos en la baranda y dio una bocanada de aire. La cobertura aún estaba a cero. En la oscuridad era imposible ubicarse, no estaba seguro de cuánto le faltaba para llegar. Parecía un camino diferente al que recorrió a la ida. Notaba el frío, la sensación térmica inferior a diez grados, el cielo velado, el espectro de la niebla flotando en el horizonte como un ente extraño. Eso le hizo preguntarse las penurias que habría aguantado aquel pobre hombre en su estado, sufriendo aquellas temperaturas con la cabeza abierta y la incertidumbre de si lograría desatarse o no. Volvió a enderezarse y estiró el brazo al cielo. Manoteó a los lados. Lo había visto en numerosas películas. El protagonista en una situación extrema clamaba al universo por una débil señal. Creyó ver algo. Se llevó el móvil a la cara. Tenía cobertura. Intensidad débil. Estaba a punto de marcar cuando recibió una llamada. Era Fabio.

—¿Dónde diablos te has metido? Llevo un rato llamándote sin parar.

—¡Fabio! ¡Fabio! Escúchame, tengo algo que contarte.

—No, escúchame tú a mí. He cotejado el nombre de Sofía Baturone en la base de datos. Figura por un par de multas de tráfico. Hemos contactado con la familia y resulta que llevan meses sin hablar con ella. No habían denunciado la desaparición por circunstancias personales. Al parecer no tenían la mejor de las relaciones con su hija. Esta tarde han venido al depósito de cadáveres y la han reconocido. Es ella. Tenías razón. La chica del acantilado es Sofía Baturone. No sé cómo lo has hecho, pero la has encontrado, has dado con su identidad.

Alfredo estaba en shock. Ni siquiera recordaba qué hacía allí en aquel recóndito paraje.

—¿Me oyes? Escucho interferencias —insistió el cabo.

—Fabio... —Su voz se entrecortaba.

—Debes tener poca cobertura. ¿Puedes desplazarte un poco? —Alfredo anduvo por el puente, nervioso—. Ahora mejor.

—Escúchame con atención...

El impacto sonó hueco. Un golpe en la cabeza. La vista se le nubló y el sonido se volvió estéreo, lejano, de otro planeta. Su cuerpo flotaba, perdía gravedad. ¿Estaba soñando o era verdad? Cayó de cara y no opuso resistencia. No pudo, sus músculos se habían vuelto lánguidos. En la lucha por mantener los párpados abiertos y no ceder a la inconsciencia, vio unos pies pasar por su lado y adelantarse. Eran los pies que hacía una hora había desatado. Antes de perder la batalla y cerrar los ojos se preguntó por qué le había hecho eso.

38

Rodrigo

Martes, 10 de febrero

Cinco días antes

Después de despedir a Vicente, apenas tuvo tiempo, antes de que fuesen llegando cada uno de los miembros de su familia, de darse una ducha tibia y reconfortante, adecentarse un poco y beberse un par de cervezas. Luego había puesto la mesa, preparado la plancha para los chocos en salsa verde que comerían y apremiado a sus hijos para que sacaran y dieran de comer a Trufa, que era la única que conocía todos los secretos de Rodrigo. A pesar de la suave temperatura, transpiraba copiosamente bajo la chaqueta. O iba a subirle la fiebre o su cuerpo le lanzaba algún tipo de mensaje como «no es buena idea». Sonaron dos golpecitos en la puerta y Luz entró en el despacho.

—Mi madre ya está aquí. Sal y ponemos los chocos en la plancha.

Rodrigo se pasó un pañuelito por la frente e hizo un movimiento afirmativo con la cabeza.

—¿Qué te pasa? ¿Estás enfermo? —Se acercó y vaticinó la temperatura de su marido posando el revés de la mano en su frente—. Parece que has cogido algo de frío. ¿Has salido hoy?

—No, he estado en casa toda la mañana.

Luz se hizo con el mando del aire acondicionado y apuntó al aparato.

—Sabes que este cacharro tiene calefacción, ¿no?

Rodrigo le arrebató el mando con la misma delicadeza con la que aplastaría un mosquito. Luz lo miró boquiabierta.

—Tengo que ponerle pilas —se disculpó.

Cruzaron una breve mirada de la que Rodrigo huyó levantándose de golpe.

—¿Vamos?

Ambos salieron del despacho y se sentaron en la mesa del amplio salón que ejercía también de comedor. La lluvia caía sobre el cobertor de la piscina. Esa tarde no había cascada ni farolillos para sorprender a la suegra. Rodrigo no tenía ánimos ni tampoco fe en que eso lo librase del chaparrón de Virginia.

Pablo y Alejandra devoraban el almuerzo como si no hubiera un mañana. Se los veía relajados. Comer en familia siempre era sinónimo de estar unidos. Rodrigo sabía que para ellos esto significaba que sus padres se habían dado una tregua. Además, la abuela los acompañaba. Seguro que pensaban que la sobremesa sería larga y que disfrutarían todos juntos de una película protegidos por el calor de la chimenea.

—Este choco está exquisito —aduló Virginia mirando de manera intencionada a su yerno.

Rodrigo se preguntó si habrían hablado, si Luz le habría pedido normalizar la relación, que fuera más blanda con su marido de piel fina.

—Al parecer te ha quedado un despacho muy bonito, ¿no? Luz dice que estás obcecado en terminar tus diseños. Todos esperamos grandes resultados, porque te estás esforzando mucho.

O paraba, o le iba a sentar mal la comida, pero todavía no había terminado…

—Tengo una pared en mi casa que quedaría preciosa con algunos de esos azulejos embellecedores que se llevan ahora tanto. Ya que has demostrado ser tan manitas, he pensado que podrías pasarte cuando acabes tus dibujillos. Por supuesto que te pagaría. A lo mejor, quién sabe, os llega para iros este verano —lanzó una mirada sorpresiva a los niños— a Cancún.

Rodrigo se tomó un tiempo para tragar y limpiarse el bigotillo con la servilleta. Bajó el delicioso bocado con un sorbito de vino Bermejo que degustó con calma, como se disfrutan los buenos vinos. Luego, miró a su suegra y perfiló una inmensa sonrisa, que, lejos de hacer feliz a Luz, la puso más tensa.

—Verás, Virginia, si te acabas de enterar de lo que puedo hacer con estas manitas y cemento es que no me has escuchado ni una sola vez. Esos dibujillos de los que hablas son mi pasión. Me dedico a lo que me gusta y se me da bastante bien. No necesito tus migajas ni tu propina para llevar a mi familia de viaje.

Ella rio incómoda.

—Vaya por Dios. No me digas que te has vuelto a enfadar.

—Tus comentarios son afilados, tienen una doble intención, que es la de zarandearme y hacerme sentir menos, pero ¿sabes qué? Me he cansado. Esta es mi casa y no voy a permitir que se me falte al respeto.

Luz le lanzó una dura mirada a su marido antes de intervenir:

—Creo que eso ha estado de más.

Rodrigo alzó las cejas, incrédulo.

—He perdido el apetito.

Se levantó de la mesa y se retiró a su despacho. Esta vez no tuvo fuerzas para reproducir el visionado en directo de la cámara del salón. Esperó paciente. Oyó vasos, platos y despedidas. Luz tardó unos veinte minutos en interrumpirlo.

—¿Por qué tienes que estropearlo todo? Y delante de los niños.

Rodrigo la miró asombrado. No esperaba aquel inicio.

—¿Estropearlo yo? ¿Acaso no percibes el sarcasmo en cada frase? —elevó la voz—. Todo lo que suelta por esa boca tiene el objetivo de herirme.

—Es tu maldito ego de machito el que se hiere. Mi madre solo intentaba amansar las aguas.

Rodrigo negó con la cabeza. No llegarían a nada.

—Es tu madre, da igual. Nunca vas a reconocerlo.

—No sé qué te pasa.

Lo que menos necesitaba era una pelea con Luz y acumular desdichas a su día y, sin embargo, allí estaba, preparado para otra embestida. Rodrigo se movía de lado a lado en la silla de escritorio. La vio venir. La ola del tsunami Luz devastaría todo lo que habían avanzado. Allá iba, directo a su tercera discusión del día. No hay nervios que aguanten tanto.

—¿Quieres que te sea sincera? —comenzó ella.

—¿Tengo opciones?

La miró cansado. La chispa había prendido en el interior de Luz.

—Pienso que eres un mentiroso patológico, que hay algo que no me cuentas. Estás atormentado, vagas distraído por la casa. Te siento todas las noches dando vueltas en la cama y sé que no has trabajado nada. —Él se quedó atónito—. No me mires con esa cara de tonto. Me sé tu contraseña. Deberías cambiarla si de verdad guardas algo de valor en ese aparatejo. El nombre de tu padre no es muy seguro que digamos. —Se envalentonó y dio dos pasos al frente—. He abierto las gráficas. Su última modificación dista bastante de lo que, según tú, estás trabajando en ellas. No las tocas desde hace días. Y, encima, borras el historial de Google. Tú dirás qué has estado haciendo desde entonces —lo retó.

—Y eso es normal, ¿no? Meterte a hurtadillas en mi despacho y rebuscar en mi ordenador.

—Me lo pones muy difícil si quieres que vuelva a confiar en ti. Esto es cosa de dos, no podemos tener secretos entre nosotros otra vez.

Rodrigo tomó aire antes de subirse al ring.

—Quizá deberías empezar tú. ¿Dónde están las aspirinas?

Luz frunció el ceño.

—¿De qué hablas?

—A menos que las desayunes a diario no entiendo cómo pueden haberse gastado tan pronto. ¿Cuánto hace que fuiste a la farmacia? ¿Días? Que yo sepa no has sufrido ninguna jaqueca severa. Dime, ¿las desayunas con el café?

Luz no esperaba aquel golpe. No había comprado aspirinas. Ni siquiera había llegado a ir a la farmacia. Contraatacó.

—¿Por qué maleducas a la niña?

—¿A Alejandra?

—¿Tienes otra? —dijo en un tono ofensivo.

—No entiendo a qué te refieres.

—Ah, ¿no? ¿Y el llaverito ese? ¿Y el juego de cartas? ¿Por qué tienes que tratarla entre algodones y hacerle regalos todas las semanas? Pablo no recibe ninguno. ¿Quieres hablarme de esa diferencia que haces entre nuestros hijos?

—No hago diferencia —increpó.

—A mí me parece que sí, Rodrigo. Sabes tan bien como yo que Alejandra tiene todos los caprichos del mundo.

—Pablo está conduciendo el segundo coche de la familia. Si eso no es un refuerzo positivo entonces no sé qué es.

—Sabes perfectamente lo que quiero decir. No es el mismo trato. —Se estaba desesperando—. Tienes algún tipo de favoritismo y no sé por qué.

—No pienso pasar por ahí. No voy a ceder en eso. —Se puso de pie frente a ella—. Pero tal vez tú puedas iluminarme y explicarme por qué cuando hablé con Vicente y le dije que habías ido con su mujer a yoga él me corrigió argumentando que Araceli lleva meses sin ir al gimnasio. ¿Dónde has estado todas las veces que me has dicho que ibas a hacer yoga?

Luz se quedó sin habla. Rodrigo aprovechó para venirse arriba.

—De mentiroso a mentirosa, voy a darte un consejo, nunca olvides tus mentiras.

El sablazo se oyó en toda la casa.

—No sé adónde va a ir a parar esto —masculló Luz.

—¿Esto qué? ¿Lo nuestro? ¿Adónde va a ir si no nos acostamos desde hace meses?

—¿Estamos en nuestro peor momento y tú solo piensas en sexo?

Su mujer dio media vuelta y salió del despacho dando un portazo.

—¡Cierra al salir! —gritó mordaz y victorioso.

Rodrigo se pasó una mano por el cabello alborotándose el peinado. Se puso frente al ordenador. Escribió su torpe contraseña, «Leonardo», y abrió el correo electrónico. Se acabaron los desplantes y las humillaciones de Virginia. ¿Querían ir a Cancún? Irían a Cancún. Contaba con el setenta por ciento pactado con Vicente. Conocía el siguiente paso. Sabía a quién acudir. Sacó de un cajón una tarjeta de contacto. Su vida estaba a punto de cambiar.

39

Sofía

Miércoles, 11 de febrero

Cuatro días antes

La seguridad que siempre había enarbolado al esconderse bajo el disfraz de Adela hacía aguas. Una cosa era perseguir en coche y observar con prismáticos a un marido infiel y otra muy distinta entrar en una casa, ponerla patas arriba y robar todo lo valioso. Pero Tony estaba convencido y no podía evitar sentirse protegida bajo el amparo de su ala. Disparatado o no, tenía razón en algo. Aquella familia vivía de manera holgada. Podrían sacar varios miles de euros de Villa Adolfo sin contar con la estatuilla. Se imaginó vestida con camisas de satén y abrigos largos, girando el cuello con pose de emperatriz, conduciendo un coche de alta gama y pasando las Navidades en alguna isla paradisiaca. Le vino la risa floja. Sus padres no sabrían el origen del dinero, pero verían en su hija alguien de quien sentirse orgullosos. Callaría bocas. Oh, sí, qué bien sienta callar bocas. Y esa idea, aunque de momento solo existiera en su imaginación, le resultó tentadora.

Cerró la puerta del trastomóvil con las nalgas. Tenía las manos ocupadas. Verificó que Antonia no estaba tras el mostrador de la entrada, sino en la cafetería, y subió con celeridad la escalera. Iba bastante cargada, así que abrió con esfuerzo la puerta de su habitación. Cuando entró, lo dejó sobre la mesa, cubriendo el espejo que había detrás. Retrocedió tres pasos y contempló su obra. Su trabajo como detective había concluido. No había llegado a nada y el acuerdo entre Luz y ella terminaba ahí. Si alguien le hubiera preguntado, hubiese contestado que se sentía libre. Por fin, podía vivir su vida y no la de otro.

Se había dedicado por la tarde a algo más productivo. Fotografió la fachada de La Pensión de Antonia, imprimió la imagen en papel de alto gramaje a un tamaño considerable y la enmarcó. Aquella mujer colgaba en las paredes de su negocio fotos de todos los encantos de Chiclana. Eso le daba a la pensión un toque bohemio y soñador. Sin embargo, había olvidado el rincón más importante: su propio trocito de felicidad. La fotografía en blanco y negro invitaba a la admiración. Imaginó los colores de Antonia al recibir su regalo. Las mejillas le arderían de ese modo tan tierno. Se llenó de amor solo de pensarlo. No todos los días se cruzaba con gente pura, de alma limpia. Personas que saben ver, no solo mirar. Esas son las que hay que mantener. Por desgracia, su marcha era inminente e inevitable, pero algo suyo quedaría en la pensión, igual que algo de Antonia quedaría para siempre en ella.

No pudo evitar el sentimentalismo. Cogió el móvil. Entró en el chat de WhatsApp de sus padres. No hablaban desde hacía meses. Escribió un «Hola» y, antes de enviarlo, ya estaba borrado. El orgullo le pudo. Tiró el móvil en la cama y cogió otra de esas bolsas donde guardaba los paquetes de magdalenas de la pensión.

40

Rodrigo

Miércoles, 11 de febrero

Cuatro días antes

Rodrigo conducía por las curvas de Atlanterra cuando la tormenta cayó sobre la playa de los Alemanes. El cielo se iluminaba con sus relámpagos y el mar rugía en su continuo avance y retroceso. Corrió hasta la residencia de Saúl Salvatierra y volvió a sorprenderse ante tanta amplitud y lujo. Lo recibió el propio empresario, que le estrechó la mano cortésmente y lo acompañó hasta el salón. Este había perdido la apariencia de sala de subastas para convertirse en una habitación acogedora y templada. Rodrigo se sentó en uno de los sofás crudo y aceptó el café que su anfitrión le propuso. No tardó en regresar con dos tacitas de diseño encima de una bandeja de plata que dejó sobre la mesa baja. Luego, ocupó otro sofá y observó a su invitado frente a frente. Rodrigo movió con dudoso pulso la cucharilla del café que luego se llevó a los labios y, aunque estaba ardiendo, tragó y disimuló la quemazón.

—Tutéame, por favor. ¿Puedo ofrecerte algo más? ¿Algo de comer?

—No, gracias. El café está bien.

Intercambiaron sonrisas amables.

—No te voy a mentir, Rodrigo. No esperaba tu e-mail. La noche de la subasta benéfica me diste otra sensación —comenzó.

—Esa noche había bebido mucho —se disculpó.

—Pensé que ibas de farol.

—No tenía por qué.

—Durante un instante incluso te creí un miembro de la brigada de la UCO de Patrimonio Histórico vestido de ciudadano.

Rodrigo se rio incómodo.

—Escuché algo que no debía y tuve... —vaciló un segundo— una sensación extraña.

—¿Y qué te ha hecho cambiar de parecer? Porque si estás aquí es que tienes algo que ofrecerme.

La caja de Pandora estaba abierta. Hablaba en clave. Sin señalarse, daba pie a su interlocutor. Le tocaba a Rodrigo mover ficha. Destapar su tesoro.

—Tengo algo que va a interesarte.

—Adelante.

Las manos entrelazadas de Saúl se despegaron animándolo con un gesto a que procediera. Rodrigo abrió la mochila que había traído consigo y sacó con sumo tacto la estatuilla de bronce. El rostro del empresario cambió en el acto. Estaba realmente sorprendido.

—¿Me permites? —preguntó.

Rodrigo asintió. Salvatierra despegó con cuidado el plástico de pompas que la cubría y la dejó tumbada sobre la mesa. Se levantó muy rápido y de un mueble próximo trajo una lupa. Examinó el bronce con mimo y admiración.

—Parece antigua —dijo mientras la estudiaba.

—Es muy antigua —subrayó—. Los estudiosos datan este tipo de estatuillas entre los siglos VIII y VII antes de Cristo.

Saúl lo miró interesado.

—¿Qué más sabes?

—Sé que es de origen fenicio, que fue hallada en las inmediaciones del islote de Sancti Petri donde se situaría el santuario del dios Melkart, que se asemeja a otras similares encontradas en el mismo lugar, que está hecha de bronce y que tiene unos tres mil años.

Su interlocutor lo escuchaba ensimismado.

—¿Tienes más o puedes conseguir más?

La pregunta pilló por sorpresa a Rodrigo.

—Es la única que tengo.

—¿Conoces el yacimiento?

—No. El hallazgo fue casual.

Saúl se recostó en el sofá y apretó los labios.

—Es una lástima. Un lote más copioso ganaría atractivo.

Este pareció ofendido.

—A mí me parece que una pieza como esta es bastante atrayente por sí sola.

—Oh, por supuesto. No me malinterpretes, Rodrigo. Los dos navegamos en el mismo barco. —«Vaya, así que ahora compartimos barco»—. Somos hombres de negocios, ¿no? Cuanto mayor es el negocio, mayor es la ganancia.

Rodrigo hizo un gesto asertivo sin saber muy bien a qué se refería.

—Permíteme un momento.

Sacó el móvil de un bolsillo interior de la chaqueta e hizo una llamada breve en la que pedía a alguien que acudiera. Luego, volvió la vista a Rodrigo y mostró una sonrisa perfecta.

—Agradezco que no enviaras las fotos por e-mail. El riesgo es muy alto. Además, semejante preciosidad tiene que ser vista en persona.

—Coincido —se limitó a decir.

El silencio se dilató más de lo esperado hasta que un joven con delantal y gafas hizo acto de presencia en el salón. Saludó educadamente y recogió la figura de la mesa.

—¿Adónde se la lleva? —se sobresaltó su dueño.

—No te preocupes. Víctor es técnico en restauración. Trabaja para mí. En unos minutos te la devolverá y traerá información acerca de la validez de la figura.

—¿Crees que es falsa?

—Yo no creo nada. Me limito a verificar su originalidad.

Las pulsaciones se hicieron fuertes cuando la perdió de vista. El apego era real.

—Entonces ¿estás decidido a venderla?

La pregunta retumbó en sus oídos. Se la había estado formulando desde que aquel golpe de suerte cayera en sus manos. El plazo legal de veinticuatro horas para notificar el hallazgo a las autoridades se había cumplido hacía bastante. Aunque quizá Vicente tenía más razón de la que en un principio Rodrigo quiso admitir y la decisión ya estaba tomada. Desde el día uno. Desde que optó por esconderla en vez de entregarla, pero venderla era otra cosa totalmente distinta. Una determinación a la que había llegado empujado por las circunstancias. Pese al anhelo y el miedo de separarse de ella, lo dijo y sintió roto el hilo que los conectaba.

—Quiero venderla.

Los ojos de Saúl se iluminaron.

—Has tomado el camino inteligente.

Rodrigo no estaba tan seguro, pero agradeció la alabanza. El técnico regresó al salón y dejó la estatuilla sobre la mesa. Saúl le dio la palabra con un cabeceo.

—Es original. Nada apunta lo contrario.

—¿Contexto histórico?

—Orientalizante.

—¿Iconografía?

—Melkart.

—¿Material?

—Bronce.

—¿Datación económica?

Dudó.

—Diría que podemos venderla por tres millones de euros.

Rodrigo aguantó el tipo a pesar del susto. Salvatierra dio permiso al joven para que abandonara la sala y miró divertido a su invitado.

—Bueno, parece que te ha tocado la lotería.

—¿Cómo lo haremos?

Saúl dibujó una sonrisa farisea.

Lo tenía donde quería.

—No es una moneda, es una estatuilla fenicia. No puede adquirirla cualquier persona. Este tipo de bienes culturales se están vendiendo muy bien en Oriente Medio. Ya me oíste decirlo —dijo sin escrúpulo haciendo referencia a la noche de la subasta—. Es muy probable que acabe en Catar, pero para ello necesitamos un intermediario que sepa estipular su valor artístico y económico...

—Pero tú técnico ya ha dado su visto bueno.

—Si vamos a vender esta pieza, debemos estar seguros de su valía, ¿no te parece? Contactaré con Fabrizio Santoro. Lo conociste en la fiesta, el señor que dio el *speech* introductorio. Está en un viaje de negocios, pero regresará a España esta semana. Nos reuniremos con él. Fabrizio tiene un contacto en Oxford que le preparará la documentación falsa a la pieza. Con eso tendrá carta blanca para salir del país y moverse por el mundo. Él mismo hará la venta internacional.

—¿Y luego?

—Llegará a su destino.

No era eso lo que quería decir. Y Saúl lo sabía bien, pero disfrutaba viéndolo jugar en un campo absolutamente desconocido. Eso le daba poder.

—¿Y el dinero? —insistió Rodrigo.

—Te llevarás lo tuyo, por supuesto. Dos millones para mí y un millón para ti.

La crispación se dibujó en torno a sus ojos. Saúl levantó una ceja.

—¿No estás de acuerdo, Rodrigo? Observa la figura. Es probable que lleve años fuera del mar. El cloruro, la humedad del ambiente y —señaló una parte deteriorada— algún que otro daño le resta valor. No solo haré uso de mis contactos, sino que tendré que aplicarle productos químicos que disimulen su lamentable aspecto. Es un trabajo en equipo y todos se llevan su parte. —Inclinó su cuerpo hacia delante y perfiló una sonrisa pretenciosa—. Dime, Rodrigo, ¿no sueñas con liquidar facturas, comprarte un cochazo, un casoplón en Atlanterra o cruzar el charco en busca de aventuras? Esto es lo más cerca que has estado nunca de ser millonario.

Rodrigo se revolvió nervioso. Le gustaba cómo sonaba aquella palabra: «mi-llo-na-rio». Le gustaba el tacto caro del sofá en el que estaba sentado. Las cristaleras ornamentales de las ventanas. El vino de reserva. La casa con *infinity pool*. Le gustaba verse reflejado en aquel hombre.

—No veo el momento de empezar —dijo.

41

Sofía

Jueves, 12 de febrero

Tres días antes

Tony y Sofía se reunieron para almorzar juntos en un restaurante indio de la Barrosa. Aunque la lluvia había cesado en la madrugada, la intensidad del frío y la humedad por la proximidad del mar se colaban por los huecos de los toldos que cubrían las mesas del exterior. Ocuparon una de las más alejadas. Cuando Tony echó un vistazo a la carta se quedó blanco.

—Confío en ti —ratificó.

La comida llegó en cuencos metálicos humeantes. El olor a especias era intenso y, durante una hora, el petricor quedó reemplazado por las especias del arroz *kashmiri pulao*. Para sorpresa de Tony, disfrutó de los sabores y la sensación, a veces agridulce, a veces picante, le resultó placentera. Después de la charla trivial e impersonal, entraron en materia.

—Me ha parecido conveniente quedar hoy a expensas de lo que pueda pasar el fin de semana —explicó Tony—. Es cuando la gente suele salir y estar más despreocupada. Debemos estar preparados por si se da el caso y podemos entrar mañana, el sábado o el domingo. Hay que hacerlo cuanto antes, por si Rodrigo decide mover la estatuilla o los ladrones del robo anterior que me has contado vuelven a por más.

—¿Cómo vamos a saber cuándo salen de casa para poner en marcha el plan?

—Tú permanecerás de vigilancia apostada frente a la casa. Si salen, los seguirás. Como si van a hacer senderismo, al centro comercial o a cenar. No los perderás de vista. Estaremos atentos al móvil. Me avisarás cuando se marchen y cuando estén de regreso, y tendré tiempo de salir de la casa.

—Entonces ¿no voy a entrar?

—Es mejor que no —repuso protector.

Ella resopló aliviada.

—Tengo el control de las cámaras. Grabarán, pero las imágenes no se guardarán —expuso Tony—. Iré con pasamontañas y entraré por la cristalera del salón. Todas las casas de la zona tienen una. Es un punto débil. Haré lo imposible por encontrar el bronce, si es que estamos en lo cierto y don Cuernos lo tiene escondido bajo el mueble del fregadero —se burló—. Y, si no, de todas formas, sacaremos una buena tajada. Yo robo, tú los vigilas. Cada uno a su especialidad.

El comentario hizo gracia a Sofía y consiguió relajar tensiones.

—Luz me conoce.

—Es por ello por lo que tendrás que extremar precauciones. Aunque tampoco sería acertado ser una sombra con ojos. Intenta mezclarte. Ser una más en el paisaje, ya me entiendes. Túmbate en la playa si hace falta o bébete un whisky —sugirió pensativo—. Son un grupo de cuatro personas intentando ser una familia, así que volverán juntos a casa. Yo ya me habré ido. Nos reuniremos en la calle Erizo con Centollo y saldremos de Chiclana sin mirar atrás.

La emoción fue tal que juntaron sus manos sobre la mesa.

—Para eso tenemos que estar alertas y preparados en todo momento —dijo con firmeza y luego añadió—: Y, Sofía, por nada del mundo entres en la casa. No quiero ponerte en riesgo.

Ella lo mandó callar.

—Lo digo en serio —insistió—. Si algo pasara, no vuelvas a por mí. Sería un error garrafal descubrirte. Tú corre, corre y lárgate de aquí. ¿Me has oído?

—Sí, alto y claro.

—Invito yo, en unos días puede que seamos ricos —bromeó él.

Salieron del restaurante con el estómago lleno y la cabeza echando humo. Tony aceleró el paso. Sofía, que había aparcado algo más lejos, se quedó atrás. Repasó la conversación. Él desempeñaría el papel peligroso mientras ella, en un segundo plano, sería los ojos del estratega. Tony seguía siendo igual de protector, pero también un canalla. Mucho énfasis había empleado en mantenerla alejada de Villa Adolfo. No quiso desconfiar, pero fue inevitable. Tony podría jugársela. Llevarse el botín. Dejarla plantada. Supuso que era un riesgo que tenía que asumir. Suspiró hondo. Un manto helado cubría el cielo. La diferencia de temperatura al salir de la parte techada era notable. Se frotó las manos frías y rebuscó las llaves del coche en su bolso. A todo esto, una chica vendiendo romero se enganchó a su brazo.

—Cómprame una matita —rogó con picardía.

—No tengo suelto, lo siento —intentó escabullirse.

—Anda, hija, no seas malaje. La suerte se paga con papel.

—No tengo, en serio.

La joven de etnia gitana le clavó sus venenosos ojos negros y bajó sus manos por el antebrazo de Sofía hasta llegar a su palma. Una vez en ella, deslizó sus pulgares por ella y observó con detenimiento las líneas. Con aire seguro y despierto, recorrió cada grieta de la piel con una de sus uñas de gel. El movimiento le hizo cosquillas a Sofía que, durante unos segundos, no supo cómo actuar y se dejó llevar, bloqueada por lo apabullante de la situación. La gitana levantó la vista. Su expresión era desconcertante. *Ipso facto*, volvió a la lectura de las líneas de la vida, moviendo, esta vez, de forma frenética los ojos. Sofía dio entonces un pequeño tirón, pero la muchacha no la soltó. Repitió el intento hasta que pudo liberarse. Esos ojos negros volvieron a apuntarle. Le tendió una ramita de romero.

—Para ti, esta no la cobro —dijo con un hilo de voz.

—Gracias, pero no…

La improvisada adivina insistió, meciendo en el aire el romero.

—¿Qué has visto? —quiso saber curiosa—. En mi mano, ¿qué has visto?

Recibió el silencio como toda respuesta. Sofía se giró con brío, dándole la espalda y rechazando el regalo.

—Mala puñalá te den —susurró esta.

Sofía, abrumada, siguió su camino. Miró un par de veces hacia atrás. Aquella gitana seguía parada con sus ojos negros de bruja posados sobre ella. Corrió hasta el coche y, una vez dentro, cerró los pestillos. ¿Era así como sonaba una maldición? Intentó recuperar la cadencia en su respiración. Abrió las manos y deslizó el pulgar por la línea de su piel que había causado tanta alarma. El frío la hizo estremecerse. O tal vez fue el presentimiento de que algo malo iba a suceder.

42

Rodrigo

Sábado, 14 de febrero

Día de los Enamorados

Habían cambiado el día del encuentro tres veces. Primero, lo citaron el jueves a las diez de la noche, luego lo aplazaron al viernes a las tres y, finalmente, Saúl le encomendó estar disponible el sábado. Toda seguridad era poca. Despistar a la autoridad como medida preventiva era algo que controlaban a la perfección, pero a Rodrigo lo estaba desquiciando. Se comunicaban a través de un móvil de prepago que el señor Salvatierra le había facilitado el día de la reunión en Atlanterra. Desde entonces solo había llamado para cambiar la cita con el intermediario. «Estate atento el sábado». ¿Qué significaba eso? Apenas le quedaban pellejos que arrancarse de los dedos. La incertidumbre era tal que la sentía como una úlcera en su estómago. Le impedía comer, dormir y tener una conversación normal. Aunque, bueno, tampoco tenía con quien hablar. Luz llevaba días sin dirigirle la palabra. Desde el altercado con Virginia para ser exactos. Momento en el que había quedado claro que la desconfianza y los secretos seguían resquebrajando la relación.

Pero ¿qué problema puede existir con un millón de euros en el banco? Ninguno. Tenía claro su objetivo. Por mucho que le doliera desprenderse de la pieza, de poco serviría escondida para siempre en el aparato del aire acondicionado, pero sí se le ocurrían varias cosas que hacer con semejante cantidad de dinero. Desde entonces lucía mejor. Después de los productos con los que el técnico de Saúl la había rociado, recuperó un tono y el bronce parecía más limpio, pulido y brillante. Era preciosa. Y la emoción de tenerla en su poder superaba cualquier otro sentimiento. Sin embargo, conocía el significado de que hubiera caído en sus manos. No era ser su dueño y su eterno protector, sino que ella era la salida a sus penurias y el bálsamo para las heridas. Estaba convencido. En contra de lo que le dijo Vicente, su padre no estaría enfadado con él. Ya se lo explicó una vez cuando era joven y acostumbraban a contemplar el castillo de Sancti Petri en las noches de verano. «La situación mejorará. Melkart está con nosotros». Él mismo lo dijo y Leonardo no lo desmintió. No se equivocaban. Solo habían tenido que pasar treinta y dos años para ello. Sí. Era una locura deliciosa. Melkart salvaría su matrimonio, el agujero de su cuenta, su triste existencia. Lo convertiría en un hombre millonario. Eso estaba pensando cuando lo interrumpió Luz. Entró en su despacho, tímida, con una sonrisa críptica.

—¿Sigues trabajando? —preguntó quedándose, prudente, a dos metros de la mesa.

Rodrigo miró la pantalla de su ordenador. Estaba en la página web de una compañía aérea buscando vuelos a México. Simuló que cerraba alguno de los programas de diseño y luego apagó el ordenador. Que Luz hubiese dado el primer paso para un acercamiento entre ellos lo enterneció. Se levantó y la cogió de la cintura.

—Ya iba a dejarlo de todos modos.

—Los niños quieren cenar fuera. Es sábado... He pensado que quizá es hora de que pasemos página. ¿Qué opinas?

—Opino que es una buena idea —dijo conciliador.

Luz quiso besar a su marido, pero este torció el cuello a tiempo. Soltó sus caderas y se apoyó en el borde del escritorio. La miró como se mira a una mentirosa, con sospecha y recelo.

—Antes deberíamos aclarar algunos puntos.

Luz compuso una mueca desagradable. Sabía lo que venía. Lo había estado ensayando día y noche. Empezó ella:

—Sabes cuánto he puesto en juego mudándome a Chiclana, dándote una oportunidad. Intenta ponerte un poco en mi lugar, ver los hechos desde mi ángulo. Decidí apostar por ti, pero la confianza estaba rota. No es algo que pueda recomponerse de un día para otro. Es algo que me va a costar... —Aspiró hondo y siguió su explicación—: Es muy reciente. No las tenía todas conmigo. Pensé que seguirías viéndote con Claudia a mis espaldas. O con alguna nueva, qué sé yo. Así que contraté a una detective para que te vigilara, una de esas que detectan infidelidades.

Rodrigo estuvo a punto de perder el equilibrio.

—¿Una detective?

—Lo siento muchísimo. Ahora sé que ha sido una locura. Este martes prescindí de sus servicios. Le dije que se acababa y, al marcharme, vi por el espejo retrovisor una segunda silueta negra en el aparcamiento. Creo que no estaba sola en esto. Me dio malas vibraciones. No quiero contar más con ella. Quiero confiar en ti. De verdad que quiero...

Rodrigo no escuchó el resto. El corazón le golpeaba el pecho con virulencia. El martes. Y a pesar de todo la suerte le había sonreído, la detective lo había dejado de seguir un día antes de su encuentro con Salvatierra.

Sin embargo, la duda le sacudió como un látigo. ¿Cuánto sabía? ¿Cuánto habría logrado adivinar siguiendo sus movimientos?

—Dios mío..., ¿te dijo algo?

Luz lo miró desconcertada.

—¿Algo como qué?

—Algo al querer prescindir de ella —reculó.

—¿Qué me va a decir? Con todo lo que le he pagado no tiene derecho a decirme nada. He bloqueado su número. Son los términos que acordamos. —Rodrigo suspiró—. Jamás me creí capaz de actuar de ese modo. Lo siento, mi amor.

—No he vuelto a serte infiel, Luz. No volveré a hacerte eso, te lo prometí y te lo prometo ahora.

—Lo sé.

Rodrigo se cruzó de brazos.

—Así que te reunías con ella en lugar de ir a yoga o a la farmacia.

Luz asintió ruborizada.

—Has estado rarísimo estas semanas. Hubo momentos en los que pensé que había hecho bien, que esa chica encontraría algo, pero ahora sé que te esforzarás muchísimo y que estos diseños harán que la empresa india quiera contar contigo todos los meses. Solo tiene que llegarte la inspiración...

Rodrigo sonrió rebajando la intensidad del momento. Le tembló el labio. Temió que Luz lo hubiera notado. Sentía su vida como una película cómica, una sucesión de escenas que pasaban de la risa al llanto en un minuto. Todos los malditos astros del universo se reían de él. Endureció el gesto. Pero ya no. Eso se había acabado. En unos días sería millonario y podría tirar los bocetos al suelo.

—Yo también tengo que contarte algo —dijo.

Su mujer lo interrogó con la mirada.

—Tengo entre manos un negocio que hará que podamos irnos el mes que viene a Cancún.

—Pero los niños tienen colegio.

—¿Estás escuchando lo que estoy diciendo? ¡Cancún! Es lo que querías, ¿no?

—Sí... —dijo sin mucha convicción—. ¿Qué negocio es ese? ¿Te han pedido más gráficas?

—Mejor —la retó.

Se subió al taburete de la esquina ante la atenta mirada de su mujer y destapó la tapa que ocultaba el filtro del aire. De su interior sacó un paquete de más de treinta centímetros de largo. Luz se tapó la boca con las manos y lo miró impresionada.

—¿Qué es eso?

Rodrigo tumbó la figura sobre el escritorio y retiró el plástico protector.

—Esto es nuestro pasaje a primera clase.

Luz, que no salía de su asombro, se acercó a la pieza.

—¿Qué estoy mirando, Rodrigo? —preguntó contrariada.

—La encontré en la obra del despacho. Estaba oculta en la pared, entre los ladrillos. ¿Puedes creerlo? Es una estatuilla fenicia. Confirma la antigüedad de Gadir, el origen de todos nosotros. Su valor artístico es incalculable. He contactado con un pez gordo que se encarga de mover este tipo de mercancías. Va a pagarme una fortuna. —La miró expectante a su reacción ante la cantidad que iba a soltar—: Un millón de euros.

Su rostro se volvió hacia él con gran sorpresa, desconcertada. Rodrigo sonrió, nervioso.

—Lo sé, es una pasada, ¿verdad?

—Pero ¡esto es un delito!

—Tranquilízate, cariño.

—¡No me tranquiliza lo que dices!

—Baja la voz. —Sujetó los brazos de su mujer en un intento por contenerla—. Todo saldrá bien. Salvatierra sabe de esto, van a prepararle documentación falsa. Saldrá del país antes de que nos demos cuenta y será como si nada hubiera ocurrido. Rápido y eficaz. Voy a entregársela al intermediario hoy.

—¡¿Hoy?! —repitió con las mejillas rojas.

—¿Puedes, por favor, no gritar?

Luz se soltó y correteó por todo el despacho.

—¿Sal... Salvatierra? ¿El de la exposición? ¿En esto andabas? ¿Por eso fuiste al Museo de Cádiz? Y yo preocupada por una infidelidad. ¡Esto es peor que unos cuernos! Te has vuelto loco, definitivamente te has vuelto loco. Tienes los esquemas éticos alterados. ¿Qué pasará si te pillan, eh? ¿Lo has considerado?

—Me he estado informando. Las multas y penas contra el patrimonio no son duras.

—Ah, entonces no te importa pagar de multa cien mil euros ni ir a la cárcel.

—Luz, no es eso. Nadie va a ir a la cárcel. Mañana seremos millonarios y nos reiremos de este momento.

—Me cuesta pensar que pueda reírme de esto, la verdad. Tú te estás oyendo, ¿no? Suenas como un…

—Como un hombre con suerte.

Luz estudió su rostro.

—No iba a decir eso.

Rodrigo le cerró el paso y la miró fijamente cogiéndole las manos.

—¿Por qué no puedes alegrarte por nosotros?

—¿Alegrarme por violar la ley?

Rodrigo la miró enfurecido.

—Estoy harto de ser Rodrigo, el patético. He vendido tres diseños en lo que va de año mientras tú sostenías la economía familiar. ¡Estoy frustrado! Y sé que tú también lo estás.

—No estoy frustrada.

—¡Por favor! Llevamos veinte años casados y aún no he podido llevarte al lugar de tus sueños.

—No me importa, Rodrigo.

Él la miró con cara de circunstancias.

—Necesito una victoria. Necesito que me dejes ganar alguna vez. Tú traes el dinero a casa, tú eres nuestro salvavidas. Tú eres la cabeza y el soporte de esta familia. Déjame hacer esto. Déjame tomar las riendas una vez.

Luz permaneció impasible al menos un minuto.

—¿Un millón?

—Un millón. Imagina nuestra vida con un millón.

—Rápido y sin problemas...

—Tal que así —confirmó Rodrigo chasqueando los dedos.

Luz se acarició la frente en un gesto inquieto y dijo:

—Está bien.

—¿Está bien? —se sorprendió.

—Sí, está bien, pero como esto salga mal no te lo perdonaré en la vida.

Rodrigo se lanzó a sus labios.

—No te arrepentirás, te lo juro.

Luz se contagió de su alegría y acabó riendo y dando saltitos con su marido en el despacho hasta que este recordó algo.

—Aunque no va a ser un millón exacto.

—Háblame claro —pidió ella.

—Vicente está al tanto. Andaba detrás de la estatuilla y sabe que la tengo. Me chantajeó, tuve que llegar a un acuerdo de setenta-treinta.

Luz asintió sopesando la información. Rodrigo volvió a tomar la palabra:

—Fue él quien entró en la casa la noche del robo.

El resentimiento se apoderó de las palabras de Luz:

—No le daremos ni un solo euro a ese cabronazo.

43

Rodrigo

Sábado, 14 de febrero

Día de los Enamorados

Rodrigo, Luz y los niños salieron a cenar a Los Pescadores, un restaurante situado en el paseo marítimo de la Barrosa, conocido por sus pescados y mariscos. Después de tres días de cambios de planes no iba a quedarse en casa ahora que la cosa iba viento en popa con su mujer. Llevaba el móvil de prepago encima y estaba a cinco minutos de su domicilio. Si recibía la ansiada llamada, solo tendría que salir pitando, recoger la figura y dirigirse al lugar acordado.

Aquel día el nivel de luz había sido muy bajo y la noche traía frío y lluvia. A Rodrigo le pareció que la playa representaba la ilustración de algún libro religioso. El cielo y el mar se unían en un reflujo grisáceo. Costaba discernir dónde empezaba uno y terminaba el otro.

Habían ocupado una de las mesas del salón y comían relajados. El ambiente estaba animado. Numerosas parejas disfrutaban de un momento a solas y se regalaban miradas de amor y deseo. Alejandra observaba a sus padres. Cuando Luz se dio cuenta, sonrió.

—¿Qué pasa, cielo?

Rodrigo y ella se habían acariciado las manos en un par de ocasiones.

—Entonces ¿ya no os vais a divorciar?

La pregunta llenó de culpa al matrimonio. Habían impregnado las vidas de sus hijos de inestabilidad y desasosiego.

—Tu padre y yo no vamos a divorciarnos. Nada ni nadie se interpondrá en nuestra familia —aseguró Luz.

Las palabras calmaron a sus hijos, en especial a la más pequeña, que sonrió y siguió comiendo con una sonrisa. Rodrigo agradeció el gesto apretándole la mano a su mujer. Después de todo, apostaba por él y eso lo hacía inmensamente feliz. Estaban con los postres cuando el tono de llamada del móvil de prepago sorprendió a la familia. Rodrigo se llevó la mano al pantalón y se levantó de golpe.

—Tengo que cogerlo. —Pablo y Alejandra lo miraron extrañados—. Es del trabajo —dijo mirando a Luz.

Ella entendió rápido lo que ocurría.

—Ve a casa y hablas más tranquilo. Nosotros acabamos con los postres, pago y volvemos. Llévate el coche. Nos vemos allí —siguió ella.

—Pero ¡está lloviendo! ¡Nos mojaremos! —replicó Alejandra.

—Tenemos paraguas. No importa —aseguró Luz—. Vete ya.

Salió del restaurante sin reparar en la chica con gabardina que tomaba whisky en la barra, oculta tras el cuello de su abrigo.

44

Sofía

Sábado, 14 de febrero

Día de los Enamorados

Sofía preguntó por el servicio y se encerró en uno para llamar a Tony.

—Rodrigo ha salido disparado del restaurante. Llevaba las llaves del coche en la mano. Tony, no sé adónde va, pero, si su destino es la casa, tienes menos de cinco minutos para irte.

—No sabes si viene hacia aquí.

Y era cierto.

No tenían manera de saberlo y no habían contemplado la posibilidad de que uno de los miembros de la unidad familiar volviera solo. Igual se había olvidado la cartera en casa o igual iba a sacar dinero a un cajero automático. La mayor parte de la familia aún estaba en Los Pescadores.

—Quédate allí. Si en cinco minutos no he contactado contigo será señal de que estoy en problemas. En ese caso, te irás, me abandonarás a mi suerte. Prométemelo, Sofía.

—Pero, Tony…

—¡Prométemelo!

Cerró los ojos y esperó que esa posibilidad no se diera.

—Te lo prometo.

A Sofía le pareció que Tony encontró consuelo en su promesa. Lo oyó insuflar aire en sus pulmones.

—Nos vemos pronto, ten cuidado.

Y colgó.

Sofía se miró al espejo un segundo. Trató de ocultar sus facciones tras el pelo que movía convenientemente para no ser vista por Luz. Regresó a la barra y encontró que el camarero le había rellenado el vaso. Se lo bebió y aprovechando que lo requería un cliente se dispuso a pagar y marcharse.

—Alfredo —le dijo—. ¿Y tú eres...?

Lo miró desconcertada. En medio de toda esa vorágine aún había tiempo para presentaciones. Aquel chico la observaba con interés. Sintió envidia. Imaginó una vida tranquila en la que mamá y papá la esperaran en casa, en la que conociera a alguien noble que se ganara la vida honradamente, en la que pudiera ser ella misma. Sin disfraces ni armaduras.

—Sofía. Me llamo Sofía.

Se sentó en el muro de la plaza que hacía esquina y esperó. Pasara lo que pasase no podría abandonar a Tony. Había demostrado que le importaba, que la protegía por encima de él. No podría vivir con esa carga de conciencia. En cinco minutos tomaría una decisión súbita. Los nervios la comían por dentro. Suerte que llevaba consigo la bolsa para castigarse un poco. Algo la distrajo cuando iba a apretarse el gaznate por segunda vez.

—¿Quién anda ahí?

Entonces reparó en aquel camarero dulce y delicado con el que había conversado en la barra. El muchacho se había acercado por sorpresa.

45

Rodrigo

Sábado, 14 de febrero

Día de los Enamorados

Rodrigo corrió hasta el coche. Contestó a la llamada casi sin voz.

—Rodrigo —dijo Saúl al otro lado—, perdona la inmediatez. El encuentro será esta noche a la una de la madrugada en el lugar que acordamos.

Miró la hora en la pantalla. Eran las once menos veinte.

—De acuerdo.

—Nos vemos allí.

La lluvia bombardeaba la chapa del coche cuando colgó la llamada. Activó una alarma en el móvil y condujo con prisa de vuelta a su domicilio esquivando los charcos. Aparcó y se cubrió los ojos con el antebrazo. No tuvo tiempo de buscar las llaves porque encontró la puerta abierta. Se paró en seco y en un acto reflejo silbó para llamar a Trufa, pero no acudió. Apretó el mentón. Algo no iba bien. Abrió el portón, entró en el salón y vio que los cristales de la puerta corredera del jardín trasero cubrían el suelo. De forma automática su cuerpo se puso en alerta. Irguió el tronco y miró a todos lados. Se desplazó sigiloso hasta el despacho. Todo estaba revuelto. La mayoría de los libros de la biblioteca esparcidos por el suelo. Pensó en Vicente, pero no tenía sentido porque habían llegado a un acuerdo. Y entonces vio el portátil. Por un lado, la pantalla y, por el otro, el teclado. Una mata de pelo asomaba al otro lado del escritorio. Se acercó temblando.

—No...

Era Trufa. Estaba tumbada sobre un reguero rojo. Una de las piedras embellecedoras del jardín estaba a su lado manchada de sangre. Se obligó a recuperar la entereza. Aquel era otro intruso. Mucho más peligroso. No tenía piedad alguna. Miró el aire acondicionado. Seguía intacto. Buscó entre los libros hasta dar con *El cazador de sueños*. Entre sus páginas guardaba un sobre. Lo abrió como un acordeón y el papel cayó vacío a sus pies.

—Maldita sea —susurró.

Acostumbraba a guardar dinero entre los libros. Y no estaba. Esta vez era un robo de verdad. Intentó mantener la calma, la cordura. Aún tenía lo más importante. Poco importaría ese dinero si completaba la transacción. Se subió al taburete, abrió el aire y sacó el tesoro. Alcanzó a salir del despacho cuando fue abordado por un encapuchado. Cayó al suelo y la figura salió rodando y quedó tirada a unos metros de distancia. Un puñetazo en la mandíbula le hizo volver la vista hacia su agresor que no dudó en aprovechar el factor sorpresa y golpear con dureza a Rodrigo. Recibió dos más en la cara. Uno de ellos le partió el labio. Trató de quitárselo de encima. Apretó los nudillos y golpeó con todas sus fuerzas el costado del hombre que lo montaba a horcajadas. El desconocido trastabilló y cayó de lado. Le había dado en la caja torácica. Tenía dificultad para respirar. Rodrigo aprovechó el desconcierto y se puso encima. Cogió su cabeza aturdida por el trompazo y la estrelló contra el suelo del salón. Una y otra vez. No hubo gritos. Tampoco llanto o histeria. Solo dos hombres luchando por su vida. Y Rodrigo había ganado. Observó a su adversario. No se movía. Se miró las manos. Estaban ensangrentadas y le temblaban. Levantó el pasamontañas y descubrió la cara del intruso. Era joven. Moreno. ¿Quién diablos era ese tipo?

Escuchó un ruido. Alguien pisaba los cristales rotos. Aún encima del asaltante se giró hacia la puerta. Una chica de rostro macilento y mirada asustada contemplaba la escena desde el rellano. Rodrigo no tuvo tiempo de levantarse. La chica huyó, aterrorizada. Lo había visto. Lo había visto. Lo había visto. Se incorporó deprisa y corrió tras ella enloquecido. Se cruzó con su familia en la puerta del jardín que lo miró como si fuera un espectro.

—¡Rodrigo! ¿Qué está pasando? ¿Quién es esa chica? —gritó Luz.

—¿Le has visto la cara? ¿Por dónde ha ido?

—No he podido, iba como un rayo. —Se giró para señalar—. ¡Por ahí!

—No llames a la policía —tuvo tiempo de añadir.

Vio a la chica doblar la esquina y adentrarse en el pinar previo a la playa. Quería esconderse. Era lista, joven y rápida, pero Rodrigo tenía los brazos como robles y haría lo que fuera por proteger a su familia. Corrió por la pasarela y, cuando esta acabó, metió sus botas en la arena. Avanzaba con cautela, atento a los ruidos. La lluvia no importaba. Había pasado a un segundo plano. Tenía una presa que cazar. Rodrigo tenía a su izquierda los acantilados de Sancti Petri. A su derecha, sabinas negras, retamas y enebros, la vegetación característica costera. Oyó un chasquido y pudo ver cómo ella salía de detrás de un arbusto. Había dejado el sendero, ignorando el cartel de PROHIBIDO EL PASO, y había pasado al otro lado de una valla desvencijada. Ella también se dio cuenta de que su perseguidor la había localizado. Retrocedió y clavó sus ojos verdes en él. Rodrigo no la reconoció, no la había visto en su vida.

—¡Deja de huir! ¡No tienes escapatoria! —gritó reduciendo la distancia entre ellos a diez metros.

La joven estaba paralizada por el miedo.

—¡Lo has matado! ¡Eres un asesino!

—¡No soy un asesino! —le rebatió.

—Ah, ¿no? ¿Y qué ha sido eso? ¿Mal pronto?

Su sarcasmo le escoció.

—No te muevas. No tienes adónde ir.

El móvil le vibraba en el pantalón. No era el de prepago, sino el otro. Echó un vistazo rápido a la pantalla. Era Luz. Estiró una mano hacia delante en posición de ataque y con la otra respondió a la llamada.

—Rodrigo. —Su mujer lloraba.

—Luz, tranquila, lo arreglaremos. No te muevas de ahí. No llames a la policía. Ahora mismo vuelvo.

—La niña no está. Ha salido corriendo a buscarte al ver a Trufa... muerta.

La oyó decirlo, pero tardó en saber qué implicaba. Tuvo un mal pálpito. Supo que algo estaba a punto de pasar. Rodrigo era analítico y meticuloso, pero cuando se trataba de Alejandra se volvía frágil e indefenso. ¿Qué les había pasado? ¿Por qué corría por la arena persiguiendo a una desconocida? ¿A quién le había abierto la cabeza en el salón de su casa? ¿Por qué ocurrían tantas cosas horribles a su alrededor? ¿Estaba perdiendo el juicio?

Tardó varios segundos en verla. Alejandra, que había llegado hasta allí agazapada, salió de entre la vegetación. La joven dio un respingo al ver a la cría a su lado. La miraba con una frialdad no adecuada para su edad.

—Alejandra, vuelve a casa, papá lo tiene todo controlado —gritó Rodrigo entre jadeos.

Ella negó con la cabeza.

—No es verdad.

Su padre la miró extrañado.

—Vete a casa, Alejandra, por favor.

—No es verdad. Mamá ha dicho que nadie se interpondría...

—Y nadie se interpondrá —trató de convencerla cada vez más tenso.

—No puedo seguir guardándote el secreto, papá.

Rodrigo estaba conmocionado. Sintió un nudo en la garganta, ese que lo había acompañado tantísimo tiempo. No pudo evitar las lágrimas. Alejandra no se amilanó.

—No quiero más regalos. No voy a callarme más si sigues viendo a otras mujeres y engañando a mamá.

—Alejandra, escúchame...

—Estabas con ella en casa y el novio ha venido a buscarla. ¡Eso es lo que ha pasado!

—No estoy viéndome con nadie. Le he prometido a tu madre que no volverá a pasar.

Avanzó un paso. La joven observaba atónita la conversación. Alejandra lo apuntó a la cara mientras decía:

—Ya dijiste eso la última vez, papá.

La explosión de los engaños le había pillado en otra cosa. No había sabido ver el dolor en Alejandra. No había sabido ser un buen padre. Estaba desarmado. La inocencia de su hija había estallado en pedazos por culpa de sus mentiras. Las palabras destinadas a repetir la promesa no le salieron, se quedaron dentro, como una aflicción con la que se aprende a sobrevivir, como un recuerdo triste, como un secreto a voces. Alejandra conocía sus debilidades. Rodrigo abrió mucho los ojos y se permitió llevarse la mano al pecho, que se agitaba por haber recibido el peor de los dardos, el más certero, el de un mal augurio. A su mente volvieron las imágenes de aquella fatídica noche con Estela, una joven y atractiva dependienta que había conocido por casualidad en un centro comercial y con la que había tenido un par de encuentros. Alejandra los pilló besándose en el coche. En aquel momento le dolió, pero ver ahora las consecuencias de sus actos perfilando la personalidad de su hija fue más hiriente que cualquier puñetazo en el labio.

No vio venir lo que ocurrió a continuación. Tampoco la joven desconocida. La niña estiró la boca en una mueca cruel y, con toda la fuerza que pudo reunir, golpeó en el abdomen a la chica. Era su forma de defenderse contra Estela, Claudia... y de todas y cada una de las mujeres que se habían inmiscuido en su familia feliz.

La extraña, sorprendida por el empujón, se desplazó unos centímetros hasta el borde del acantilado y, sin poder evitarlo, cayó al vacío. No gritó, tan solo pudo escucharse a Rodrigo fuera de sí.

—¡Alejandra, noooooo!

46

Alfredo

Domingo, 1 de marzo

Alfredo despertó mojado por el rocío de la noche y con un dolor tremendo en la cabeza. Se llevó las manos a la inflamación y gimió. Al menos no tenía sangre, pero había perdido la conciencia y eso le hacía estar desorientado y confuso. Ya de por sí la situación lo era. Primero incorporó su espalda y se quedó sentado. Luego, y ayudado por la baranda de madera, logró una postura bípeda. Seguía en el puente. En la marisma. Estaba en la punta del Boquerón. No sabía cuánto tiempo había estado inconsciente y mucho menos por qué aquel tipo lo había golpeado por la espalda y abandonado a su suerte. Al menos, tenía el consuelo de que lo echarían en falta en el segundo turno de Los Pescadores. Miró a su alrededor buscando el móvil, pero no lo encontró. Tampoco la cartera ni las llaves del coche.

—Joder.

No solo le había dado un buen golpe, sino que le había arrebatado su medio de transporte. Todo estaba oscuro. No podía ver un metro más allá, solo lo que la luna le permitía. No había tenido tiempo de informar a Fabio. No le había dicho dónde estaba ni qué había encontrado en la batería. Rodrigo era un hombre peligroso que había recluido a otro aún más impredecible. El camino de regreso por el sendero le supondría casi una hora. Después, tendría que seguir caminando por la carretera hasta dar con alguien. No había avanzado mucho. Estaba más cerca del caño de Sancti Petri que del inicio del sendero. Volvió sobre sus pasos. Regresó a la orilla andando lo más rápido que pudo. Se colocó a la altura de La Barca, aquel puente ya derruido que costó una victoria contra las tropas napoleónicas. Miró al frente. Sancti Petri refulgía en la oscuridad. Las velas de los barcos se recortaban en el espeso negror. Avanzó hasta mojarse los pies. El agua estaba helada. Nunca se había bañado de noche. Intentó contener los temblores de su cuerpo apretando la mandíbula. Estaba desolado, rozando el límite de su resistencia física. Dejó caer su cuerpo hacia delante y suspiró hondo. Puso en práctica todos los años de natación de cuando era niño. El espigón frenaba el oleaje haciendo que el mar estuviese en calma y la marea, bajando.

—No está tan lejos. No está tan lejos —se dijo con la voz rota y tragando agua.

Nadó a braza sorteando los barcos. Si miraba hacia abajo, no podía verse el pecho. Si algo le tocaba el pie, sencillamente le daría un infarto. Cuando llegó a la mitad de la meta, se permitió descansar apoyado en la cadena del ancla de un velero. El tacto era pringoso y desagradable, pero no le importó. Su vida estaba en juego. Nadó de nuevo, moviendo de forma frenética las extremidades. Pataleaba. Las piernas le daban calambrazos, los brazos escocían, pero él solo miraba al frente y veía la orilla cada vez más cerca. Cada vez más cerca. Intentó hacer pie y tocó de puntillas la arena. La emoción fue tal que en dos brazadas el agua le llegaba por las rodillas. Gateó hasta la arena seca y emitió un intenso estertor. Acto seguido, un caño torrencial de bilis candente se precipitó por su garganta haciéndole contraer el tronco. Se limpió con la manga empapada de la chaqueta. El sobresfuerzo se había manifestado. Había cruzado el caño de Sancti Petri a nado. Estaba en Chiclana.

Sin tiempo para descansar, se puso de pie y trotó hacia la carretera. Una vez en ella, tuvo que ceder al cansancio y continuar andando. La ropa le pesaba una barbaridad. Adherida a su cuerpo como una segunda piel conservaba la temperatura del mar. Se limpió los cristales de las gafas, pero solo consiguió emborronarlos más. No sabía de dónde sacaba la fuerza. Supuso que había un escondrijo, allá entre el «no puedo» y el «un poquito más», donde radicaba la verdadera fortaleza humana, que le aupaba en esos momentos que su cuerpo rozaba el infierno y rogaba por descansar. El ánimo gélido que podría haberlo fulminado en la orilla le inyectó adrenalina para levantarse y moverse como un robot que avanzaba hacia su destino.

No entendía la conexión, pero sabía que Rodrigo y el hombre que había mantenido cautivo estaban unidos de alguna forma. Por el estado pésimo en el que se encontraba, descartó el posible interés sexual, pero había un motivo. Por alguna razón lo mantenía atado. Puede que poseyera alguna información de valor o puede que quisiera castigarlo. De una u otra forma, aquel tipo no iba a quedarse de brazos cruzados. Había tenido un pálpito. Un sexto sentido que le había susurrado al oído desde el momento que abrió los ojos en la pasarela de madera. En las últimas semanas su alma blanca se había ensuciado. Había visto al ser humano hacer cosas inimaginables. Incluso él mismo era una persona nueva y diferente desde que conoció a Sofía. Había seguido a un posible asesino, había rescatado a un hombre, cruzado el mar a nado y ahora corría por la urbanización de Sancti Petri y regresaba al punto de partida temiéndose lo peor, queriendo estar equivocado. Había ignorado los coches que aminoraban la velocidad al verlo empapado, había pasado de largo a la pareja que le preguntó si todo iba bien y había desestimado la idea de pedir ayuda. Él tenía un objetivo.

Detuvo su marcha a unos metros de Villa Adolfo. Vio su coche aparcado en la calle Arrecife. Eso confirmaba sus sospechas. El hombre de la batería había conducido hasta allí dispuesto a saldar cuentas con el secuestrador. Sus miedos se hicieron realidad, la puerta estaba abierta. La impresión lo dejó aturdido hasta que un grito desgarrador rompió el silencio de la noche. Era la voz de una niña y por cómo sonaba debía haberse encontrado con la personificación del mal, con el mismísimo demonio.

—Joder, joder.

Él no podía salvar a nadie. Lo había comprobado hacía unas horas. Era un coquito para las matemáticas, era bueno sirviendo copas, un genio en los juegos de rol, pero era un desastre para las relaciones sociales. Sabía que no era aconsejable que acudiese al origen de los gritos. Todas las pelis de miedo avalaban tal afirmación. ¿Por qué tenía que tocarle la chica muerta, el tío raro de la batería y ahora el grito de una cría? Fabio era de otra pasta. Él sí sabría qué hacer, cómo intervenir. Pediría ayuda por radio, sujetaría con las dos manos su arma y entraría cual Power Ranger al rescate de quien fuera. Pero el cabo de la Guardia Civil no estaba. Aquella cría no tenía a nadie más. La tormenta ahogaba sus gritos. Ningún vecino encerrado en casa podría oírla. Solo estaba él y aquella piedra que había cogido y que apretaba en su mano derecha.

Cruzó el umbral de la puerta.

47

Rodrigo

Sábado, 14 de febrero

Día de los Enamorados

Rodrigo se acercó corriendo hasta el acantilado. Se asomó. El cuerpo inerte y sin vida de aquella chica yacía entre las rocas. Pese a que la marea estaba subiendo, no se lo llevaría. Tenía que pensar rápido, actuar con determinación. Se volvió hacia su hija y la zarandeó por los hombros. Alejandra estaba en shock.

—Vuelve inmediatamente a casa. Dile a tu madre que venga aquí. Explícale dónde. Que traiga una tijera, una bolsa y el soplete.

Alejandra permaneció inmóvil.

—¡Muévete!

La niña volvió en sí y salió corriendo. Rodrigo se secó la frente. Estaba empapado. De sudor y lluvia. Volvió sobre sus pasos hacia la escalera más cercana. Bajó hasta la orilla. Se esforzó en andar por el agua. El mar borraría sus huellas. Alcanzó a la joven. Estaba boca arriba. La posición de brazos y piernas era antinatural. Su gabardina se había abierto dejando al descubierto un vestido rojo sangre. Su cabeza estaba de perfil. La cara visible estaba intacta. Tenía la mirada perdida en algún punto que no supo descifrar. Inclinó su cuerpo ayudándose con la bota para ver el otro lado. La carne cortada de forma irregular colgaba de su cráneo. Emitió un grito y retrocedió un paso. El líquido viscoso chorreaba por la roca.

—Dios mío.

—¡Rodrigo! —gritó su mujer desde arriba del acantilado.

—¡No te muevas!

—¿Qué ha pasado?

—¡No te muevas!

Corrió con el agua por las rodillas, subió la escalera y se reunió con Luz. Tenía la cara desencajada. Lloraba. Lloraba como nunca antes la había visto llorar. Rodrigo cogió la bolsa, el soplete y la tijera. Bajó de nuevo hasta llegar al cuerpo. Le palpó el pulso metiendo la mano dentro del plástico. Estaba muerta. Actuó fríamente. Todo por Alejandra. Rebuscó en los bolsillos de la joven. Móvil, cartera, llaves. Luego, arrancó las etiquetas de su ropa. Usó el soplete para quemarle los dedos. No era distinto que con la carne de cerdo. Lo había visto en algún documental. Los servicios de inteligencia lo hacían con sus espías. Cuando estuvo seguro de haber seguido todos los pasos, regresó. Estaba sorprendido. Pese a todo el horror vivido, su mente era capaz de centrarse en lo importante, en lo que había que hacer.

—¿Dónde está? —le preguntó a Luz.

Se refería al otro cadáver. El chico muerto del pasamontañas.

—Sigue en el salón.

—¿Y los niños?

—Les he dicho que se encerraran en sus cuartos.

—Has hecho bien. ¿Nos ha visto alguien?

—La lluvia ha recluido a todo el mundo en casa.

—Mejor.

Caminaron juntos hacia Villa Adolfo.

—¿Está...? —se le quebró la voz— ¿Está... muerta?

—Sí.

Luz se cubrió la cara con las manos al reconocer las dimensiones reales del caos.

—¿Qué ha pasado, Rodrigo?

Este notó la boca pastosa y seca antes de responder.

—Se me ha ido de las manos —confesó. Ella soltó una grave aspiración—. Se ha caído por el acantilado.

Su mujer lo miró y pensó que la bestia que todos llevamos dentro había salido de su marido de forma perversa. Desconocerlo le daba miedo. Llegaron a la casa en absoluto silencio. Tal vez, reservando fuerzas para lo que venía. Ambos miraron el cuerpo tendido sobre la alfombra. La estatuilla seguía tirada a unos metros.

—¿Qué vamos a hacer? —preguntó Rodrigo.

—¿Ahora me preguntas? —inquirió de forma retórica, dolida—. ¿Acabas de cortarle las etiquetas de la ropa a una mujer muerta, de quemarle los dedos, de quitarle sus pertenencias y ahora me preguntas qué vamos a hacer con un segundo cuerpo? —Se volvió a su marido—. Entiérralo —dijo muy seria.

—Pero ¿qué dices? ¿Dónde?

—Y yo qué sé. ¿Crees que hago esto cada San Valentín? Tú nos has metido en este lío y tú nos vas a sacar.

—Tienes razón. Dos cuerpos es demasiado sospechoso. Uno puede parecer un suicidio, incluso un accidente, pero dos…

—Dime una cosa, Rodrigo. —Lo miró con dureza—. ¿Por qué no hemos llamado a la policía?

—¿Que por qué? ¿No te parece turbio? La noche de la transacción entran a robar en casa. Este hombre me asaltó cuando cogí la estatuilla. Era su objetivo. Sabían que estaba aquí.

—¿Crees que te han traicionado?

Ambos se miraron pensativos.

—Vicente —dijo Luz.

—No puede ser. No sería capaz.

—¿Y tú eras capaz hace cinco minutos de matar a dos personas? Llévatelo, no quiero verlo más. —Rodrigo se dispuso a llevar a cabo la tarea desagradable—. Y, Rodrigo..., llévate a Trufa también.

Técnicamente, solo había matado a una persona y en defensa propia, pero no rebatió nada. Metió el Toyota en el garaje. Cargó, con la ayuda de Luz y no sin dificultad, el cuerpo del hombre y lo metió en el maletero. Hizo lo mismo con la pobre perrita que colocó en los asientos de atrás. Luego, cogió cuerdas, una sábana vieja y la pala del jardín. Funcionaba como un autómata, dirigido por la voz de su conciencia empeñada en arreglar el desastre. Condujo sin destino. ¿Dónde se entierra un cadáver? El sudor le mojaba la espalda, las axilas y los brazos. Y la maldita lluvia no le dejaba ver nada. Subió la intensidad del limpiaparabrisas. Solo cuando amainó y bajó el ritmo de estos escuchó el golpe. Y luego otra vez. Paró el coche en el arcén y en mitad de la calle se acercó al maletero. No había duda. El ruido provenía de allí dentro. Eso le dio aún más pavor. No estaba muerto. ¿Qué iba a hacer ahora? No era un asesino, no lo era. Volvió a subirse al coche y se pasó las manos por la cara, aterrado. Por su mente desfilaron montones de opciones. El pinar del Hierro y la Espartosa fue una de ellas. Enseguida la descartó. No. Necesitaba algún tipo de edificación, abandonada y alejada de la ciudad. Había ido hacía poco con su mujer y los niños. Solo que en kayak. Condujo hasta San Fernando y no paró hasta llegar a la playa de Camposoto. El paisaje no tenía construcciones ni paseo marítimo y estaba total y absolutamente desierto a aquellas horas de la noche. Primero se tomó un tiempo para envolver en la sábana, enterrar y despedir a Trufa. Una parte de él mismo también moría esa noche. Pero no había tiempo para lamentaciones. Se preparó para el ataque y abrió el maletero. El hombre intentó patearlo, pero Rodrigo, que preveía el golpe, lo esquivó. Lo agarró por la pierna y lo sacó del vehículo. Acto seguido, se hizo con la pala e hizo el ademán de darle.

—Espera, ¡no! —dijo el desconocido.

—No te haré daño si haces lo que te digo.

Este asintió. Rodrigo cogió las cuerdas y cargó con la pala. No iba a hacer un agujero, pero le serviría como arma. Le pareció una eternidad. La hora y media más larga de su vida. En ella pensó de todo. ¿En qué había metido a su familia? ¿Quiénes eran esos desconocidos? Resolvería las dudas. Oh, claro que lo haría. En cuanto llegaron a la batería de San Genís le ordenó que se sentara en el fondo. El joven, al ver que sus opciones terminaban, intentó escapar, pero lo único que ganó fue otro golpe de los puños de Rodrigo.

—No te conviene portarte mal. Llegados a este punto tienes todas las de perder —le dijo. Inició una conversación mientras ponía en práctica los nudos marineros que aprendió en la infancia—. ¿Quién eres?

Este no contestó. Lo desafió con la mirada.

—Al menos dime quién es ella.

—¿Dónde está?

—No mejor que tú.

Rodrigo recibió un escupitajo, pero, sin saberlo, aquel hombre había desvelado su talón de Aquiles.

—Te diré dónde está si me dices quiénes sois.

—¿Y por qué debería creerte? —preguntó el desconocido, incrédulo.

—¿Tienes algo mejor que hacer? —Movió los brazos de forma elocuente.

Ante su silencio, lo volvió a intentar.

—¿Quién eres?

—Me llamo Tony.

—¿Y quién es ella?

—Cuéntame qué ha ocurrido y te diré algo que no sabes —lo desafió.

Rodrigo terminó los nudos de sus muñecas y tobillos y lo miró condescendiente.

—Sabes negociar. Me he vuelto un hombre de negocios hace poco. —Se sentó en la arena junto a su cautivo—. Vino a buscarte a casa, pero ya estabas inconsciente.

—¿Qué le has hecho?

—Nada. Se cayó sola por el acantilado. —Se alejó deliberadamente de su prisionero—. Está muerta.

La noticia golpeó a Tony como una ola gigante. A los gritos le siguió un llanto quejumbroso y, al final, solo quedó el lamento de un niño. Todos nos volvemos pequeños cuando alguien se va. La había perdido. Rodrigo sintió su desamparo y supo que había querido a esa mujer, que había tenido la esperanza de construir algo con ella. Lejos quedaban ya esos planes de futuro, pues estaba solo en una construcción en ruinas con una herida en la cabeza.

—Siento mucho lo que le ha pasado —dijo Rodrigo reanudando la conversación.

—Lo dudo mucho.

Rodrigo sonrió e ignoró el comentario.

—¿Qué hacías en mi casa? ¿Qué estabas buscando?

—Lo sabes bien —gruñó Tony sin apartar la mirada.

—Dímelo tú.

—La estatuilla, Rodrigo. Íbamos a por la estatuilla —dijo elevando la voz.

—¿Cómo sabes mi nombre? —Lo miró impresionado.

—Sé mucho más. Sé que eres un diseñador gráfico fracasado, sé que tienes problemas conyugales, sé que tienes dos hijos y... —susurró dispuesto a provocarlo— sé que te gusta ponerle los cuernos a tu mujer.

Rodrigo le dio una bofetada. Tony soltó una carcajada loca.

—¿Cómo sabes todo eso?

—Porque tu mujer le pagaba a mi chica, Sofía, para vigilarte.

Se levantó de un salto y lo miró espantado. Retrocedió hasta la puerta del polvorín.

—Esto escapa ya de tu control —le hostigó Tony.

Rodrigo no respondió. Corrió por la arena con la pala en la mano. Los gritos cada vez más lejanos de Tony se mezclaron con la alarma de su reloj.

La hora de la transacción.

48

Rodrigo

Domingo, 15 de febrero

Hora y media después

Para cuando llegó al hotel acordado en pésimas condiciones y con la mirada desconfiada de los empleados en la nuca, ya no estaban allí. Eran las dos y media de la mañana y su pasaporte para ser millonario se había esfumado. Llamó a Saúl desde el móvil de prepago. Era la primera vez que lo hacía.

—Hombre, por fin te dignas a aparecer. —Rodrigo no tuvo tiempo de contestar. Saúl tenía la metralleta de reproches cargada—. ¿Crees que esto es un juego, que puedes llegar tarde como si fuera una reunión de amigos y llamar luego para disculparte? Así no se hacen las cosas, Rodrigo. No es así como trabajamos.

—Saúl, déjame explicarte. Ha sido una noche muy larga.

—Y que lo digas. Nos hemos bebido dos copas mientras te esperábamos. Fabrizio es un hombre muy ocupado. Sus visitas al país son cortas y fructíferas, pero esta reunión sin sentido lo ha cabreado. ¿Eres consciente de lo mucho que arriesgamos, de lo difícil que es acordar un lugar, un día y una hora con la certeza de que no nos detendrán a la salida? ¿Sabes acaso qué es la brigada de Patrimonio Histórico de la Comisaría General de la Policía Nacional? ¿Sabes qué es la Unidad Central Operativa de Patrimonio Histórico de la Guardia Civil? Tus enemigos..., si de verdad quieres meterte en esto. Y los tenemos encima, Rodrigo. Las escuchas, las llamadas, los correos. Lo miran todo. Están ahí acechando, aunque no los veas, esperando el más mínimo error para cazarte y encerrarte un tiempo. Hoy, por fin, había llegado el día, pero parece ser que no eres un hombre serio. No trabajo con tipos como tú. A partir de ahora vas por tu cuenta.

—Saúl, por favor.

—No voy a perder más tiempo a tu costa. Contacta con Fabrizio tú mismo.

Rodrigo vio un atisbo de esperanza.

—Está bien, lo haremos así.

—Lo haréis. Me bajo del barco. Te envío ahora mismo el número en un SMS. No contactes más conmigo.

La llamada se cortó o más bien Saúl había colgado sin despedirse. Al segundo, recibió el mensaje. Era un número con prefijo de Italia. No vaciló en llamar. Al tercer pitido, Fabrizio Santoro descolgó.

—¿Quién llama?

—Señor Santoro, soy Rodrigo Vázquez, el portador de la pieza que iba a adquirir hoy. He tenido un problema y me ha sido imposible asistir a tiempo. ¿Es posible que nos veamos? Puedo desplazarme si es preciso.

—Señor Vázquez, voy camino del aeropuerto de Sevilla. Pensé que Salvatierra le informó de lo apretada que es mi agenda. Mi vuelo sale en unas horas. Tengo una cita mañana por la mañana en Milán.

—¿Cuándo volverá?

—No voy a volver en un tiempo. ¿Este es su número?

—Sí.

—Contactaré con usted y enviaré a alguien.

—Gracias, señor Santoro.

Colgó. Algo era algo. El intermediario con contactos internacionales había sido más flexible. Estaba seguro de que volvería a llamarlo. Ahora solo tenía que esperar. Dejó el móvil en el asiento del copiloto y se miró las manos. Tenía sangre en los nudillos. Un cardenal verde se intuía en una de ellas. Se miró en el espejo retrovisor. Una grieta con muy mala pinta le cortaba el labio inferior. Pasó su dedo por la herida e hizo una mueca de desagrado. El espejo le devolvía su imagen, pero ya no era Rodrigo. Era cómplice de un asesinato, un secuestrador, un mentiroso. Era un traficante de arte. Condujo hacia casa desinflado.

Cuando entró, Luz lo esperaba en el salón con los ojos muy abiertos.

—Por Dios bendito. Pensé que te había pasado algo. ¿Te has deshecho del cuerpo?

Rodrigo dudó unos segundos.

—Sí. Lo he enterrado.

—¿Dónde? —Arrugó su cara—. ¿Sabes qué? Mejor no me lo digas, no quiero saberlo.

—Luz, ¿conocías a esa chica? —le preguntó sin rodeos.

—¿Crees que le he visto la cara? Salió corriendo como un lince.

—¿Y en la roca?

—¿En plena noche, a metros de distancia y con la cabeza partida quieres decir? ¿Por qué me preguntas eso, Rodrigo?

—Se llamaba Sofía. Era la chica que habías contratado para que me vigilara.

Luz se sentó en el sofá al borde del colapso. Había retirado los cristales y la casa estaba a medio recoger. Su aspecto aristocrático había desaparecido. Los mechones le caían desordenados por la cara, las ojeras le oscurecían la mirada y el rímel se le había extendido por las sienes.

—No puede ser... Mi detective se llamaba Adela.

—No eres muy lista si piensas que te dio un nombre real.

—¿Cómo sabes eso? ¿Cómo sabes que es ella?

—Tengo su cartera, su móvil. He visto su carné de identidad y el registro de llamadas.

Volvió a mentir, pero por una buena causa. Pudo haber conocido la identidad de Sofía hurgando en sus pertenencias, pero no había sido así. Era Tony quien le había dado esa información y no podría habérsela dado de estar muerto. Con lo cual, tenía que conocerla por otra vía. Luz se hubiese puesto de los nervios. Más aún. Le hubiese obligado a… matarlo.

—Por todos los santos. —Se persignó—. Te seguía, claro. Debió de averiguarlo.

—Él era su novio.

—Lo tramaron. Ahora ya sé quién estaba con ella en el aparcamiento. Panda de delincuentes.

La frase quedó en el aire. No es que ellos fueran muy inocentes. Luz retomó la conversación.

—¿Qué vas a hacer con sus cosas?

—Las he tirado en un contenedor.

—¿Lejos?

—Sí.

«En San Fernando», calló.

—¿Y la reunión?

—Se habían ido cuando llegué. Tengo el número del intermediario italiano, el tal Fabrizio. Ha quedado en contactarme.

—¿Cuándo?

—No lo sé, Luz, no lo sé. —Suspiró agotado—. Deberías tomarte una de tus tilas. ¿Dónde están los niños?

—En sus respectivos cuartos.

—Ha sido una noche dura para todos. Voy a intentar suavizar las cosas, voy a… hablar con ellos.

Luz asintió con la mirada puesta en el montón de cristales rotos.

Subió las escaleras arrastrando los pies. Se asomó al dormitorio de Pablo. Este tenía los auriculares puestos y se incorporó en cuanto lo vio.

—Papá, ¿qué ha pasado? Mamá no nos cuenta nada.

Rodrigo se sentó en la cama, abrazó a su hijo mayor e hizo aquello que mejor se le daba, mentir.

—Han entrado a robar, eso es lo que ha pasado.

—¿Y el hombre del salón?

—Lo he llevado al hospital.

Pablo miró preocupado a su padre.

—¿Te va a pasar algo?

—¿Qué me va a pasar? Tu padre es como un toro. Solo me he defendido. No hay de qué preocuparse.

—¿Y la chica?

—La perdí de vista.

—Joder, estaba muy asustado. Alejandra no ha dejado de llorar.

—Voy a verla. Duérmete, campeón.

Volvió a apretar a Pablo entre sus brazos y le dio un beso en la frente.

Llamó a la puerta del dormitorio de su hija y, aunque no recibió respuesta, abrió de todos modos. La encontró bajo la sábana gimoteando. Rodrigo destapó su escondite y le apartó el pelo de la cara con dulzura.

—Siento muchísimo lo que le ha pasado a Trufa. ¿Estás bien? —Su respuesta fue un moqueo—. No estoy enfadado por lo que has hecho, solo muy sorprendido. He sido un tonto al pensar que con regalos podía paliar todo el daño que te he causado. Perdóname, cariño.

Ella levantó el mentón y lo miró por primera vez. Tenía los ojos hinchados de tanto llorar.

—¿Voy a ir a un correccional?

Rodrigo la cubrió de besos.

—No, mi amor, no. No irás a ninguna parte. No te va a pasar nada. —Cogió su barbilla con la mano y se quedaron en silencio varios segundos hasta que Rodrigo hizo la pregunta—. Dime una cosa, ¿por qué lo hiciste?

La luz de la mesita de noche bañó su rostro sombrío. Detuvo la congoja, se limpió la cara arrasada de lágrimas y con una vocecita dijo:

—Por mamá.

Rodrigo estuvo a punto de emocionarse, pero si aquella noche le había enseñado algo era a tener pleno control de sí mismo.

—Entiendo.

—¿Se lo vas a decir? —preguntó atemorizada.

—No, mi vida. Por lo que a mí y a ella respecta, esa chica resbaló y se cayó sola. Nosotros ni siquiera hemos estado allí. Esta noche han entrado a la fuerza, ella ha escapado y el hombre del salón está en el hospital bajo vigilancia. Eran ellos los del primer robo, pero ya se acabó. Estamos seguros en casa.

Notó que sus palabras... sus mentiras la calmaban. La niña se miró las manos, esas mismas con las que había provocado la muerte de una persona hacía apenas unas horas.

—¿Por qué lo haces? —le preguntó ella.

—¿Por qué hago qué?

—Protegerme, no contárselo a mamá.

Rodrigo sonrió.

—Mi padre me contaba muchas historias cuando yo tenía tu edad. Una vez me habló del origen de un símbolo cristiano que representa la eucaristía. Quizá hayas visto en alguna iglesia a un pelícano dar de comer de su propio cuerpo a sus crías.

Alejandra se lo quedó mirando. Había captado su atención. Rodrigo olvidó por un momento de dónde venía, qué había hecho y se centró en tranquilizar a su hija pequeña de la que se sentía tremendamente responsable.

—Los pelícanos en sus grandes picos tienen una membrana. Ellos cazan el pescado, lo ingieren y deshacen y luego lo expulsan depositándolo en esta bolsita de la que te hablo. De esa forma, cuando vuelven al nido, los polluelos buscan en el pico el alimento y solo tienen que tragar. Sin embargo, hay una leyenda muy extendida que dice que no es así como el pelícano da de comer a sus crías. Algunos creen que el animal se deja devorar por sus propios hijos, que los polluelos, cuando tienen hambre, clavan sus picos en el pecho de sus papás y extraen carne que luego comen. Aunque la imagen es espeluznante, defiende una forma de vida maravillosa. Lo que el pelícano representa es la idea de dar la vida por los hijos. La familia, Alejandra, debe ser siempre una piña. Todos debemos estar preparados para dejarnos clavar los picos por el otro si fuese necesario. ¿Entiendes lo que quiero decir? —Alejandra asintió—. No se lo he dicho a mamá por la misma razón por la que tú has empujado a esa chica. Por nosotros, por la familia, para protegernos.

—Gracias, papá —dijo con voz dulce—. Yo tampoco le diré a mamá que te besaste en un coche con una mujer.

—Gracias, cielo.

Padre e hija sellaron su silencio fundiéndose en un abrazo, uno de esos que repara noches difíciles, pero, a pesar del gesto, Rodrigo no pudo reprimir hacerse una pregunta a sí mismo. Una pregunta que le había estado martilleando toda la noche. Y es que ¿no es acaso el amor el motor de los actos más macabros?

Escuchar su nombre lo sacó de la abstracción. Luz lo llamaba por el hueco de la escalera rompiendo el momento.

Cerró la puerta del dormitorio de su hija y se asomó.

—¿Qué?

—No me he dado cuenta hasta ahora, pero las cámaras no han grabado nada. —Rodrigo se quedó a cuadros—. Panda de delincuentes —refunfuñó su mujer.

49

Alfredo

Domingo, 1 de marzo

Tuvo que usar las dos manos para sujetar la piedra. Las tenía resbaladizas por el sudor. Un rayo cruzó el cielo de tormenta e iluminó el jardín delantero de Villa Adolfo. Alfredo subió a paso lento los escalones del porche. El nervio le sacudía las entrañas, obligándolo a estar vigilante y al acecho. Al cruzar la puerta, los gritos se intensificaron. Venían de una habitación próxima al salón. Torció hacia el pasillo y encontró que todas las personas invitadas a la fiesta del infierno estaban reunidas en una biblioteca que hacía las funciones de despacho. Con un golpe de vista identificó a cada miembro del núcleo familiar. La mujer estaba en cuclillas en una esquina con la cabeza gacha. Rodeaba entre sus brazos a una niña de no más de quince años que gritaba sin parar. Otro joven mayor estaba sentado a dos metros con las manos en alto y el miedo pintado en la cara. Y Rodrigo, de pie, frente al hombre que él mismo había desatado en la batería. Este último llevaba en la mano derecha una herramienta. ¿Qué era eso? ¿Un martillo gigante? Parecía que lo había usurpado en la casa no hacía mucho. Lo imaginó agazapado, esperando el momento preciso, aguardando a que toda la familia se reuniera para entrar y dictar su propia sentencia de muerte. Se sintió un mero espectador de las maldades que este pensaba hacer. El clima abominable que rodeaba la sala, los gritos y la desesperación jugaron a su favor, pues nadie se había percatado de su irrupción en la escena.

—Está bien, está bien. Baja eso. Te la daré —dijo Rodrigo; aquel hombre grande que lo había amenazado hacía días ya no parecía tan peligroso.

De hecho, no era tan fuerte ni tan alto. Estaba demacrado, exhausto.

—¡No arreglaste el disco duro de las cámaras de seguridad! ¡Dejaste vivo a este mal nacido y ahora nos va a matar! —chilló su mujer lloriqueando.

—¡Cállate, Luz! —le increpó Rodrigo.

Se subió a un taburete y del aire acondicionado sacó un paquete blanco, alargado y voluminoso que dejó sobre la mesa. Alfredo no daba crédito. Se le escapó un aullido. Todas las miradas apuntaron a él.

—¿Qué haces aquí? —le espetó el hombre armado.

Rodrigo miró a ambos bandos, desconcertado.

—¿Os conocéis?

—He llamado a la policía —mintió Alfredo.

—¿Con qué? ¿Con esto? —El hombre de la batería rio con sorna y le enseñó su móvil.

—¿Quién eres? ¿Por qué haces esto? —preguntó desorientado intentando arrojar luz al conflicto.

—¡Se llama Tony! ¡Es un ladrón! ¡Y hará lo que haga falta por hacerse con ella! —gritó Rodrigo señalando el bulto.

—Todos haríamos lo que fuera por ella. ¿No es eso por lo que hoy estamos aquí? —apuntó Tony relamiéndose el labio como una víbora.

Alfredo no entendía nada, pero ya había oído ese nombre. En La Pensión de Antonia.

—¿Quién eres tú? —quiso saber Rodrigo—. No vienes de parte de Fabrizio.

—No sé quién diablos es Fabrizio. Solo sigo las pistas que dejó Sofía.

Tony, Rodrigo e incluso Luz lo miraron estupefactos. El adolescente aprovechó el momento de desconcierto para lanzarse contra Tony. Ambos se enredaron en una pelea violenta. El hijo de Rodrigo trató de quitarle la machota, un arma mortal. Recibió un golpe en la ceja que lo hizo tambalearse. Tony aprovechó el revés para darle la vuelta al chico y con el mango de la herramienta le apretó la nuez. Por más que este forcejeara no podía respirar. El tono de su tez se volvió azulado. Se estaba quedando sin vida.

—¡Haz algo! ¡Va a matar a Pablo! —rogó Luz a su marido.

Alfredo no podía moverse. Alguien había cosido sus pies al suelo, solo podía observar. Rodrigo se abalanzó sobre Tony, volcando el escritorio y todo lo que había encima. El bulto blanco rebotó contra el suelo. Cogió el mango de la machota y tiró hacia el otro lado. Eso le dio un respiro momentáneo a Pablo que inhaló aire. Con la rodilla golpeó la zona baja de Tony obligándolo a retroceder. Pablo cayó entonces de rodillas y sujetándose la garganta se desplomó. Con silbidos agudos respiró hondo haciéndose con todo el aire de la sala. La machota resbaló de las manos de Tony. Rodrigo empujó a su adversario contra la pared y le pegó un puñetazo en el ojo. Jadeó del esfuerzo mientras este caía al suelo junto a una decena de trastos: el flexo, algunos libros, el móvil de prepago... Y, entonces, se tiró encima de Tony con todo el odio del mundo ante la atenta mirada y los chillidos desconcertantes de los allí presentes. Apretó con todas sus fuerzas su cuello como él había hecho con su propio hijo.

Tony trató de agarrarle las manos, pero estaba agotado. Se le nubló la vista y estaba perdiendo el conocimiento. El oxígeno no entraba en su cerebro. Enseñó sus encías en un último esfuerzo por liberarse. Estiró los brazos y con la yema de los dedos tocó algo. Hizo un último esfuerzo por hacerse con aquello y golpeó con rabia a Rodrigo en la cabeza. Entonces, la mirada de este perdió fuerza. Soltó a Tony. Del pelo de Rodrigo comenzó a caer a borbotones una cascada de sangre. Los gritos de Luz y la niña rasgaron la noche.

Tras un leve balanceo, Rodrigo cayó encima de Tony. Estaba muerto. Este lo echó a un lado. Aún sujetaba en su mano el arma homicida, ese misterioso bulto blanco que parecía el objeto principal de la disputa.

Pablo, ya recuperado y sin darle tiempo de reacción al asesino de su padre, recogió la machota del suelo y como si fuera a talar un árbol golpeó en la cara a Tony, que en el acto y con el rostro desfigurado cayó hacia atrás sin vida. Luz se valió del revuelo para recoger esa extraña pieza. Pablo miró hipnotizado el charco de sangre. Y, acto seguido, se giró hacia Alfredo y levantó la machota. Estaba fuera de sí.

—¡No! —gritó Alfredo.

Pero Pablo no escuchaba, no era consciente de sus actos, solo sabía que habían matado a su padre y que su madre y su hermana estaban en peligro. Y ahora era él quien llevaba el arma. Se acercó amenazante a Alfredo, que soltó la piedra que hasta entonces había sujetado. Cerró los ojos y escuchó las palabras de Sofía: «No hay nada como vencer a la muerte para sentirse vivo». Gritó como un guerrero, abrió los ojos y estuvo a punto de saltar hacia Pablo cuando una voz familiar habló a su espalda.

—Suelte de inmediato el arma. La casa está rodeada, no tiene escapatoria.

La voz calmada y autoritaria de Fabio era melodía para sus oídos. Otros cuatro agentes apuntaban a Pablo con el arma reglamentaria de la Guardia Civil. El joven, rendido, dejó caer la machota a sus pies y quedó postrado con las manos en la nuca.

50

Alfredo

Domingo, 1 de marzo

Rosita no había dejado de besuquear a su hijo. Una vez se enteró de lo ocurrido acudió enseguida hasta donde estaba Alfredo. Y él, por primera vez, había recibido los besos con gusto, dejándose querer por el amor más intuitivo, más fuerte y único que jamás recibiría: el amor de su madre. Lloró como un niño pequeño entre sus brazos. Sabía que su estado vulnerable en aquellos momentos se debía a lo que acababa de vivir, pero sentía un aura diferente a su alrededor, una madurez que lo hacía consciente de qué era lo más importante que tenía.

Había estado a punto de morir y, mientras era testigo del horror, solo pudo pensar en ella, en lo injusto que había sido y en el tiempo que habían perdido. En cuánto la quería y en lo poco que se lo decía. Él sí era millonario por tenerla a ella. Estrechó fuerte entre sus brazos a su madre y le susurró un «te quiero» al oído. Permanecieron así hasta que Fabio quiso hablar con él.

—¿Sabremos alguna vez qué diablos ha ocurrido aquí? —le preguntó sentándose a su lado en el bordillo de la calle Arrecife—. Esto es una auténtica locura.

Alfredo no dijo nada. Observó a los sanitarios entrar y salir, a la Policía Judicial acordonar la zona y a su madre llorar en un rincón ante tanta desgracia. Se sentía extraño, como en una película de terror donde solo destacaba la parte más miserable del ser humano.

—Hacía mucho que un robo no terminaba de esta forma tan catastrófica. ¿Porque todo esto ha sido por un robo, no? Justo hoy un ciudadano había denunciado un coche abandonado por la zona. Cotejamos la matrícula y estaba registrado a nombre de Sofía Baturone. Están examinando una cámara de fotos que había en la guantera. Parece ser que estaba llena de fotografías del propietario de la vivienda. Llevaba tiempo acechándolo. En cuanto a Tony, seguro que hallamos coincidencias en la base de datos y figura por hurto. Por cierto, tienes que explicarme varias cosas: la conexión entre Sofía, Tony y Rodrigo y qué hacías en la casa. Tendrás que prestar declaración en el cuartel. —Alfredo no se inmutó y Fabio siguió con su monólogo—. Me dejaste muy preocupado y ordené rastrear tu teléfono. El idiota que te lo robó no lo apagó. —Ante la falta de respuesta, miró a Alfredo—. Oye, ¿estás bien?

Este negó y esbozó una sonrisa torpe.

—He visto morir a dos personas ahí dentro. Y conocí a Sofía a las puertas del final.

Fabio le pasó un brazo por el hombro y asintió.

—Estás a tiempo de enterrar a uno de ellos.

Más tarde, condujo por la carretera de Medina hacia el Mancomunado de la Bahía de Cádiz, que por sus espectaculares jardines bien parecía un parque de atracciones, uno muy triste donde la estrella de la corona era el mausoleo. Tenía una cita allí. Se quedó rezagado observando junto a un árbol cómo el ataúd era introducido en el nicho. Le pareció ver entre la muchedumbre a Antonia, la dueña de la pensión. O igual no.

Todas las mujeres vestían igual llegados los setenta. La banda sonora era devastadora. Los llantos de unos padres destrozados que no supieron comprender a su hija. Alfredo se acercó cuando los asistentes al entierro empezaron a disiparse. Para entonces atardecía y el cielo rojizo creaba un ambiente perturbador.

«Sofía Baturone», leyó en la placa. Qué difícil había sido identificarla y allí estaba su nombre, como si nada. No habían compartido apenas tiempo, pero Alfredo estaba seguro de algo. Hay personas que se cruzan en nuestras vidas para darnos la vuelta, removernos y enseñarnos el camino. Ya no era un niño. Había madurado a golpe de contratiempos. Contuvo las ganas de llorar y dio unos golpes suaves al nicho. Las palabras le salieron solas.

—Me he salvado.

Al salir del campo santo condujo de vuelta a casa vislumbrando los últimos rayos de sol. Una fina lluvia limpiaba la tierra. Como las lágrimas que resbalaron por su rostro. Solo había una cosa más que le seguía inquietando y que le estaba haciendo enfermar. Marcó el número de su amigo Fabio, tenía la sensación de que algo se había quedado en el tintero.

—Dime.

—Fabio, ¿qué era el bulto?

—¿Qué bulto?

—Ya sabes, la cosa alargada que usaron para matar a Rodrigo.

—Ambas muertes se produjeron con la machota. Tendremos que esperar a ver los resultados, pero todo indica que hay sangre de las dos víctimas en ella. No hemos encontrado nada más. Debes estar confundido. Has sufrido un grave trauma. Si quieres, puedo derivarte a terapia.

Era verdad. No era capaz de recordar todo lo vivido durante las últimas horas. Supuso que la mente tenía sus propios mecanismos para que uno no se volviese loco de remate. De una cosa sí estaba seguro: en aquella habitación había sangre en todas partes, en las paredes, en el suelo… y en la machota también.

—No, tienes razón, me habré confundido —aceptó desolado.

51

Luz

Viernes, 4 de junio

Tres meses después

Luz se acomodó en el sofá de cuero negro, se colocó las gafas de leer y cogió de la mesita una conocida novela. La protagonista se había mudado a una casa espectacular, elegante y minimalista. Un lugar para empezar de cero y ser feliz tras romper con su anterior pareja. Sus vidas a simple vista podían parecerse. Ella había vendido Villa Adolfo y se había comprado un pequeño apartamento en el centro. Paredes pintadas de blanco nuclear, un sofá tapizado de negro ocre, finas cortinas color arena que tamizaban la entrada de luz, persianas que subían y bajaban con solo pulsar un botón y un armario empotrado que ocupaba toda la pared del dormitorio. En él cabían todos sus vestidos y abrigos caros. Pero nada de eso la llenaba. ¿Puede la avaricia subyugar a una persona y destrozarle la vida? Ya lo creo que sí. Había perdido el interés por vivir. Se dormía y se despertaba llorando. Le dolían el pecho, los músculos, el alma. El sufrimiento la consumía, la rompía por dentro. Pero el mundo no se detenía por nadie, seguía su curso y giraba aún más rápido porque tenía una hija a su cargo. Rodrigo, conocido en los medios de comunicación como el autor del crimen de la chica del acantilado, llevaba tres meses muerto. Los mismos que Pablo había dormido en prisión preventiva a la espera de sentencia por haber matado a un ladrón llamado Tony. Y Alejandra contemplaba el rostro pálido e inexpresivo de su madre como todos los días desde aquella noche.

Ese extraño camarero que se limitó a ser espectador de la tragedia había declarado en el cuartel de la Guardia Civil el robo acontecido. Culpó a Pablo de haber matado a Tony y a Rodrigo de su secuestro y de la muerte de Sofía, aunque no pudo verla. Sin embargo, arremetió contra su marido sin miramientos. La fiscalía intentó demostrar la implicación de Rodrigo en el accidente de Sofía y, pese a que no pudo probar su presencia en el acantilado, los medios de comunicación sí que apoyaron la acusación, convirtiéndolo públicamente en un asesino a sangre fría. Ella y sus hijos tuvieron que corroborar parte de la versión de los hechos. De acuerdo, su marido secuestró en la batería a un hombre, pero ella no estaba al tanto. Lo cual era cierto. Fue Rodrigo quien mató a Tony, y no su hijo, cometiendo homicidio en defensa propia. Solo así podía albergar la esperanza de que no condenaran a Pablo. Por supuesto, no había tenido contacto alguno con los malhechores hasta antes del altercado. Esto ya no era tan cierto… La pareja de ladrones llevaba tiempo detrás de la casa, vigilando a la familia para dar el palo. Los encontraron en su domicilio in fraganti y se armó el caos. Luz lo había repetido tanto que llegaba a creérselo, pues su marido le había enseñado que un mentiroso nunca debe olvidarse de sus mentiras.

No podía concentrarse en la novela. En nada, a decir verdad. Tampoco soportaba el silencio. La única manera de acallar los pensamientos intrusivos era oír ruido de fondo. Por eso, la tele solía estar encendida. Le pareció oír que hablaban de él, de Melkart. Sintió inmediatamente el nudo en el estómago. Dirigió la vista al televisor. Emitía un programa de historia de un conocido canal local. Tres arqueólogos de la Universidad de Sevilla intercambiaban pareceres en una mesa redonda sobre la posible ubicación del templo de Sancti Petri. Los avances tecnológicos del sistema LiDAR habían alumbrado nuevas pesquisas que podían situarlo en la desembocadura del caño. Uno de los estudiosos contaba que, de forma inocente y fortuita, mientras investigaba la zona para su tesis, utilizó modelos digitales del terreno, elaborados por el Instituto Geográfico Nacional, y esto le permitió detectar algo invisible para los ojos de los mortales hasta el momento. Tomando como referencia dichas imágenes en modo multidireccional, realizó un tratamiento de sombreado con puntos de exageración de altitud y superpuso un mapa de calor por altura. En una pantalla, a la que el arqueólogo aludía, se mostraban mapas de costa antropizada en los que el perfil de la playa era mucho mayor que el actual. En las imágenes se intuían una zona portuaria con espigón; una construcción que dominaba la punta del Boquerón, que ya asomaba en la cartografía histórica; y, lo más llamativo, una segunda estructura rectangular de trescientos por ciento cincuenta metros. Sin afirmar con rotundidad, el grupo de expertos dejaba entrever, con la esperanza dibujada en sus rostros, que esta última podía pertenecer al antiguo santuario. Explicaban que, antes de hacer público y oficial el hallazgo, habría que confirmar la eficacia del sistema LiDAR sobre el agua y, por ello, se avecinaban arduos trabajos de sondeos y prospecciones de arqueología subacuática. Luz estaba totalmente sumida en el programa hasta que el tacto con su hija la devolvió a la realidad. Esta le sostenía la mano y la miraba con interés. Luz corrigió su postura y apretó los labios.

—Esto no va a acabar nunca. —Apagó de golpe la tele y anunció—: Ahora viene Vicente, tal y como te comenté.

Vicente, después de un par de meses de respeto, en el último la había estado atosigando y presionando. Quería la parte del trato que le correspondía.

—Dásela —manifestó Alejandra.

Esa palabra desestabilizó aún más a Luz, que solo era una mujer rota sentada en un sofá. Su hija, de trece años, demostraba llevar el timón de aquel barco a la deriva que era su vida. Y es que estaba tan perdida y desolada que no tenía secretos ya para ella. Le había explicado por qué habían tenido que mentir a la Guardia Civil y culpar a su padre de todo, apoyando una versión de los hechos alejada de la realidad, y le había contado acerca de la extorsión que sufría a manos de Vicente.

—Dásela, mamá. Es una manzana podrida, estropea todo cuanto la rodea.

Luz abrazó a su hija hasta que sonó el timbre. Entonces, Alejandra se marchó a su cuarto y Luz tuvo que coger las riendas de su pequeña familia.

Saludó a Vicente de forma escueta y se sentaron frente a frente.

—¿Cómo estás? —preguntó él, visiblemente inquieto y más delgado.

Ella se encogió de hombros. No lo dijo, pero ambos lo pensaron: muerta en vida.

—¿Cómo está Araceli? —le preguntó por inercia.

—Te echa de menos.

Y ella también, pero estaba dolida. Su marido, allí presente, había participado en el torbellino de corrupción que había aniquilado sus sueños, sus ilusiones y sus planes de futuro. Vicente reparó en la botella de whisky sobre la mesa. Ella, que debió darse cuenta, vertió un poco en un vaso corto ya usado.

—No bebo tan temprano, gracias.

—Es todo para mí, no te preocupes —repuso ella sin entonación alguna en la voz.

Se lo bebió de un trago. Vicente carraspeó.

—¿Has pensado lo que hablamos?

Lo preguntó con una sonrisa, la misma que a Luz un día le pareció encantadora y en ese momento le daba repelús.

—He pensado lo que hablamos y he tomado una decisión.

Vicente jugueteó con los dedos, impaciente. Luz se levantó y desapareció un momento del salón. Cuando regresó, lo hizo con algo embalado entre las manos. Se lo entregó a Vicente. Este no daba crédito. Los ojos se le salían de las órbitas.

—Haz lo que creas conveniente con ella —simplificó Luz.

—¿En serio?

—Ese trasto solo nos ha causado daño y dolor. Solo ha traído muerte a esta familia. —La miró por última vez y usó las palabras de su hija—. Ten cuidado, Vicente. Es una manzana podrida.

Cuando Vicente se marchó, Luz se dirigió al dormitorio de Alejandra. Llamó antes de entrar y la encontró justo al otro lado de la puerta. Estaba segura de que su hija lo había escuchado todo. En su rostro relajado se intuía la liberación que había experimentado al desprenderse de esa cosa maldita.

—Estoy muy orgullosa de ti, mamá. Nos has puesto en primer lugar. A Pablo y a mí. —Luz contuvo la emoción por las palabras de su hija y le tomó la mano—. Sé por qué mentimos, por qué tuvimos que culpar a papá.

Luz se percató entonces de que su hija sostenía en la otra mano el móvil de prepago de Rodrigo. Alejandra dibujó un rictus malicioso en su boca.

—Papá dio la vida por nosotros como el pelícano por sus crías. Por la familia, para protegernos.

Luz apartó la mano, contrariada. Estaban a salvo, sí, pero aquello la asustaba más que cualquier malhechor que asaltara su casa. Pensaba que la pesadilla terminaría con la estatuilla, pero, de repente, se dio cuenta de que seguía en ella.

52

Vicente

Miércoles, 10 de junio

Tres meses después

Vicente, a espaldas de Araceli, había ideado un plan. Luz no solo le había dado la estatuilla de Melkart, sino también el contacto de Fabrizio Santoro, el intermediario que le compraría la pieza. Él lo había llamado desde un móvil de prepago y Santoro le había explicado el peligro que corría volviendo a España. Tenía a la UCO encima. Así que o seguía esperando de manera indefinida, o tomaba cartas en el asunto y movía ficha. Rodrigo había acabado mal por esperar. No, él era diferente. Él no esperaba que las cosas pasasen, él hacía que ocurriesen.

Por eso, la mañana del 10 de junio se encontraba en el aeropuerto de Sevilla dispuesto a coger un vuelo hasta Milán que lo reuniese con el señor Santoro. El italiano le había explicado minuciosamente cómo no llamar la atención en el embarque y cómo sortear los controles de seguridad. Le había contado que muchos eran los traficantes de arte que usaban este método para mover la mercancía. Así que había preparado de forma meticulosa el segundo forro en su maleta. Bien protegida. Bien oculta. Los sudores fríos y las náuseas lo acompañaron desde casa hasta el mostrador, momento en el cual subió a la cinta la maleta, dispuesto a facturar. Y no ocurrió nada. Se subió al avión. Tuvo un vuelo apacible. Aterrizó en el aeropuerto internacional de Milano Malpensa. Y tampoco ocurrió nada.

Tomó un Uber y se dirigió a vía Tortona. Se entretuvo observando las pintadas de los edificios hasta que lo vio acercarse y florecieron en su estómago mariposas. Fabrizio Santoro en persona. Se encontraba tan cerca de su objetivo que alcanzó a rozar las yemas de sus dedos para estrecharle la mano. Pero, entonces, todo se vino abajo. De los garajes llenos de grafitis salieron policías uniformados que cargaban armas del tamaño de su brazo. Le hablaron en italiano, pero entendió el mensaje. No tenían escapatoria. Fabrizio lo miró con desprecio. Vicente los había llevado inconscientemente hasta el pez gordo. Pero él no era un delincuente habitual. Era un hombre noble y humilde. Miró a los ojos del policía que se le acercó. Mostró su faceta más tierna. Expresión triste, de animalito apaleado. De poco sirvió. Le puso contra la pared y eso fue un baño de realidad. No habría final feliz ni casa en Marbella para Vicente. Las esposas ya le apretaban las muñecas.

Así terminaba la Operación Melkart, que consistió en varios dispositivos de vigilancia veinticuatro horas activos, que realizaron un seguimiento desde el lugar de residencia de Vicente hasta Milán y contaron además con la cooperación de la Interpol italiana. La Audiencia Nacional había informado de la entrada controlada del español en territorio italiano para que el sujeto investigado les permitiese llegar hasta el intermediario del comercio ilícito de objetos procedentes de expolios para su posterior venta en subastas. Siguiendo al peón se aseguraban capturar al alfil de ese tablero de delincuencia: Fabrizio Santoro. Los policías de la Brigada de Patrimonio se felicitaron. Aquel había sido un gran día. Nunca antes habían montado una operación en tan poco tiempo. El éxito fue gracias a una llamada anónima de una voz aniñada que les facilitó el chivatazo el viernes 4 de junio desde un móvil de prepago.

53

Alfredo

Viernes, 12 de junio

Tres meses después

Tras varios días de fuerte viento, el levante estaba en calma, abrasando con sus altas temperaturas a los chiclaneros. Se pronosticaba un verano caluroso. Hacía ya semanas que los turistas se paseaban por la ciudad en bermudas y mangas cortas. Todo estaba a rebosar. Por eso, los amigos habían elegido para verse un lugar donde se respiraba paz. Alfredo había reservado mesa en el restaurante de la Salina Santa Teresa, un espacio gastronómico donde se degustaban pescados de estero. Los graznidos de las gaviotas y un grupo tocando música en directo era todo cuanto se oía. Brindaban con vino fino chiclanero en catavinos.

—Este será el último verano que trabaje en Los Pescadores. Me vendrá bien para ahorrar un dinerillo, pero luego... Quiero estudiar algo que me dé más estabilidad, que me guste.

Fabio asintió ante sus palabras. Se le notaba orgulloso.

—Me parece estupendo. Puedes hacer lo que quieras. Conozco academias que preparan para las oposiciones de guardia civil...

Alfredo lo cortó con una carcajada.

—No estoy hecho para vestir tu uniforme, Fabio. Haré algo relacionado con los ordenadores. Ese es mi mundo, ahora lo tengo claro.

—¿Y tu madre?

—Me apoya. Está contenta de que tenga un objetivo.

—Yo también. Has madurado mucho —fue una reflexión en voz alta—. ¿Otra?

Fabio se levantó para pedir directamente otra ronda en la barra. Alfredo relajó su postura y paseó su mirada por el entorno. Era agradable no estar rodeado de edificios. Los enredos de caños confluían a su antojo impregnándolo todo de un intenso olor a mar. Observó a una pareja de turistas que admiraban embelesados el paisaje. Por muchos años, a él le había pasado inadvertida esa belleza, por convivir con ella, por valorar lo ajeno. Perfiló una media sonrisa. Los entendía perfectamente. Era un privilegio vivir allí. En el sur. En un paraje de ensueño alejado del bullicio y conectado con la naturaleza más virgen.

Un señor con bigote, sentado en la mesa de al lado, lo saludó con la cabeza. Bebía cerveza mientras leía el *Diario de Cádiz*.

—Otra copita para el informático. —Fabio dejó las copas sobre la mesa—. Me ha escrito Carla. Ya está llegando.

—Estupendo.

—Y… ¿cómo estás?

Alfredo se tomó un tiempo para responder.

—Mejor.

—Oye, nunca te lo he dicho, pero… Siento si no te tomé en serio, si…

—No pasa nada, Fabio —lo interrumpió—. Me salvaste, creo que eso lo disculpa todo.

Una página de periódico revoloteó y cayó a los pies de la mesa. Alfredo se agachó para recogerla. «Detenido Fabrizio Santoro, pieza clave de una red de distribución de obras robadas a escala mundial», leyó en el titular.

—Gracias —dijo el hombre del bigote cuando Alfredo se la entregó.

Volvió a sentarse frente a Fabio. Se sintió aturdido. Beber con el estómago vacío hacía que se mareara. De todas formas, dio un sorbo. Dejó la mirada perdida en el vino.

—Fabrizio... —susurró.

Ese era el nombre que habían pronunciado Rodrigo y Luz en su inesperada visita a Villa Adolfo. Recordarlo le dio náuseas. No estaba preparado para remover el pasado, para revivir esa angustia. Tenía que dejarlo atrás, dejar de buscar piezas sueltas en un puzle que ya estaba completo.

—Alfredo, Alfredo —lo llamó Fabio—. ¿Que si vamos pidiendo?

Una camarera rubia de ojos despiertos lo miraba con atención. Frenó sus pensamientos y encargaron los entrantes. Al momento, Carla y el bebé hicieron aparición. Los abrazos y los besos se sucedieron. Alfredo miró a su amigo. Jugueteaba con su hija en brazos y le dedicaba miradas llenas de amor a su mujer. Sonrió. La felicidad debía ser algo parecido a eso.

Epílogo

> Entonces podría decir al fugaz momento: «¡Detente, pues eres tan hermoso!»... en el presentimiento de tan alta felicidad gozo ahora del momento supremo.
>
> JOHANN WOLFGANG VON GOETHE, *Fausto*

Juan Ignacio Vallejo, director del Museo de Cádiz, esperaba solemne en la sala II dedicada a la civilización fenicia junto al resto de empleados que ese día allí se reunían. Estaban a punto de protagonizar un emocionante acto público. No cerraron las puertas a los visitantes, que no sabían bien qué iba a acontecer. Jimena Olivar, la encargada de conservación, y Carlos Ruiz, el técnico en restauración, bajaron los escalones de la primera planta y enfilaron el pasillo hasta llegar a ellos. Llevaban una nueva pieza, que había sido sometida a más de un año de cuidados entre baños de desalinización, secado y aplicación de capas de protección. Era uno de esos momentos a los que la memoria recurre en días melancólicos y por los que vale la pena dedicarse a proteger el patrimonio histórico. Entre susurros de emoción, abrieron la vitrina y, después de tres mil años, la décima estatuilla de Melkart, séptima en el Museo de Cádiz, ocupaba por fin su peana expuesta al público. Se cerraba así el círculo vicioso que la había privado de ver la luz. Una luz que, ahora más que nunca, brillaba sobre su bronce.

Algún que otro turista se paró a admirar la belleza de la pieza. Los curiosos, contagiados por el momento, aplaudían exaltados. Uno de ellos no era turista, tampoco reía, pero estaba feliz. Adolfo contempló la figura con devoción. Había salido de la residencia para volver a verla y corroborar que no existía nada tan emotivo como aquello que lo unía con lo que alguna vez fue. Por fin, aquel trozo de historia había vuelto adonde siempre debió estar: fuera del alcance del ser humano y su mezquindad. Endureció el gesto. No lloraría. La codicia ya había bañado de lágrimas demasiados rostros, se había cobrado demasiadas vidas. Y todo pudo acabarse antes. Él pudo haber tomado el camino corto, pero no fue así, y ni el mayor de los arrepentimientos podría traer de vuelta a su mejor amigo. La miró por última vez expuesta en la peana. Verla contenida en la vitrina le concedía cierta calma, cierto perdón.

Con un gesto imperativo le indicó a su cuidadora que girase la silla de ruedas a la puerta de salida.

Ya podían irse.

Ya podía morir en paz.

Agradecimientos

Esta novela nace de una fuente de conocimiento inesperada e interesante que me cautiva y que siento la necesidad de compartir con vosotros. Conocer qué se esconde tras las bambalinas del arte ha sido mi viaje. Empecé a escribir esta novela en los meses de verano del 2022, cuando estaba enfrascada en la promoción de *Perro que no ladra*. Tenía la historia clara y dejé el borrador listo, pero aún sentía que podía pulirlo más. En los dos años posteriores lo retomé varias veces. Fueron meses de documentación exhaustiva, investigación, visitas, llamadas, lecturas y relecturas. De estructuración, de limar cabos sueltos y de perfeccionar una historia que, sin duda, es la más difícil que he contado hasta ahora.

Siempre que me siento frente al teclado, pienso que no voy a ser capaz de escribir nada mejor de lo que ya he escrito. Incluso que he olvidado cómo se hace. Por suerte, todo cambia cuando pulso una tecla. Entonces, me abstraigo del mundo para crear uno propio en el que yo llevo las riendas y donde todo puede pasar. Como por arte de magia, con cada historia os regalo pedacitos de mí. Llamémoslos «horrocruxes», esos objetos en los que Voldemort guardaba parte de su alma. Estos son los míos, mis novelas.

Si he cometido algún error, me corresponde a mí o a la ficción y no a ellos, a los que solo puedo agradecer por haberme cedido sus conocimientos.

Gracias a Dora, encargada de conservación, a Luis, técnico en restauración y a José Antonio, encargado de redes sociales del Museo de Arqueología, Bellas Artes y Etnografía de Cádiz.

A Mariló, coordinadora psicosocial del centro residencial para mayores CK Novo Sancti Petri.

A Antonio Aparicio Mota, escultor y autor de las diez estatuas de Melkart.

A esa persona de la Guardia Civil de Madrid, que prefiere permanecer en el anonimato y que tanta paciencia ha demostrado resolviendo mis múltiples dudas y situaciones hipotéticas.

A Adolfo, buzo de San Fernando, por transmitirme sus experiencias.

A Rafa, técnico en compañía de seguridad, por su información acerca de las cámaras de vigilancia, los discos duros y los cortafuegos que a mí se me escapa.

A mis padres, ahora tengo un sitio fijo donde escribir.

A Sandra, mi constante en esta frenética vida. Solo un fan de *Perdidos* entenderá la envergadura de la referencia. Podemos con todo. Martina, te esperamos.

A Ana Lozano, Silvia García y todo el equipo de Suma de Letras, por la oportunidad y el gran trabajo que hacen.

Y gracias a ti, que estás al otro lado, por leerme y llegar hasta aquí. Gracias a los que me habéis escrito ansiosos por la llegada de una segunda novela. A los que me leéis por primera vez y a los que me seguiréis leyendo después de esta. Si te ha gustado, agradecería que me dejaras una reseña y que recomendaras su lectura para que llegue muy muy lejos. Yo me comprometo a seguir creando historias porque, aunque a veces dude de mí misma, una cosa tengo clara: nunca dejaré de escribir.

Hasta pronto,

Blanca Cabañas

«Para viajar lejos no hay mejor nave que un libro».

EMILY DICKINSON

Gracias por tu lectura de este libro.

En **penguinlibros.club** encontrarás las mejores recomendaciones de lectura.

Únete a nuestra comunidad y viaja con nosotros.